Steffen Flügler

Treppe in die Dunkelheit

Über den Autor:

Steffen Flügler wurde am 27. Februar 1966 in Mannheim geboren. Von seinem zwölften bis 29. Lebensjahr war er alkohol- und drogenabhängig. Nach erfolgreichem Entzug arbeitete der Autor als Verkäufer und über sieben Jahre als Führungskraft in der Logistikbranche. Während dieser Zeit war er auch in mehreren Bereichen der Musik- und Filmszene aktiv.

Nach einem 30-monatigen Studium erhielt er 2008 die Zulassung zur berufsmäßigen Ausübung der Heilkunde auf dem Gebiet Psychotherapie und schrieb im gleichen Jahr sein erstes Buch „Treppe in die Dunkelheit – Eine Suchtgeschichte".

Seit 2009 arbeitet Steffen Flügler als Dozent und Trainer in der Suchtaufklärung. Er hält Schulungen und Vorträge in Unternehmen, an Universitäten und bei öffentlichen Veranstaltungen.

Nach Veröffentlichung der Kurzgeschichte „Auf der Suche nach der Sucht" und mehrerer Artikel erschien 2012 seine zweite Kurzgeschichte „Der Anti-Streber".

Aktuell arbeitet Steffen Flügler an der Verfilmung seines Buches „Treppe in die Dunkelheit".

Steffen Flügler

TREPPE

IN DIE

DUNKELHEIT

•

Eine Suchtgeschichte

Disclaimer:
Dieses Buch ist ein autobiografischer Roman und beruht auf wahren Begebenheiten.
Der Text setzt sich literarisch mit meinen persönlichen Erlebnissen, Beobachtungen und Erinnerungen auseinander. Dennoch handelt es sich um eine fiktionale Erzählung, da tatsächliche Ereignisse mit frei erfundenen Elementen, Figuren und Schilderungen vermischt wurden. Um das Persönlichkeitsrecht zu wahren, wurden Namen, Sachverhalte, Personen, Orte, Handlungen und Gespräche verfremdet oder frei erfunden, sodass eine eindeutige Identifizierung von Personen oder Ereignissen weder möglich noch beabsichtigt ist.

Bibliografische Information der Deutschen Nationalbibliothek
Die Deutsche Nationalbibliothek verzeichnet diese Publikation in der Deutschen Nationalbibliografie; detaillierte bibliografische Daten sind im Internet über http://dnb.d-nb.de abrufbar.

Die automatisierte Analyse des Werkes, um daraus Informationen insbesondere über Muster, Trends und Korrelationen gemäß §44b UrhG („Text und Data Mining") zu gewinnen, ist untersagt.

8. Auflage – Überarbeitete Auflage 2025

Verlag: BoD · Books on Demand GmbH, Überseering 33, 22297 Hamburg, bod@bod.de

Druck: Libri Plureos GmbH, Friedensallee 273, 22763 Hamburg

Nachbearbeitung & Layout: Stephanie Schwan, Steffen Flügler
Nachbearbeitung (2. Aufl.): Carola Eckardt
Gegengelesen (2. Aufl.): Sabine Feickert
Nachbearbeitung (8.Aufl.): Franziska Flügler

Coverbearbeitung: Steffen Flügler
Titelfoto: „Stakaz-Dangerous Exit©www.fotolia.de"

ISBN-13: 978-3-8482-2719-8

Gewidmet allen Süchtigen

Danksagung des Autors

An dieser Stelle möchte ich mich bei den vielen Leuten bedanken, die mir bei der Rekonstruktion meines Lebens halfen und meine Erinnerung auffrischten. Es war für beide Seiten nicht immer leicht.

Ein besonders großes und herzliches Dankeschön an meine Frau Franziska, die mich immer wieder durch neue Ideen inspiriert und uneingeschränkt meine Arbeit unterstützt.

Einen besonderen Dank möchte ich an meine Mutter richten, die immer an mich geglaubt hat und mich bei meinem Schreiben unterstützt hat.

Tausend Dank an meine Schwester Lexi, die immer zum richtigen Zeitpunkt in meinem Leben da war, das Richtige gesagt oder getan hat und mich über Jahre animiert hat, meine Geschichte aufzuschreiben.

Lieben Dank an Jonas Schroth (Jurist), der mir bei der Ausarbeitung des Disclaimers und anderen rechtlichen Angelegenheiten zur Seite stand und immer noch steht.

Vielen Dank an Georg Dammköhler, meinen Lehrer und Freund, der mich sehr motivierte, dieses Buch zu veröffentlichen.

Herzlichen Dank an Carola Eckardt, einen Menschen, den ich sehr zu schätzen gelernt habe.

Ganz lieben Dank auch an Stephanie Schwan, die äußerst engagiert bei der Nachbearbeitung half.

Danke an alle, die einen Teil zu diesem Buch beigetragen haben. Es waren sehr viele.

Prolog

Sonntag, 27. Februar 1966: Es ist ein ungewöhnlich warmer Tag für diese Jahreszeit. Die Sonne scheint durch ein geöffnetes Fenster. Ein Vogel versucht voreilig, den Frühling mit fröhlichem Gezwitscher anzukündigen. Das Fenster befindet sich in einem Krankenhaus, in dem diese Nacht ein Junge zur Welt gekommen ist. Im Gegensatz zu diesem zu früh gekommenen Frühlingstag kam dieser Junge einige Wochen zu spät auf diese Welt, um genau zu sein, dreieinhalb Wochen zu spät. Vielleicht hat er ja sogar gewartet, bis die Sonne ihn begrüßt, um ihm Glück zu wünschen. Glück für seine Geschichte, die er einmal erzählen will. Glück, das er auch brauchen wird, um seine Geschichte selbst erzählen zu können.

Ich bin heute auch auf die Welt gekommen, zur selben Sekunde wie er. Man kann mich nicht sehen, weil ich in dem Neugeborenen wohne. Meine Aufgabe ist es, ihn zu begleiten, ihm Stärke und Mut zu geben. Diese Eigenschaften wird er genauso brauchen wie das Glück.

Zweieinhalb Jahre später:
Es ist Samstagabend, und genau zu diesem Zeitpunkt soll der Kleine seine erste Erinnerung erfahren: *Bum, bum, bum,* lautes Hämmern an einem heruntergelassenen Rollladen, *bum, bum, bum,* der Junge hat Angst. Es ist sein Vater, der draußen vor dem Haus steht und gegen den Rollladen schlägt. *Bum, bum, bum.* Die Mutter des Kleinen hat sich vom Vater getrennt, weil er es nicht lassen kann, zu trinken. Er trinkt nicht täglich, aber wenn, dann richtig. Der Vater war kurze Zeit vorher schon mal da gewesen und hatte wieder getrunken. Die Mutter ist daraufhin losgegangen, um einen Freund zu Hilfe zu holen. Sie ist eine sehr gute Mutter und liebt ihre Kinder über alles, allerdings ist sie selbst noch jung, vierundzwanzig Jahre, und mit der ganzen Situation überfordert. Der Vater ist eigentlich ein guter Mensch, aber wenn er getrunken

hat …

Bum, bum, bum, er hört nicht auf. Der Junge ist nur mit seiner vierjährigen Schwester in dem dunklen Zimmer und mit der Angst. *Bum, bum, bum…* Der kleine Mann kommt früh in den Kindergarten, mit noch nicht einmal drei Jahren. Die Eltern leben jetzt in Scheidung und die Mutter muss das ganze Geld alleine verdienen, weil der Vater sich weigert, zu zahlen. Der Knabe ist oft bei seiner Oma mütterlicherseits. Sie ist keine gute Oma, weil sie die anderen Enkel immer bevorzugt und ihn irgendwie nicht leiden kann. Deswegen kann er sie auch nicht leiden. Sie erzählt ihm immer blutige Horrorgeschichten vor dem Einschlafen, die er überhaupt nicht mag, weil er davon immer so schlecht träumt. Als seine Mutter davon erfährt, muss er nicht mehr bei ihr schlafen, Gott sei Dank.

Wenn die Oma zu Besuch da ist, wird er immer frecher zu ihr. Am Heiligen Abend wirft er ihr für ihr böses Verhalten einen Dartpfeil in den Rücken. Er wird zwar dafür bestraft, aber das macht ihm nichts aus. Sie hat es sich ja schließlich verdient.

Der Kleine beginnt schon sehr früh damit, das Verhalten der Leute in seinem Umfeld zu beobachten. Es ist seine Lieblingsbeschäftigung, dies und seine Phantasiereisen. Von diesen Reisen erzählt er oft, aber so, als ob sie wirklich passiert wären. Er erzählt es so lebhaft, dass die Erwachsenen oft gar nicht wissen, ob es wahr ist oder nicht. Verkleiden ist auch so eine Lieblingsbeschäftigung von ihm; in andere Rollen zu schlüpfen, bereitet ihm unheimlich viel Freude. Sein Wunsch ist es, einmal Schauspieler zu werden, Schauspieler oder Zahnarzt. Seinen Zahnarzt findet er ganz toll. Er wäre froh, seine Mutter würde ihn heiraten, dann wäre er sein Vater.

Der Knirps ist schon sehr früh selbständig und bringt sich die meisten Sachen selbst bei, wie Fahrrad fahren und so.

Mit dem Heranwachsen wird sein Gespür gegenüber anderen Leuten immer ausgeprägter.

Er hat ganz normale Freunde, aber befreundet sich auch immer mit Kindern, die von den Erwachsenen Außenseiter genannt werden. Zum Beispiel mit einem Behinderten oder mit einem Türken, von denen es zu dieser Zeit nur eine einzige Familie im ganzen Dorf gibt. Die Mutter unterstützt sein Verhalten sehr. Sie unterstützt eigentlich alles, was ihr Sohn so tut, außer mit spitzen Pfeilen zu werfen. Sie macht nur einmal einen Fehler, indem sie dem türkischen Jungen ein Mettwurstbrot zu essen gibt. Diese Wurst wird ja bekanntlich aus Schweinefleisch hergestellt. Der Türke darf danach nicht mehr kommen.

Der Kleine kommt in die Schule. Er hat schon vom ersten Tag an überhaupt keine Lust darauf. Auf Kontrolle und Disziplin steht er überhaupt nicht. Aber es gibt ja zum Glück noch seine Phantasiewelt, in die er während des Unterrichts abtauchen kann. Dementsprechend sind auch seine Noten. Nur beim Aufsätze schreiben ist er gut.

Die ganze Familie zieht vom Dorf in die Stadt. Seine Mutter hat wieder geheiratet. Dann zieht die Familie erneut um, dieses Mal gleich in eine andere Stadt. Seine Freunde muss er zurücklassen. Dafür bekommt er aber mit neun Jahren etwas viel Besseres: eine kleine Schwester. Während der Bauch seiner Mutter immer dicker wird, wird seine Freude auf das Schwesterchen immer größer. Dann ist es endlich so weit: der 23. August 1974, der Tag ihrer Geburt. Endlich ist sie da. Als sie nach langem Warten nach Hause kommt, darf er sie gleich auf den Arm nehmen und es fühlt sich besser an, als er jemals gedacht hatte.

Der neue Vater hat nicht so viel Zeit, weil er ständig auf Geschäftsreise ist, aber manchmal nimmt er ihn mit zu seinen Geschäftsfreunden. Der Stiefvater trinkt auch. Zu solchen Leuten sagt man aber nicht „Trinker", weil sie Nadelstreifenanzüge tragen und ihren Whisky aus teuren Kristallgläsern trinken, selbst wenn sie es schon am frühen Vormittag tun.

Trotz der eher seltenen Unternehmungen lernt unser jetzt bereits zehnjähriger junger Mann doch einiges von

9

seinem neuen Vater. Unter anderem:

Geld ist Macht, oder, *bescheiße deine Geschäftspartner*, oder besser, *bescheiße jeden, auch wenn es dein Freund ist.*

Am meisten bringt er ihm aber bei, was ein Heranwachsender so alles über Frauen wissen muss. Auf der Autofahrt oder in teuren Lokalen zeigt er ihm, wie genau ein Frauenarsch auszusehen hat:

»Der ist nicht gut, zu fett. Der ist nicht gut, zu flach. Der ist genau richtig!«

Wenn er genau der Richtige ist, lächelt man die Frau frech an. Das Auge zukneifen geht auch. Über die Oberweite der Frauen lernt er auch so einiges.

Seine Mutter lässt sich wieder scheiden. Wahrscheinlich hatte er zu oft frech gelächelt.

Der junge Mann hat gerade angefangen, begeistert Rockmusik zu hören. Die Musik hat er von seiner älteren Schwester, die sie von ihren älteren Freunden aufgenommen bekommt.

Zahnarzt will er schon lange nicht mehr werden, dafür muss man ja gut in der Schule sein und das geht nicht, wenn man so viel schwänzt wie er. Gerade ist er dabei, zu überlegen, ob es vielleicht nicht besser wäre, Rockstar zu werden statt Schauspieler.

Er hat auch mit dem Rauchen begonnen, er kann sogar schon richtig über die Lunge rauchen. Das hatte sein Stiefvater auch getan. Vor kurzem hatte er auch mal Alkohol probiert, aber nur ein kleines Schlückchen, natürlich aus einem Kristallglas.

Seine Mutter ist gerade nicht da. Er ist jetzt elf Jahre alt, liegt auf dem Bett und raucht eine Zigarette. Im Hintergrund läuft *We will rock you* von *Queen*.

Er ist gerade dabei, eine Bekanntschaft zu machen. Diese Bekanntschaft wird versuchen, ihm etwas zu geben, das er bereits besitzt, obwohl er manchmal daran zweifelt: Stärke, Mut, Glück und Begleitung. Sie wird ihm aber nicht den Preis sagen, den er einmal dafür bezahlen muss.

Ich kenne den Preis. Er ist hoch, so hoch, dass er mit

keinem Geld der Welt zu bezahlen ist. Deswegen wird diese Bekanntschaft zu meinem größten Feind werden. Ein übermächtiger Feind, der alle Tricks kennt, die zerstörerischsten Waffen besitzt und den Hinterhalt quasi erfunden hat. Aber ich wäre ein schlechter Begleiter, wenn ich nicht alles versuchen würde, diesen Feind in die Knie zu zwingen.

Wie der Kampf ausgegangen ist, wird der Junge einmal selbst erzählen, dann, wenn er ein Mann ist. Dafür ist er ja mit mir auf die Welt gekommen, am Sonntag, den 27. Februar 1966.

ERSTE BERÜHRUNGEN

Sommer 1978, die Coolness hatte Einzug in Deutschland gehalten. Jeder Teenager, der etwas auf sich hielt, trug Wrangler-Jeans, bei denen aus der Gesäßtasche ein billiger Plastikkamm herausguckte, und qualmte wie ein Schlot. Ausgelöst wurde das erheblich durch den Film *Grease*. Ein modernes High-School-Musical, das von zwei Teenagern handelt, die sich gerade ineinander verlieben. Die Hauptdarsteller waren John Travolta und Olivia Newton-John. Ich hatte mir den Film siebenmal angesehen. Bis dahin hatte ich nie ein großes Idol oder irgendjemanden imitiert. Aber da hatte mich das Fieber auch gepackt. Ich war zwölf, besaß auch so einen bescheuerten Kamm, mit dem ich mir alle paar Minuten die Haare nach hinten kämmte, rauchte wie ein Schlot und wollte um jeden Preis so cool wie Travolta rüberkommen. Das andere Geschlecht hatte jetzt auch schon meine volle Aufmerksamkeit geweckt. In meine Schule ging ein Mädchen, das unheimliche Ähnlichkeit mit der Hauptdarstellerin aus Grease hatte. Blond, zierlich und unheimlich sweet, nur etwas jünger: Cindy. Ich war zum ersten Mal verknallt. Sie, ihre Schwester Katrin und eine Freundin von ihnen beobachteten mich oft in der Pause. Wenn ich zu ihnen herüberschaute, drehten sie sich schnell weg, kicherten und tuschelten. Dieses Spiel war mir noch fremd, aber es gefiel mir. Eines Tages kamen wir dann ins Gespräch, wobei sich herausstellte, dass sie auch absolute Grease-Fans waren. Wir verbrachten jetzt öfter die Pause zusammen, freundeten uns an und trafen uns schließlich auch nach der Schule. Wir spielten Szenen von *Grease* nach, veranstalteten kleine Partys, alles eher noch im kindlichen Rahmen, aber bei jedem Treffen wuchs die Neugierde auf das uns noch Unbekannte. Dabei hatte ich allerdings noch so meine Berührungsängste.

Ich machte zu dieser Zeit so gut wie nicht mehr blau. Meine Mitschüler, auch die älteren, bewunderten mich, weil ich mit den hübschesten Mädchen aus der Schule befreundet war. Die meisten aus meiner Klasse spielten noch mit Lego oder der elektrischen Eisenbahn. Auf die Frage, ob ich mit Cindy gehen würde, schwindelte ich immer: »Klar, Mann! Hast du etwa keine Freundin?«, kämmte mir die Haare nach hinten und steckte mir eine Kippe an, manchmal mitten auf dem Pausenhof.

Micha, der wohl stärkste Junge aus der ganzen Schule, er war über zwei Jahre älter als ich, alle hatten ungeheuren Respekt vor ihm, passte mich auf dem Nachhauseweg ab.

»Stimmt es, dass du mit Cindy gehst?«, fragte er.

»Klar, Mann!«, antwortete ich.

Er suchte nach Worten und es fiel ihm schwer, seine Unsicherheit zu verbergen. Zaghaft fuhr er fort:

»Hat ihre Schwester Katrin auch 'nen Freund?«

»Nein«, erwiderte ich.

Wieder folgte eine kurze Zeit des Schweigens.

»Nimmst mich mal mit? Können ja sagen, wir sind befreundet. Würdest mir 'nen riesigen Gefallen tun«, fragte er.

Plötzlich befand ich mich in einer äußerst verzwickten Situation. Sollte ich ihn mitnehmen, wäre die Gefahr groß, dass meine Lügen und Angebereien auffliegen. Aber um erst einmal den Schein zu wahren, antwortete ich:

»Können wir machen, übermorgen geht's.«

Unsere Wege trennten sich. Mich überkam ein Scheißgefühl.

Die eine oder andere Möglichkeit, Cindy näher zu kommen, gab es zwischenzeitlich schon. Wenn wir allein mit ihrem Hund Gassi gingen, berührten sich manchmal unsere Hände. Sie zog ihre nicht weg, aber ich meine. Im Kino war sie schon zweimal näher gerückt, ich hätte nur noch den Arm um sie legen müssen, tat es aber nicht. Sie zeigte schon eine gewisse Bereitschaft, aber ich traute mich nicht. Unsicherheit, Angst, Schüchternheit – diese Kombination hielt mich immer davon ab. Ich selbst fand mich richtig toll, hatte aber besonders in solchen Situationen starke Zweifel, ob sie genauso von mir dachte.

Gerade wenn sie mir Sympathie, Nähe, Zuneigung oder Ähnliches entgegenbrachte, fühlte ich mich besonders klein. Regelrecht überfordert, minderwertig fühlte ich mich und hatte jedes Mal den Schwanz eingezogen. Danach allerdings hätte ich mich für die ausgelassene Chance ohrfeigen können.

Zu Hause angekommen, flüchtete ich mich sofort in meine Fantasiewelt. Ich malte mir aus, Cindy zu küssen, von ihr bewundert zu werden, von Micha bewundert zu werden, von der ganzen Schule, ja, von der ganzen Stadt die vollste Aufmerksamkeit zu erhalten. Dieses Mal zerplatzte der Traum aber wie ein großer Luftballon. Als der Höhepunkt erreicht war, kam der Zweifel mit einer spitzen Nadel: Peng. Der Druck in mir begann unaufhörlich zu wachsen.

In meiner Verzweiflung nahm ich am Abend einen Freund meiner älteren Schwester zur Seite. Er war schon über sechzehn, hatte Erfahrung mit Mädchen und mochte mich. Ich nahm meinen ganzen Mut zusammen und fragte ihn:

»Kannst du mir helfen, Marco? Kenn da so'n Mädchen aus der Schule, die mir richtig gut gefällt, und möcht' mit ihr gehen. Wie stell' ich das am besten an?«

Marco musterte mich und schmunzelte dabei:

»Oh, das wird sich mit der Zeit schon ergeben.«

»Ich hab' aber nur Zeit bis morgen! Sag mir bitte, wie du das machst. Gibt's ja bestimmt 'nen Trick«, erwiderte ich.

Jetzt begann er laut zu lachen. Nach einer mir unangenehmen Weile antwortete er:

»Ich trink' zwei Flaschen Bier, rauch' ein paar Kippen dabei, gehe zu ihr, lege meinen Arm um sie und test' aus, was so geht. Aber mit zwölf hatte ich weder was mit Bier, Zigaretten noch Mädchen am Hut, du frühreifer Travolta. Glaub mir, es wird sich alles von selbst ergeben.«

Lachend ging er wieder ins Zimmer zu den anderen.

Bier, mit dieser Antwort hätte ich wohl am wenigsten

gerechnet. Ich hatte schon Alkohol probiert, aber eben nur probiert. Immer nur schlückchenweise, es schmeckte mir überhaupt nicht und außer einem ekligen Geschmack im Mund spürte ich fast nichts... obwohl alkoholtrinkende Leute immer eine faszinierende Ausstrahlung auf mich hatten. Es hatte was von Erwachsensein, etwas von Männlichkeit. Es schien mir aber nicht annähernd die Lösung für mein Problem.

Ich lag noch lange nachdenkend im Bett, aber mir wollte einfach nichts einfallen. Der beste Ausweg schien mir, ein bis zwei Wochen blau zu machen, aber dann würde ich auch Cindy nicht sehen. Irgendwann überfiel mich der Schlaf.

Bis zum Morgen war der Druck noch stärker angewachsen. Auf dem Schulweg traf ich wie immer Cindy mit ihrer Schwester.

»Kommst du heute Mittag zu uns? Unsre Mama ist nicht da«, fragte sie.

Nein, wäre mir die liebere Antwort gewesen,

»Ja, klar«, presste ich aber dann doch über meine Lippen.

Sie kam mir an jenem Morgen so weit entfernt vor wie noch nie.

Als Nächstes begegnete mir natürlich Micha.

»Hey, alles klar? Wie sieht's mit morgen aus, steht das?«

Schon wieder hätte ich am liebsten ein lautes *NEIN* herausgebrüllt.

»Ja, sicher, wir können in der Pause eine Uhrzeit ausmachen«, waren aber die Worte, die mich noch tiefer in den ganzen Schlamassel zogen.

Das bestaussehende Mädchen und der am meisten geachtete Typ unserer Schule buhlten um meine Freundschaft, und ich fing an, sie dafür zu hassen.

Im Unterricht war ich wie immer in eine andere Welt abgetaucht. Heute war es dort aber sehr beklemmend. In der großen Pause verabredete ich mich mit Micha für vier Uhr am nächsten Tag, was meine Situation nicht gerade verbesserte. Das Einzige, das mir etwas Hoffnung gab, war der Umstand, dass wir bald umzogen und ich dann sowieso die Schule wechseln würde.

Zu Hause ging ich unter immer größerem Druck meine erdachten Optionen erneut durch. Nichts entwickelte sich daraus. Das Treffen mit Cindy rückte unaufhaltsam näher. Plötzlich fielen mir Marcos Worte ein, besonders eines: *Bier!* Er hat schon so viele Mädchen gehabt, er muss es wohl am besten wissen. *Bier!* Ich ging in die Küche, wo meine Mutter das Bier für meinen Opa aufbewahrte, wenn er sonntags zu Besuch da war. Bingo! Ohne zu zögern schnappte ich mir eine Flasche. Mein Weg führte mich zu den stillgelegten Eisenbahnschienen ganz in der Nähe unserer Wohnung. Das schlechte Gefühl verflog zusehends. Meine Aufmerksamkeit galt nur noch der Flasche. Ein Abenteuerfeeling entwickelte sich. Von verbotenen Sachen hatte ich mich sowieso schon immer angezogen gefühlt.

Nun saß ich da, mit einer Flasche Bier, drei Zigaretten, aber keinem Flaschenöffner!

Scheiße! Wie bekomme ich das Ding bloß auf?

Nach kurzem Nachdenken fiel mir ein, dass ich mal gesehen hatte, wie es jemand mit einem Feuerzeug gemacht hatte; ich besaß aber nur Streichhölzer. Also zurück nach Hause, einen Öffner besorgen. Nach einer Viertelstunde war es dann endlich vollbracht: Plobb.

Ich steckte mir eine an und nahm vorsichtig den ersten Schluck: Pfui! Es schmeckte total bitter, der nächste Zug an der Zigarette auch. Nach kurzer Zeit probierte ich erneut: Igitt! Obwohl es nur eine kleine Flasche war, schien es mir unmöglich, sie auszutrinken. Vor allem fehlte bis jetzt kaum etwas. Die Abenteuerlust war verflogen. Als ich wieder ansetzen wollte, schaffte ich es nicht mehr, daran zu trinken. Allein der Geruch, der mir entgegenkam, widerte mich an. Dazu war die Brühe auch noch pisswarm. Plötzlich fiel mir der Medizintrick ein: Nase zuhalten, runter damit. Ich rauchte meine Kippe auf, schnippte sie weg, zählte innerlich bis drei 1,2,3,... reichte nicht,

...4,5, hielt mir die Nase zu und fing an zu schlucken. Der eklig bittere Geschmack kam trotzdem durch, aber es lief. Nach dem Absetzen überkam mich zuerst Übelkeit, mir war zum Kotzen, ich würgte, aber es blieb drin. Die Flasche war jetzt zu dreiviertel leer. Nach kurzer Zeit wurden mir die Beine weich. Wohlige Wärme durchflutete mein Gesicht, die Ohren pochten, angenehmer Schwindel machte sich breit.

Ist das geil!, sagte ich zu mir.

Nach etwa fünf Minuten setzte ich erneut an: Nase zu, runter damit. Das Ding war leer. Ich brauchte einige Minuten, um mich an diesen Zustand zu gewöhnen. Obwohl mir das Gefühl gar nicht so fremd vorkam, es war genau das, was ich mir in meiner Fantasie immer vorgestellt hatte: Leichtigkeit. Der ganze Druck, die ständige Anspannung, zu genügen, waren aufgelöst. Alle Sorgen verflüchtigten sich.

Es war noch eine halbe Stunde bis zum Treffen mit Cindy. Ich beschloss, noch eine Runde durch die City zu gehen. Mein Verlangen nach Gesellschaft wuchs ungewöhnlich stark an. Leicht schwankend machte ich mich auf den Weg. Alles kam mir neu vor. Unbeschwertheit, Mut, Zugehörigkeit, Vertrauen steigerten sich in unbekannte Dimensionen. Am liebsten wäre ich bei jedem, der mir begegnete, stehen geblieben und hätte erzählt, wie gut es mir ging, wie schön die Welt gerade war.

Nach meinem Ausflug durch die Stadt ging ich noch mal zu Hause vorbei, um eine weitere Flasche Bier zu holen. Damit machte ich mich auf den Weg zu Cindys Haus. Dort angekommen begrüßte ich alle sehr überschwänglich: Cindy, ihre Schwester Katrin und zwei Freundinnen. Sie fragten, warum ich so gut gelaunt wäre. Ohne darauf zu antworten, holte ich die Flasche raus und sagte:

»Heute feiern wir mal 'ne richtige Party!«

Ich wollte meine super Stimmung teilen. Alle probierten kleine Schlückchen, fanden aber den Geschmack genauso widerlich. Dann bekam Katrin, die Vernünftige, Panik.

»Wenn unsere Mutter Alkohol riecht, bekommen wir mächtigen Ärger!«, sagte sie.

Ich nahm noch einen kräftigen Schluck und gab dann den letzten Rest Katrin, die es in den Ausguss kippte. Die anderen verspürten keine Wirkung, dafür hatten sie viel zu wenig getrunken, aber mir ging es absolut hervorragend. Ich unterhielt jetzt die ganze Gesellschaft. Meine Sprüche brachten alle zum Lachen; besonders Cindy war von meinem neuen Verhalten sichtlich begeistert. Dann kam mir die Idee, Flaschendrehen zu spielen. Cindy fand die Idee auch ganz toll. Die anderen Mädels, besonders Katrin, zierten sich anfangs noch, aber mit meinem neuen Charme waren sie schnell überredet.

Wir spielten einige Zeit, Cindy und ich manipulierten, wir drehten die Flasche so, dass wir uns öfter ein Küsschen geben konnten. Die Stimmung wurde immer ausgelassener, alle waren gut drauf und ich hatte das alles zustande gebracht.

Als die Gelegenheit günstig war, fragte ich Cindy, ob wir noch mit dem Hund spazieren gehen wollten, aber allein. Sie war davon ganz hingerissen. Wir schnappten uns den Hund und hauten, ohne etwas zu sagen, ab.

Es war später Nachmittag, wir hatten noch über eineinhalb Stunden Zeit, bis ihre Mutter zurückkommen würde.

Wir liefen in ein nicht weit entferntes Wäldchen. Bei der ersten Gelegenheit nahm ich ihre Hand. Sie war sehr empfänglich dafür, unsere Hände drückten sich immer fester. Nach einiger Zeit blieb ich stehen und nahm sie einfach in meine Arme. Unsere Umarmung wurde immer fester und inniger. Wortlos standen wir eng umschlungen da, bis sie plötzlich sagte:

»Das habe ich mir schon die ganze Zeit gewünscht.«

»Ich auch«, erwiderte ich.

Ich war überglücklich, es war wie im Film.

Wir mussten zurück. Kurz vor ihrem Haus, an der letzten unbeobachteten Stelle, hielten wir gleichzeitig noch - mal an. Sofort lagen wir uns wieder in den Armen. Wir blickten uns in die Augen und fingen an, uns zu küssen, noch nicht so richtig, aber doch schon sehr intensiv.

Sie öffnete die Haustür, drehte sich noch einmal um, winkte mir zu und pustete mir einen Kuss auf ihrer Hand zu. Dann schloss sich hinter ihr die Tür.

Ich ging die Straße entlang, es fing an zu dämmern. Ein neuer Mensch war geboren, für den Hemmung und Schüchternheit Fremdworte waren. Ein mutiger, starker, lässiger, beliebter junger Mann. Selbst John Travolta wirkte völlig uncool gegen diesen neuen Menschen.

Ich schlief diese Nacht sehr fest. Am nächsten Morgen konnte ich nur sehr schwer glauben, was gestern so alles passiert war. War es nur ein Traum? Nein, es war tatsächlich geschehen. Es fühlte sich irreal, sehr weit entfernt an, aber es war echt.

Auf dem Schulweg begegnete ich Cindy. Als sie mich sah, winkte sie sofort. Ihre Bäckchen liefen rot an, und mein Herz fing unheimlich an zu pochen. Es war noch kein Wort gesprochen. Da war es wieder da, das bekannte Gefühl der Unsicherheit. Sie sagte ganz lieb:

»Hallo« und schaute mich dabei verliebt an, aber das half auch nicht viel.

Ich konnte mir einfach nicht vorstellen, dass sie das Gleiche empfand wie ich; bei jedem Schritt, den wir gingen, steigerte sich dieses Gefühl.

Gott sei Dank ist Katrin dabei, dachte ich. Wir verabredeten uns alle für mittags an der alten Fabrik, wo wir uns sonst auch trafen.

»Ich bring noch 'nen Kumpel mit«, sagte ich.

Cindy schien sichtlich enttäuscht über mein Verhalten. Ich redete sehr wenig mit ihr und schaute sie kaum an.

Im Unterricht suchte ich verzweifelt einen Ausweg. Nach nur wenig Zeit des Überlegens fiel mir auch gleich der geeignete Weg ein.

Tu einfach dasselbe wie gestern, ein Bierchen, vielleicht wird ja wieder alles so gut, waren meine Gedanken.

In der Pause mied ich Cindy. Mein Weg führte mich zu Micha.

»Hey Micha, können wir uns eine Stunde früher treffen?«, fragte ich.

»Sicher«, erwiderte er.

»Kannst du bitte noch zwei Flaschen Bier mitbringen, große, wenn's geht?«

»Was willst du denn damit?«

»Trinken, Mann, trinken! Das macht dich locker beim Knutschen, wusstest du das etwa nicht?«, antwortete ich.

So hatte wohl noch keiner aus dieser Schule mit ihm geredet, besonders kein so kleiner Knirps wie ich. Nachdem ich die Worte ausgesprochen hatte, bekam ich selbst einen Schreck und dachte, er haut mir direkt eine in die Fresse, aber es kam ganz anders:

»Wenn du das sagst, wird's wohl stimmen. Du kennst dich damit besser aus. Ich besorg' uns zwei Flaschen.«

Ich glaubte, sogar etwas Respekt aus seiner Stimme herausgehört zu haben. Der große Micha ließ sich von mir belehren. *Was Mädchen alles bewirken können...,* dachte ich, und mein Selbstvertrauen wuchs etwas an.

Vor der nächsten Pause haute ich ab, um nicht vor dem Mittag mit Cindy konfrontiert zu werden. Um drei kam Micha mit zwei Flaschen Bier und einer Schachtel Kippen. Als ich den Öffner rausholte, zeigte er mir erst mal, wie so was mit einem Feuerzeug geht.

»Hat mir mein großer Bruder beigebracht!«, sagte er.

»Trinkst du öfter einen?«, fragte ich.

»Ab und zu, nur mit Mädchen habe ich nicht so viel Erfahrung. Ich hab' erst einmal geknutscht, aber behalt's bloß für dich.«

Er war ganz anders als sein Ruf, ehrlich und nett. Ich konnte leider nicht mehr ehrlich sein; wenn ich gesagt hätte, dass ich erst das zweite Mal trinke und noch nie geknutscht hatte, hätte ich mich verraten.

Wir saßen da, tranken, rauchten und unterhielten uns. Mir fiel das Trinken unheimlich schwer, es schmeckte noch bitterer als gestern.

Daran werde ich mich nie gewöhnen, dachte ich und versuchte, das Würgen so gut es ging zu unterdrücken. Ich konnte mir ja jetzt schlecht die Nase zuhalten. Als die Hälfte getrunken war, stellte sich das beschwingte Gefühl wieder ein. Micha hatte seine Flasche schon fast leer. Er wurde auch viel lockerer und begann zu erzählen, wie schlimm es bei ihm zu Hause war. Als er pinkeln ging, nutzte ich sofort die Gelegenheit. Nase zuhalten, runter damit. Wir liefen los zum vereinbarten Treffpunkt. Mir war es heute noch schwindeliger. Ich lief wie auf Eiern, musste bei jedem Schritt aufpassen, nicht mit Micha oder sonst irgendetwas zusammenzustoßen. Obwohl alles in mir leicht war, war meine Zunge schwer wie Blei. Micha gab mir einen Kaugummi. Das Kauen artete in richtige Arbeit aus.

Als wir ankamen, waren die anderen schon da. Cindy schaute mich mit enttäuschtem Gesicht an. Sie nahm es mir sehr übel, dass ich sie in der Schule ignorierte. Sofort ergriff ich die Initiative:

»Kannst du kurz mitkommen? Ich würde gerne mit dir reden.«

Zögerlich willigte sie ein. Wir ließen die anderen zurück. Micha schaute uns etwas unsicher hinterher.

»Tut mir leid wegen heute Morgen, aber ich wusste nicht, ob Katrin wegen gestern Bescheid weiß«, sagte ich.

Natürlich war das gelogen. Mir war bekannt, dass sie keine Geheimnisse voreinander hatten. Meine Selbstsicherheit, die Coolness, alle guten Gefühle waren zurückgekehrt. Der Alkohol ließ mich nicht im Stich. Ich erfand weiter irgendwelche Dinge, die mir als plausible Ausrede gut erschienen:

»Deine Mutter soll nichts erfahren« oder »Die anderen sollen nicht schlecht über dich reden.«

Ich redete so lange auf sie ein, bis sie mein Verhalten als großartig empfand:

»Du bist ja ein richtiger Gentleman. Aber mir ist egal, was die anderen reden. Von mir aus kann die ganze Welt erfahren, dass wir uns gerne haben.«

Sie schaute mich mit ihren roten Bäckchen verliebt an. Wir schauten uns tief in die Augen, so wie am Tag zuvor.

Dann küssten wir uns. In meiner Hochform fing ich an, sie richtig zu küssen. In meinem Kopf fuhr eine Achterbahn, meine Beine waren weich wie Wachs, ein Glücksgefühl durchfuhr mich von den Zehen bis in die Haarspitzen. Es war aber nicht nur der Kuss, sondern auch der Alkohol, der mir diese Gefühle schenkte.

Als wir Hand in Hand zurückgingen, fragte sie:
»Hast du Bier getrunken? Du riechst irgendwie so.«
»Ich hab' von Micha einen Schluck genommen«, log ich wieder.

So ging es ein paar Wochen weiter. Ich konnte Cindy nur richtig küssen, ihr meine Zuneigung zeigen, wenn ich was getrunken hatte. So alle vier Tage, ansonsten kamen wir uns nur zögerlich näher. Mein Minderwertigkeitsgefühl ließ es nicht zu.

Das mit Micha und Katrin wurde nichts. Sie fand, sie sei noch zu jung für einen Freund. Mit Micha traf ich mich nun häufiger. Er zeigte mir, wie man in Geschäften klaut, wie man richtig zuschlägt, und gab mir den Tipp, das Bier mit Cola zu mischen, damit es nicht so bitter schmeckt. Er mochte mich sehr und behandelte mich wie einen kleinen Bruder. In der Schule traute sich keiner mehr, ein falsches Wort zu mir zu sagen.

Eines Tages war ich wieder mit Micha in einem Supermarkt. Wir wollten Zigaretten klauen und uns danach mit den Mädels treffen. Wir hatten vorher ein Bier getrunken, um mehr Mut zu bekommen. Am Schnapsregal lächelte mich eine Flasche Weinbrand an. Ohne Zögern wanderte sie in meine Jacke. Am Treffpunkt angekommen, es war bereits später Nachmittag, öffneten wir sie sofort. Katrin machte wie immer einen totalen Aufstand, die anderen Girls waren auch nicht gerade sehr begeistert. Außer Cindy, sie wollte mir gefallen und war richtig happy. Cindy, Micha und ich fingen an, zu trinken. Das Zeug schmeckte weitaus ekelhafter als Bier. Micha und ich tranken nicht viel davon, dafür aber Cindy. Es gestaltete sich als äußerst schwierig, ihr die Flasche abzunehmen. Da war es aber schon zu spät. Obwohl sie gar nicht so arg viel davon getrunken hatte, tat sie nur noch unkontrollierte Dinge. Sie lachte, dann fing sie an zu weinen, danach lachte sie wieder. Sie fiel mir in die Arme, dann schlug sie wütend auf mich ein. Sie schwankte, haute ab, und wir hatten große Mühe, sie wieder einzufangen. Irgendwann ging sie in die Knie und fing an zu kotzen.

»Scheiße, was machen wir jetzt?«, fragte ich Micha.

»Was weiß ich?!«, antwortete er etwas genervt.

Katrin weinte nur noch. Die anderen hatten bereits die Flucht ergriffen. Cindy lag völlig weggetreten auf dem Boden. Manchmal laberte sie noch irgendwelches unverständliches Zeug. Es war schon dunkel und es waren fast drei Stunden seit dem Öffnen der Flasche vergangen. Wir beschlossen, sie nach Hause zu bringen. Katrin meinte, sie würde versuchen, sie ins Bett zu bringen, und wollte ihrer Mutter irgendeine Story erzählen. Micha nahm sie links, ich rechts, es war kein leichtes Unterfangen, sie nach Hause zu schleppen. Sie weinte und lachte wieder abwechselnd, aber Gott sei Dank kamen jetzt so einigermaßen verständliche Worte über ihre Lippen. Als wir sie vor der Haustür abgesetzt hatten, schwor ich mir, nie wieder einem Mädchen Schnaps anzubieten, und hielt mich auch daran.

Cindy kam am nächsten Tag nicht zur Schule, dafür aber ihre Mutter zu uns nach Hause. Sie machte mächtigen Trouble, ich bekam den Umgang mit ihr verboten.

Es waren noch zwei Tage bis zu den Sommerferien. Cindy kam nicht mehr zur Schule, Katrin würdigte mich keines Blickes mehr.

Wir zogen um, ans andere Ende der Stadt. Mit Cindy und den anderen Mädchen traf ich mich nicht mehr. Micha und ich sahen uns noch ab und zu.

●

Ich machte mit zwölf Jahren eine Bekanntschaft. Die-

se Bekanntschaft hatte besondere Fähigkeiten. Sie konnte zaubern. Sie verwandelte Unsicherheit in Mut, Schüchternheit in Geselligkeit, Minderwertigkeit in Größe. Sie gab einem das Gefühl, nicht alleine zu sein, denn sie verkörperte alles, was man braucht: Mutter, Vater, Bruder, Schwester und bester Freund. Diese neue Bekanntschaft machte mir ein äußerst verlockendes Angebot. Sie sagte:

»Wenn du Probleme hast, ich werde sie für dich lösen. Wenn du Stärke, Mut und Größe brauchst, bediene dich. Wenn du dich alleine fühlst, ich bin jederzeit für dich da. Du musst nur von meinem Zaubertrank trinken und wir sind vereint.«

DER WEG BEGINNT

Wir waren umgezogen. Unsere neue Wohnung lag jetzt in der Stadt. Sie war sehr groß, hatte zwei Stockwerke, und mir war ziemlich viel Freiraum gegeben. Den oberen Stock bewohnte ich mit meinen zwei Schwestern, im unteren waren Wohnzimmer, Büro, Küche und das Schlafzimmer meiner Mutter. Die neue Schule war auch ganz in Ordnung. Ich fand sehr schnell Anschluss bei meinen neuen Mitschülern. Im Unterricht war ich, wie meistens, ein sehr unbeteiligter Schüler. Meine Leistungen waren bescheiden, um es milde auszudrücken. Mein Minderwertigkeitsgefühl machte zu dieser Zeit einen gewaltigen Sprung nach vorne. Meine Angst, zu versagen, wuchs. In den Pausen und nach der Schule war ich ein ganz anderer. Ich redete bedeutend mehr und war eigentlich bei jedem sehr beliebt. Je beliebter ich bei jemandem war, umso mehr neigte ich zur Angeberei. Es fiel mir leicht, irgendwelche Storys zu erfinden. In mir baute sich sehr schnell der Druck auf, meine Beliebtheit erhalten zu müssen. Mir fiel es schwer, zu glauben, dass die Leute mich nur wegen meiner Person mochten. Das Verlangen, etwas Besonderes zu sein, steigerte sich zunehmend. Manchmal traf ich mich mit alten Freunden, manchmal mit den neuen aus der neuen Schule. Das war auch die Zeit, in der ich anfing, in den verschiedenen Gruppen verschiedene Rollen anzunehmen. Bei jeder Clique spielte ich einen eigenen Charakter, meine eigene Person blieb dabei meist außen vor.

Getrunken hatte ich seit der Sache mit Cindy nichts mehr. Dann kam Silvester 78/79. Meine große Schwester gab eine Party. Es kamen ziemlich viele Leute, alle älter, so zwischen vierzehn und neunzehn. Marco, der mir den Tipp mit dem Bier gegeben hatte, war auch dabei. Die Älteren gaben sich mit mir ab, was mir ein Gefühl von Größe gab. Diese Größe wollte ich nach außen tragen, wollte ich zeigen, indem ich trank. Mir gelang es immer mehr, die Aufmerksamkeit auf mich zu ziehen. In dieser Nacht hatte ich meinen ersten Vollrausch. Am nächsten Tag trank ich mit den Überlebenden der Party weiter. Ab dieser Zeit trank ich bei jeder Gelegenheit, die sich jedoch in meinem Alter nicht allzu oft bot. Meine schulischen Leistungen gingen ins Bodenlose. Das Blaumachen vermehrte sich. Mein Minderwertigkeitsgefühl war das Einzige, was einen Trend nach oben aufzeigte. Die Freunde, die ich mir zunehmend aussuchte, kamen eher aus der unteren Schicht. Mich zog es wie einen Magneten in die Vorstadtghettos, dorthin, wo die schulische Leistung keinen so hohen Stellenwert besitzt. Dort bekam ich auch die nötige Anerkennung. Die Eltern der Kids fragten oft:

»Was macht ein schlauer Junge aus der Stadt, wie du, hier?«

Der Zusammenhalt wurde in den Ghettos großgeschrieben. Das gab mir ein Gefühl, beschützt und gut aufgehoben zu sein.

Mit vierzehn blieb ich dann sitzen, was eigentlich klar war. Ich lernte mittlerweile ganz andere Sachen: klauen, Schlösser knacken, Mofas frisieren, sich verprügeln und die schlimmsten Kraftausdrücke. Meine kriminelle Energie wuchs und der Nervenkitzel bei diesen Aktionen gab mir einen unbeschreiblichen Kick. Die Gleichaltrigen aus der Vorstadt versuchten, mich manchmal zurückzuhalten. Sie waren weitaus vernünftiger, aber es war sinnlos. Sie tranken auch bedeutend weniger, obwohl der Alkohol in ihren elterlichen Wohnungen zum festen Inventar gehörte. Mittlerweile war ich zwei- bis dreimal die Woche gut angesoffen. Das Trinken war mittlerweile ein ganz anderes geworden. Aus dem Bierchen zum Mutantrinken waren jetzt drei oder mehr geworden. Nach dem ersten wurde die Gier nach dem zweiten immer größer, dann das dritte. Kein kriminelles Delikt, kein Knutschen oder Fummeln, keine größere Aktion ging mehr ohne dieses Ritual ab. Es kam schleichend, unmerklich und unaufhaltsam.

26

Meine Hemmungen bauten sich im betrunkenen Zustand immer stärker ab. Der Drang, der Beste zu sein, wuchs unaufhörlich. In meinem Rausch hatte ich das Gefühl, der Beste zu sein, der Stärkste, der Klügste, der Schönste, der Intelligenteste, der König der Könige, und ich war in diesem Zustand bereit, es zu beweisen.

Ich hatte zu dieser Zeit einen knapp fünfundzwanzigjährigen Bekannten, Addi, aus den Ghettos. Er war der Bruder von einem etwa gleichaltrigen Kumpel von mir. Addi war schon zweieinhalb Jahre im Knast gewesen, seine Arme waren übersät mit Tätowierungen. Er selbst klaute nicht mehr, weil er auf Bewährung draußen war. Manchmal kaufte er mir Diebesgut ab. Ich hatte eine Bestellung von ihm: drei Stangen Zigaretten. Er wollte mir fünfzehn Mark pro Stange geben. Ich ging gut angetrunken in den Supermarkt, aber es ging nicht. Eine Verkäuferin füllte gerade das Zigarettenregal auf. Der Einkaufswagen, aus dem sie auffüllte, war voll mit Zigarettenstangen. Ich beobachtete sie von draußen. Dann kam mir die Idee:

Wenn du es schaffst, den ganzen Wagen zu klauen, bist du der Held und hast noch jede Menge Kohle dazu!, schoss es mir durch den Kopf.

Ich riss meine letzte Büchse Bier auf, zog sie mir mit drei kräftigen Zügen rein, schob einen Kaugummi hinterher und ging fest entschlossen in den Laden.

Wie bekomme ich die Alte von dem Wagen weg?, fragte ich mich. Außerdem saß noch eine weitere an der Kasse. Ansonsten war der recht große Supermarkt fast leer. Am Schnapsregal standen zwei Typen, so um die zwanzig, und waren am Überlegen, was sie kaufen sollten. Dann kam der Geistesblitz. Ich ging zu der Tante, die am Auffüllen war, machte ein unschuldiges Gesicht und sagte mit theatralischer Stimme:

»Hallo Sie, da hinten beim Schnaps sind zwei, die haben gestohlen. Ich hab's genau gesehen!«

Sie schaute mich an, dann das Schnapsregal, an dem die zwei immer noch standen.

»Warte hier, Junge!«, sagte sie.

Sie eilte zu ihrer Kollegin und fing an, aufgeregt zu gestikulieren. Alle beide gingen langsamen Schrittes Richtung Alkoholregal. Niemand beachtete mich, die Bahn war frei. Der Wagen war noch halb voll mit Zigarettenstangen. Ich war wie in Trance. Blitzschnell schmiss ich die schon aufgefüllten Zigaretten wieder in den Wagen, bis er fast voll war. Ein alter Mann näherte sich langsam der Kasse, aber er hatte noch längst nicht gesehen, was ich da tat.

Zeit zu verschwinden..., war mein Gedanke.

Ohne mich umzudrehen, ohne die Lage zu peilen, schob ich den Einkaufswagen Richtung Ausgang. Erst langsam, dann immer schneller, über einen großen Parkplatz. Ich rannte, das Schütteln ließ ein paar von den oben liegenden, losen Schachteln rausfallen. Ich hielt kurz an, um sie aufzuheben. Ein Mann auf dem Parkplatz sah mich schon etwas komisch an. Ein kurzer Blick zurück sagte mir, sie verfolgen mich noch nicht. Der Parkplatz war überquert, dann über die Straße, ein Blick nach hinten, keiner verfolgte mich. Mein Gefühl war ein Gemisch aus Angst, ungeheurer Anspannung und riesiger Vorfreude. Rein in einen schlecht einsehbaren Fußgängerweg, Parka über den Wagen. Noch einmal vergewisserte ich mich, ob mich keiner verfolgte. Ich lief noch knapp eine Viertelstunde über Umwege bis zu einem sicheren Ort. Die Anspannung löste sich mit jedem Schritt dorthin auf. Freude erfüllte mich.

Du bist der King! Das macht Dir keiner nach!, lobte ich mich selbst.

Diese Aktion ließ meinen Bekanntheitsgrad im Nu ansteigen. Es folgten noch mehr dieser dreisten Diebstähle: Radiorecorder, Skateboards, einmal einen ganzen Kleiderständer mit T-Shirts mitten in der Stadt, Fahrräder, Mofas, nichts war sicher, wenn ich angetrunken auf Diebestour umherstreifte.

Ich verkehrte mittlerweile in drei sehr unterschiedlichen Cliquen: Ober-, Mittel- und Unterschicht. Meine

Rollenspiele perfektionierten sich. In jeder Gruppe wurde ich zu einem völlig anderen Menschen.

Ein halbes Jahr vor meinem fünfzehnten Geburtstag hatte ich dann meine erste feste Freundin: Tanja. Sie ging aufs Gymnasium und brachte gute Noten nach Hause. Nach ein paar Wochen nahm ich sie einmal mit zu den härteren Jungs. Sie war schockiert. Nicht über die Leute dort, sondern über mein Verhalten. Sie versuchte, mir danach ins Gewissen zu reden. Sie wollte mit mir lernen, mich auf einen besseren Weg führen, aber es half nichts. Zumal ich mir fast vor jedem Treffen mit ihr einen ansaufen musste, um ihr einigermaßen gleichwertig gegenübertreten zu können. Es war noch schlimmer als bei Cindy geworden.

Meine Mutter versuchte, mich zu dieser Zeit auch mit allen Mitteln zur Einsicht zu bewegen. Sie wusste allerdings nur einen Bruchteil von dem, was ihr Sohn wirklich so anstellte. Ich bekam Hausaufgabenhilfe, Nachhilfeunterricht, sie redete mir gut zu, versuchte es mit Verboten, Hausarrest oder sonst was. Sie tat mir von allen am meisten leid und schaffte es als einzige, mir doch hin und wieder ein schlechtes Gewissen zu machen. Ihr neuer Lebensgefährte mischte sich auch immer mehr ein. Von ihm ließ ich mir allerdings gar nichts sagen. Im Endeffekt half nichts. Im Gegenteil, ich wurde immer schlimmer und brachte mein komplettes Umfeld zur Verzweiflung. Zu dieser Zeit rauchte ich dann meinen ersten Joint, der aber keinerlei Wirkung zeigte. Ich wurde dann auch zum ersten Mal beim Ladendiebstahl erwischt und bekam eine eher milde Strafe.

Tanja bekam den Umgang mit mir verboten, weil ich ihre Mutter, natürlich stark angetrunken, am Telefon belogen hatte. Zum ersten Mal spürte ich, was Liebeskummer bedeutet, den ich aber geschickt zu betäuben wusste.

An einem Samstagabend ging ich auf eine Party bei der Mittelschicht-Clique. Ich war jetzt fünfzehn und kiffte etwas häufiger, es haute mittlerweile ziemlich gut rein.

Robert, den ich schon seit der Grundschule kannte, war auch da. Seine Eltern waren wie meine geschieden und er hatte seit kurzem einen Stiefvater. Er war ein aufgeweckter Junge, zeigte allerdings auch einen Hang zum Kriminellen auf. Wir hingen den ganzen Abend zusammen, soffen willenlos, rauchten zwei Joints und redeten ununterbrochen vom Abhauen und von der großen weiten Welt, die uns zu Füßen lag. Als die Party gegen eins zu Ende ging, beschlossen wir, das Auto seiner Eltern zu stehlen. Auf dem Weg dorthin steigerten wir uns immer tiefer in die ganze Sache hinein, wir ließen unserer Fantasie freien Lauf. Einer übertraf den anderen. Wir hatten uns gesucht und gefunden.

Am elterlichen Haus angekommen, ging er rein, um den Schlüssel zu besorgen, was ihm allerdings nicht gelang.

»Wenn der Wagen in der Garage steht, ist er meistens nicht abgeschlossen«, sagte er.

Die Garage war offen, das Auto auch. Wir rollten es, so leise es ging, aus der Garage, dann über den Hof, aus dem Eingangstor an die dunkelste Stelle auf der Straße. Wir rissen die Kabel unter dem Lenkrad raus, um den Wagen kurzzuschließen. Es gelang uns nicht; das Licht von der Taschenlampe war dazu auch noch ziemlich schwach. Nach einer halben Stunde hatte ich keinen Bock mehr. Ich öffnete die vorletzte Flasche Bier und versuchte, ihm die Sache wieder auszureden.

»Lass es lieber sein, wir schaffen das sowieso nicht«, versuchte ich ihn zu beschwichtigen.

»Ich bekomm' das schon hin, außerdem kann ich das Auto in dem Zustand eh nicht mehr zurückstellen. Dauert nicht mehr lange, glaub' mir«, antwortete er.

Robert fummelte weiter wie ein Besessener an den Kabeln herum.

Als es mir nach beinahe einer Stunde endgültig zu viel wurde – ich war gerade im Begriff zu gehen – da zündete der Motor.

»Hab's doch gewusst!«, jubilierte Robert.

»Dann lass uns jetzt endlich von hier verschwinden!«, drängte ich ihn.

Wir fuhren schnell los, Richtung München, so wie wir es vorher ausgemacht hatten.

Nach einer Stunde war das Bier alle, wir hatten keinen Pfennig Geld dabei. Glücklicherweise hatte seine Mutter vollgetankt. Irgendwann fielen mir die Augen zu. Plötzlich spürte ich, wie irgendetwas meinen Körper durchschüttelte. Als ich so einigermaßen orientiert war, durchfuhr mich ein riesiger Schreck. Wir fuhren auf dem Grünstreifen, nur Zentimeter von der Leitplanke entfernt, links auf der Überholspur, wir waren kurz vor dem Zusammenstoß, so mit 120 Sachen. Robert war während der Fahrt eingeschlafen. Wie von Geisterhand gelenkt riss ich das Lenkrad auf meine Seite. Der Wagen scherte aus und kam ins Schleudern. Wir drifteten ab auf die rechte Spur. Robert war jetzt auch, wenn auch noch stark benommen, wieder bei sich. Er trat reflexartig auf die Bremse. Dröhnendes Hupen. Hinter uns raste ein Reisebus direkt auf uns zu.

»Gib Gas!«, schrie ich.

Er zog den Wagen noch weiter nach rechts auf den Standstreifen. Wir streiften kurz die Leitplanke, und das Auto scherte wieder nach links aus. Gott sei Dank war der Bus schon vor uns. Wir fuhren kreidebleich an die nächste Raststätte. Das Auto hatte nur ein paar leichte Schrammen. Einer unserer Schutzengel hatte wohl Nachtschicht. Es war gegen sechs Uhr morgens, wir schliefen auf dem Parkplatz ein.

Klopfen weckte mich. Mein erster Gedanke war: *Scheiße, Bullen!*

Ich drehte mich zum Fenster auf meiner Beifahrerseite, von wo das Klopfen kam. Es war hell, halb neun am Morgen. Draußen stand ein lustig aussehender, bärtiger Freak, etwa zweiundzwanzig Jahre rum, mit langen, schwarzen Haaren und einem abgenutzten Parka. Er begann zu winken, als er meine Aufmerksamkeit hatte. Ich stieg aus und machte gleich mal wieder auf besonders cool:

»Is' ja ganz schön unverschämt, fremde Leute am frühen Morgen zu wecken. Hoffe, du hast einen guten Grund dafür, Mann«, sagte ich.

Etwas unsicher, in einem hochgestochenen Studentendeutsch, antwortete er mir:

»Entschuldigung. Ich bin schon seit gestern Abend hier und total durchgefroren. Keiner nimmt mich mit. Ich will nach München. Wenn ihr mich mitnehmt, wäre ich auch bereit, zehn Mark für Benzin beizusteuern.«

Ich überlegte kurz.

»Du siehst aus, als würdest du kiffen. Hast du was einstecken?«, fragte ich.

»Für einen Kleinen reicht es noch. Ich wollte es mir eigentlich für München aufheben, aber wenn es nicht anders... «

Ich unterbrach ihn:

»Es geht nicht anders.«

Wir setzten uns. Er drehte. Wortlos beobachtete ich, ob er auch wirklich alles reinbröselte. Wir rauchten das Ding, besser gesagt: Ich rauchte. Nachdem er zweimal gezogen hatte, bekam er die kleine Tüte nicht mehr zurück. Ich schickte ihn in die Raststätte, um mir ein Bier zu besorgen. Das war die nächste Bedingung. Dann weckte ich Robert und erzählte ihm mit einem breiten Grinsen von Olaf, so hieß der Typ. Robert willigte ein.

»Die zehn Mark können wir eh gut gebrauchen, unser Tank ist fast leer.«

Wir fuhren zur Zapfsäule. In dieser Zeit hatte ich mir das Bier mit zwei kräftigen Schlucken reingezogen. Dort angekommen, sagte ich zu Olaf:

»Fünfzehn Mark zum Tanken und noch ein Bier für mich. Das ist der Preis für die Fahrt nach München.«

Olaf wirkte zunehmend ängstlicher. Sein Gesicht spiegelte die Frage wider, ob er mit uns überhaupt irgendwohin fahren solle. Robert war sechzehn, ich fünfzehn, und wir sahen beide jünger aus. Er konnte sich wohl denken, dass dies nicht unser Auto war. Als Robert dann noch sagte, dass es wahrscheinlich sicherer wäre, wenn wir über die Landstraße nach München fahren würden, verlor er ganz den Mut.

»Was ist jetzt, hast du Probleme? In eineinhalb Stunden sind wir in München, oder willst du noch einen Tag an dieser Raststätte verbringen, Olaf?«, fragte ich.

Zögerlich willigte er ein. Wir tankten den Wagen mit Benzin, ich mich mit einem Bier, und los ging es.

Die Autofahrt wurde für Olaf zur Odyssee. Wir fuhren durch Dörfer. Robert übersah eine rote Ampel und wir bauten fast einen Unfall. Eine halbe Stunde später kamen wir ins Schleudern und wären fast gegen einen Baum gefahren. Robert sagte immer nur:

»Scheiße, noch mal Glück gehabt.«

Ich lachte nur. Olafs Stoff war gut. Olaf selbst wurde immer blasser im Gesicht. Zu guter Letzt verfuhren wir uns und kamen an einem riesigen Bauernhof raus. Als Robert die Karte studiert hatte und den Weg einigermaßen zu wissen schien, fuhren wir weiter. An einer Steigung sahen wir ein paar riesige silberne Milcheimer, die vom Bauern zum Abholen an den Straßenrand gestellt worden waren. Robert und ich schauten uns nur an.

»Wenigstens etwas Milch zum Frühstück«, sagte Robert.

Olaf schlug die Hände über dem Gesicht zusammen. Ich stieg aus, machte den Deckel der Kanne auf und rief:

»Voll!«

»Wir nehmen eine mit!«, rief Robert zurück.

Ich zog eine hoch. Die Dinger waren sauschwer. Meine ständigen Lachanfälle nahmen mir völlig die Kraft.

»Hilf mir, die Teile wiegen Tonnen!«, schrie ich Richtung Auto.

Robert stellte den Motor ab und eilte zu mir. Als er auf halbem Wege bei mir war, sah ich, wie der Wagen langsam anfing, nach hinten die Steigung herunterzurollen. Olaf versuchte panikartig, von der Rückbank aus die Handbremse zu ziehen, was ihm nicht gelang. Ich rannte Richtung Wagen. Robert schnallte gar nichts. Im letzten Moment hechtete ich durch die noch offene Beifahrertür und zog die Handbremse.

»Da hast du noch mal Glück gehabt, Olaf«, sagte ich und zeigte auf die Böschung, die ziemlich steil nach unten ging. Das Auto stand keinen Meter mehr davor.

Olaf stieg aus, hinter seinem schwarzen Bart stach ein weißes, verschwitztes Gesicht hervor. Seine Augen waren starr, als wäre ihm ein Gespenst begegnet. Er griff seinen Rucksack und lief wortlos davon. Als ich ihm hinterherrief:

»Willst du nicht mehr mit uns weiterfahren? Wir sind in einer Dreiviertelstunde da«, fing er an zu rennen. Erst langsam, dann immer schneller, bis er kaum noch zu sehen war.

Wir fuhren weiter. In einem Nobelvorort vor München ging uns der Sprit aus. Wir schoben die Karre auf einen Parkplatz.

Es war Sonntag, keinen Pfennig Geld in der Tasche, noch nicht einmal klauen konnte man, weil die Geschäfte geschlossen hatten. Stunden liefen wir durch die Gegend und suchten einen Ausweg, um an Geld zu kommen, aber nichts fiel uns ein. Einer alten Frau die Handtasche abzunehmen, schien uns noch der einzige Ausweg zu sein, aber der Skrupel war zu groß. Keiner von uns beiden war aus diesem Holz geschnitzt.

Es dämmerte bereits. Beide hatten wir seit vierundzwanzig Stunden nichts mehr gegessen.

»Wie wär's, wenn wir an die Tanke vor der Ortseinfahrt fahren, tanken, uns aus dem Staub machen und wieder nach Hause fahren? Ich habe absolut keinen Bock mehr auf die ganze Scheiße!«, fragte ich ihn.

»Geht mir auch schon die ganze Zeit im Kopf herum. Aber wie kommen wir da hin?« erwiderte er. Das Auto hinschieben war eindeutig zu weit. Etwa zwanzig Minuten später sahen wir einen Mann in einer Garage an seinem Wagen rumhantieren. Unsere letzte Hoffnung war, dass er uns etwas Sprit leihen würde. Wir gingen zu ihm. Auf eine höfliche und verzweifelt gespielte Art fing ich an:

»Entschuldigung, wir haben mit dem neuen Wagen von

meinem Bruder eine Spritztour nach München gemacht. Leider haben wir festgestellt, dass die Tankanzeige defekt ist, und mussten sozusagen hier um die Ecke notlanden. Können Sie uns bitte mit etwas Benzin aushelfen, damit wir an die nächste Tankstelle kommen?«

Robert stand einen Schritt hinter mir und sagte kein Wort. Ich befürchtete, der Mann, so um die fünfzig, werde erst einmal auf unser Alter anspielen und damit drohen, die Polizei zu rufen. Aber er war sehr nett; mit bayrisch gemischtem Akzent sagte er:

»Freilich, aus wos für einer Gegend kommt ihr?«

»Mannheim«, antwortete ich.

»Oh, da lebt a Bekannte von mir. Habts ihr auch einen Kanister dabei?«, fragte er.

»Wir holen ihn schnell«, sagte Robert.

Der Mann bot uns noch einen Apfel aus einem Korb in der Garage an, dann gingen wir.

»Wir haben keinen Kanister, was machen wir jetzt?«, fragte Robert.

»Milcheimer«, antwortete ich.

Von dem Dreißiglitereimer fehlten allerhöchstens zwei, also gossen wir circa achtundzwanzig Liter Milch auf die Straße, direkt unter eine Laterne. Aus einiger Entfernung, es war schon dunkel, sah es aus wie glitzernder Schnee, um unseren Wagen herum. An der Garage angekommen, gab der nette Herr uns aus seinem Reservekanister etwas Benzin ab. Er war zwar verwundert über unser Alugefäß, wünschte aber dennoch eine gute Fahrt.

Das Umfüllen gestaltete sich schwieriger als erwartet, der Milcheimer hatte keinen Schnabel. Wir schraubten das Blinkerglas ab und füllten mühsam um.

Wir fuhren zu einer Tankstelle und hielten vor einer Zapfsäule. Ich war gerade im Begriff, auszusteigen, um zu tanken, da kam der Tankstellenpächter. Hier wurde man noch betankt, das gab es bei uns schon lange nicht mehr.

»Voll«, sagte ich aus der halb heruntergedrehten Scheibe.

Er ging wieder in den Laden, um einen anderen Kunden abzukassieren.

»Wenn er rauskommt, gibst du Gas«, sagte ich zweimal hintereinander.

Nach einer Weile machte es *klick*. Der Tank war voll. Ohne groß zu überlegen, stieg ich aus, nahm den Zapfhahn, drückte noch etwa dreimal nach, bis er randvoll war, und hängte das Ding ein. Der Pächter hob lächelnd hinter der Glasscheibe die Hand. Er dachte wohl, er müsse nicht mehr rauskommen. Robert startete den Motor, ich sprang auf den Beifahrersitz. Schnellstart, zu schnell, der Motor soff ab.

»Scheiße! Scheiße! Scheiße!«, schrien wir gleichzeitig. Beim zweiten Mal klappte es dann. Wir hetzten im Eiltempo auf die Straße, nach kurzer Zeit kam die Autobahnauffahrt. Nach einigen Minuten sagte ich:

»Olaf wäre uns bei der Aktion sicher draufgegangen.«

Sicher geglaubt fingen wir an, uns kaputtzulachen, bis Robert abrupt damit aufhörte.

»Ich glaube, wir werden verfolgt«, sagte er mit aufgeregter Stimme.

Als ich mich umdrehte, sah ich zwei Scheinwerfer, die schon fast unseren Kofferraum berührten.

»Bullen!«, schrie mein Fahrer.

»Das sind niemals im Leben Bullen, die wollen sich ja nicht umbringen! Das ist bestimmt der Tankstellentyp, der sein Benzin wiederhaben will. Fahr weiter!«, drängte ich.

Der Verfolger überholte uns. Jetzt konnte man sehen, dass es der Tankstellenbesitzer war. Er versuchte, uns auf der Autobahn auszubremsen, dann kam eine Ausfahrt. Sein Fehler war, dass er jetzt vor uns fuhr. Robert setzte den Blinker und wartete, was der Typ tun würde, um dann das Gegenteil davon zu machen. Der Mann von der Tankstelle fuhr in die Ausfahrt, Robert geradeaus weiter. Wir hatten ihn abgehängt.

Wir blieben, trotz der Gefahr, geschnappt zu werden, auf der Autobahn und fuhren durch bis zur Heimat. Das Benzin reichte dafür gerade so. Gegen zwei Uhr morgens fiel ich erschöpft ins Bett. Außer einem Apfel hatte ich die letzten sechsunddreißig Stunden nichts gegessen und höchstens drei Stunden geschlafen. Diese Nacht träumte ich von Olaf. Er tappte völlig orientierungslos im Bayerischen Wald herum, auf der Suche nach einem Weg, der ihn nach München führte.

Am nächsten Tag gab es Riesentrouble: Roberts Mutter hatte sich schon mit meiner in Verbindung gesetzt. Der Tankstellenpächter hatte unser Autokennzeichen aufgeschrieben, eine Anzeige lief.

In den darauf folgenden Monaten wurde ich schlimmer und schlimmer. Meine Mutter belog ich immer häufiger, besonders was meinen Alkoholkonsum betraf. Den Weg zur Schule fand ich nur noch äußerst selten. Als ein Lehrer mich zurechtweisen wollte, verließ ich ohne Worte das Klassenzimmer, nahm meinen Schulranzen und warf ihn in einen Müllcontainer auf dem Pausenhof. Er wurde ein paar Wochen später von der Mülldeponie zurückgeschickt. Darauf verbrannte ich bei einer feierlichen Zeremonie alle meine Schulbücher. Das Jugendamt schaltete sich irgendwann mal ein. Ich flog von der Schule, mit einem Abgangszeugnis aus der siebten Klasse, die ich noch nicht einmal beendet hatte.

Ich begann, Schmerz-, Aufputsch- und Beruhigungsmittel zu nehmen. Zuerst irgendwelche Kopfschmerztabletten, die in jeder Hausapotheke zu finden waren, dann stärkere Schmerz- und Beruhigungsmittel. Man lernte schnell, durch erfahrene Pillenschlucker, was am besten ist und wie man gut an das Zeug herankommt. Ein Medikament, Ephedrin, konnte man rezeptfrei für etwas über drei Mark in der Apotheke kaufen. Es war ein Aufputschmittel. Die Apotheker gaben es mir manchmal wegen meines jungen Aussehens nicht, aber spätestens in der dritten Apotheke bekam ich es dann. Ich fing an, mit den verschiedenen Medikamenten zu experimentieren, und mischte mir Cocktails, immer in Verbindung mit viel Alkohol. Schon nach kürzester Zeit war ich ein kleiner Experte auf diesem Gebiet und wurde immer neugieriger auf andere Rauschzustände.

Ein neues Hobby wurde auch, mich tätowieren zu lassen. Es half mir, mein sehr ausgeprägtes Verlangen zu befriedigen, mich von der Masse abzuheben. Tätowierte Leute hatten einen absolut hohen Stellenwert bei mir bekommen. Je mehr einer hatte, je mehr Aufmerksamkeit bekam er von mir.

Mädchen wurden mir scheißegal. Die *Rolling Stones* und Drogen faszinierten mich nun immer mehr. Alkohol wurde zu meinem ständigen Begleiter.

●

Mit meiner neuen Bekanntschaft traf ich mich jetzt ziemlich oft. Sie hatte auch einen Namen. Ihr Name war Sucht. Als ich ihren Namen erfuhr, bekam ich zuerst einen Schrecken, weil ich bisher nur Schlechtes über sie gehört hatte. Viele Leute behaupteten sogar, sie sei der Teufel persönlich oder zumindest eine Verwandte von ihm. Dies war eine Lüge! Zu mir war sie gut, wollte immer nur mein Bestes. Sie war stets für mich da und gab mir Dinge, die mir sonst kein anderer zu geben vermochte. Sie gab mir ihren Zauber. Vielleicht war sie ja nur zu mir so gut. Vielleicht konnten die anderen sie gar nicht verstehen, so wie ich das konnte. Sie war mein Freund geworden, und das würde ich mir von keinem mehr nehmen lassen.

Eines Tages nahm sie mich mit an einen geheimen Ort. Dort öffnete sie eine Tür. Es führten viele Treppen nach unten. Man konnte nicht sehen, wohin die Treppen führten, weil es nach einigen Stufen immer dunkler wurde. Die Sucht sagte:

»Da unten ist das, wonach jeder Mensch strebt.

Berühmtheit, unermessliche Reichtümer und was dein Herz sonst noch begehrt. Es gehört alles dir, wenn wir unten angelangt sind. Du brauchst es dir nur zu holen. Vertraue mir und hüte dieses Geheimnis, dann wird einmal alles, was da unten ist, dir gehören.«

Ich vertraute der Sucht und behielt das Geheimnis für mich. Ich vertraute ihr, weil sie mir ja schon bewiesen hatte, dass sie zaubern konnte. Ganz alleine für mich.

Ich vertraute ihr und wir machten uns auf den Weg.

LICHTBLICK

Ich war jetzt 16. Mein Tablettenkonsum stieg an, das Kiffen mit ihm. Die Alkoholexzesse waren fast schon an der Tagesordnung. Von kriminellen Sachen, besonders vor Ladendiebstahl, hielt ich mich so gut es ging zurück. Ich war mittlerweile kein unbeschriebenes Blatt mehr bei den Bullen. Mädchen waren auch tabu, mich zog nichts mehr zu ihnen, außer in meiner Fantasie. Da war ich ein großer Musiker, hatte meine Traumfrauen, dort war alles perfekt.

Eigentlich lebte ich so in den Tag hinein, ohne Schule oder Arbeit. Meine Mutter war sehr traurig und verzweifelt wegen mir, aber sie glaubte immer, dass eines Tages doch noch etwas aus mir werden würde, obwohl sie allen Grund gehabt hätte, das Gegenteil zu glauben. Sie räumte einmal mit meiner älteren Schwester während meiner Abwesenheit mein Zimmer auf. Sie zählten die leeren Flaschen, die sie in Müllsäcke verstauten. Es waren 284 Stück. Obwohl ich jeden Tag einige Flaschen in den Müll brachte, staute sich die Deponie in meinem Zimmer immer mehr an.

Ich soff viel alleine, hatte dabei aber nie das Gefühl, wirklich alleine zu sein. Mein Freund, der Alkohol, mit seinen Kumpanen, den Drogen, leistete mir stets Gesellschaft. Wir freundeten uns immer intensiver an. Sie sprachen mir gut zu, trösteten mich, gaben mir Zuversicht und das Gefühl, jemand Besonderes zu sein. Aus dem Haus zog es mich zu dieser Zeit nur noch selten, höchstens an den Wochenenden. Nüchtern konnte ich fast nirgendwo mehr hin. Eine beklemmende Angst begleitete mich. Wohin mein Weg mich auch führte, sie war stets dabei. Diese Angst war nur durch Alkohol, am besten in Verbindung mit Drogen, aufzulösen.

Meine jüngere Schwester zog runter in das ehemalige Büro meiner Mutter. Ich hatte jetzt zwei Zimmer plus Toilette und Bad ganz für mich alleine. Robert, Uwe und Jochen, drei alte Bekannte, besuchten mich oft am Abend.

Wir soffen und kifften meistens.

Dies war auch die Zeit, in der ich anfing, nicht nur meine Mutter über meinen Alkoholkonsum zu belügen, sondern auch mich selbst. Ich neigte immer mehr zur Verharmlosung und fing an, mir selbst Entschuldigungen für meinen Konsum zu suchen.

Meine Mutter fand eine Schule für mich, halbprivat: Sie kostete Geld. Man konnte dort schnell Schulabschlüsse nachholen. Meine Begeisterung dafür hielt sich, wie sollte es anders sein, in Grenzen. Da aber die Gerichtsverhandlung wegen der Sache aus München kurz vor der Tür stand, hielt ich es für geschickter, mich dort erst einmal anzumelden. Etwa zwei Monate bevor es losging, waren Infoabend und Einschreibung. An diesem Tag hielt ich mich zurück. Drei Bier hielten mir einigermaßen die Unsicherheit vom Leib. Die Schule lag in einer anderen Stadt; auf der Zugfahrt dorthin, so etwa zwanzig Minuten, musste noch eine Dose dran glauben. Dort angekommen fiel mir als Erstes auf, dass ich mit Abstand der Jüngste war. Der Altersdurchschnitt lag bei etwa zwanzig. Ich hörte nicht zu, schrieb mich ein und ging.

Die Gerichtsverhandlung lief bestens. Selbst im nüchternen Zustand gelang es mir, den Richter zu überzeugen. Ich redete richtig vernünftiges Zeug, erzählte das mit der Schule, gelobte Besserung und erzählte ihm, wie schlimm Alkohol sei. Er wurde immer netter. Dann brummte er mir vierzig Arbeitsstunden auf. Erleichterung.

Es war noch ein Monat Zeit, bis die Schule losgehen sollte. Dieser Monat gestaltete sich zu einer einzigen Party. Bier, Wein, Schnaps flossen in Strömen. Wenn Tabletten oder Hasch zur Verfügung standen, wurde die Party noch exzessiver. Manchmal fing ich schon morgens damit an. Wenn die anderen gegen Abend eintrudelten, war ich meistens schon völlig zu.

Am ersten Schultag kam ich gleich zwei Stunden zu spät. Der Unterricht gefiel mir im Allgemeinen sehr gut. Den Dozenten war es egal, ob man seine Hausaufgaben machte, man musste keine Entschuldigung abgeben. Die Lehrer siezten uns, oder wenn sie uns mit *Du* ansprachen, konnte man das auch bei ihnen. Alles geschah auf gleicher Augenhöhe. Das Prinzip war einfach: Wenn man die Fehlzeit überschritt oder den Notendurchschnitt nicht erreichte, wurde man eben nicht zur Prüfung zugelassen. Die Kontrolle, die Lehrer sonst über einen ausübten und die ich über alles hasste, fiel weg. Die erste Woche war richtig locker, was mich aber nicht vom Saufen abhielt. Die Versagensangst, die stets größte Unsicherheit in mir auslöste, begleitete mich ständig.

Wir hatten Deutschunterricht bei Frau Fromm. Ich mochte sie auf Anhieb, obwohl gerade Deutsch mein Horrorfach war. Sie war etwa um die 50 und rauchte wie ein Schlot.

»Wir schreiben heute eine Arbeit«, sagte sie.

Raunen ging durchs Klassenzimmer.

»So früh schon eine Arbeit, wir sind noch keine zwei Wochen hier!«, protestierten einige.

»Ich teile jetzt eine kurze Geschichte aus. Ihr könnt schreiben, was ihr wollt. Es ist kein Thema vorgegeben. Schreibt einfach auf, was ihr darüber denkt, was euch gerade dazu einfällt, was euch daran bewegt«, sagte sie.

Die Geschichte handelte von einem politischen Gefangenen in Südamerika. Sie war wirklich kurz und hatte eigentlich gar keine richtige Handlung. Es waren nur ein paar seiner Gedanken aufgeschrieben. Erst wusste ich nicht richtig, was ich dazu zu sagen hatte. Dann versuchte ich, mich in den Typen hineinzuversetzen, vor allem in seine Angst. Eigentlich schrieb ich weiter seine Gedanken auf. Nach einer Stunde sammelte die Lehrerin die Blätter ein.

Eine Woche später, wir hatten gerade wieder Deutsch, sagte Frau Fromm:

»Ich habe eure Arbeiten dabei. Ich behalte mir immer vor, die Arbeit, die mir am besten gefällt, mit der Klasse zu besprechen.«

Sie teilte aus; während sie das tat, dachte ich wie immer:

Wenn du Glück hast, ist es eine Vier, was aber gerade in Deutsch so gut wie nie vorkam. Als alle, außer mir, ihre Arbeiten zurückhatten, dachte ich, es würde eine Verwechslung vorliegen. Dann drehte sich die Lehrerin zu mir.

»Sie haben mich wirklich sehr begeistert. Ich habe Ihre Arbeit auch meinem Mann zum Lesen gegeben, der war ebenso beeindruckt. Sie haben großes Talent, Gefühle zu beschreiben. Leider kann ich Ihnen wegen der vielen Rechtschreib- und Grammatikfehler nur eine Zwei geben, aber bei mir persönlich haben Sie sich eine Eins mit Stern verdient.«

Ich war schockiert, konnte überhaupt nicht darauf eingehen. Mein Anliegen bestand ja schon immer darin, im Mittelpunkt zu stehen, aber das brachte mich nun wirklich völlig aus dem Gleichgewicht.

»Was machen Ihre Eltern? Was haben Sie vorher gemacht?«, wollte sie wissen.

Die ganze Klasse starrte mich an. Etwas stotternd in Wortfetzen gab ich ihr Auskunft.

»Wollen Sie uns Ihre Ausarbeitung vortragen?«, fragte sie lächelnd.

»Nein«, war das Einzige, was ich noch herausbrachte.

Statt stolz auf mich zu sein, schämte ich mich regelrecht. Mir war die ganze Situation unheimlich peinlich.

Mit etwas enttäuschter Stimme fragte die Lehrerin:

»Soll ich es lieber vorlesen?«

Ich nickte nur, mein Mund war trocken wie nach einem Joint, mein Kopf rot und meine Ohren brannten wie Feuer. Sie las uns erst noch einmal die Kurzgeschichte und dann meine Arbeit vor. Als dann die Besprechung losging und die ersten Fragen auf mich einhagelten, merkte sie sofort, dass ich überfordert mit der Situation war.

Sie redete ab jetzt für mich. Ab und zu wollte sie Bestätigung von mir, ich nickte meistens nur kurz. Die Doppelstunde kam mir vor wie meine gesamte Schulzeit. Danach war es aber noch nicht vorbei. Meine Mitschüler kamen in der Pause zu mir, um mir ihr Lob auszusprechen, besonders die Mitschülerinnen. Mir war das alles immer noch völlig unangenehm.

Das werden mir die Jungs nie glauben, nie im Leben!, waren meine Gedanken.

Aber ich hatte es schwarz auf weiß.

Als Nächstes folgte ein Geschichtstest. Ich bereitete mich auf der Zugfahrt und in der Pause darauf vor, wieder eine Zwei. Sozialkundearbeit: Ich lernte sonntags einige Stunden, die allererste Eins in meinem Leben! Jedes Mal zeigte ich meiner Mutter, stolz wie ein kleiner Schuljunge, meine Zensuren.

Die Treffen mit den Jungs fanden immer seltener statt. Wenn wir uns überhaupt noch trafen, dann in einer Kneipe. Nach zwei, drei Bier erfand ich eine Ausrede und ging. Drogen verschwanden vollkommen aus meinem Leben. Nach etwas über zwei Monaten brach ich den Kontakt zu meinen Kumpanen völlig ab. Meine Familie verleugnete mich am Telefon und an der Haustür. Bald meldete sich keiner mehr.

Ich half jetzt schwächeren Schülern bei den Hausaufgaben oder beim Lernen. Manchmal nahm ich jetzt auch Gitarrenunterricht. Ich entwickelte mich nicht zum Streber, aber mir machte dieses neue Leben Spaß. Durch den Unterricht begann sich in mir langsam eine eigene, unaufgesetzte Persönlichkeit zu entwickeln. Das ständige Theaterspielen und die Angeberei wurden durch Offenheit abgelöst. Ich war sehr beliebt bei den meisten Mitschülern wie auch bei den Lehrern, brachte die Leute im Unterricht zum Lachen und hörte aufmerksam zu, wenn jemand mit mir redete. Die Minderwertigkeit fühlte sich nicht mehr wohl in meiner Haut. Die ständige Angst, zu versagen, verringerte sich deutlich. Ein unbekanntes Gefühl innerer Freiheit begann zu wachsen. Alkohol wie Drogen waren jetzt vollkommen tabu.

Es gab Zwischenzeugnisse. Meines war das zweitbeste, obwohl ich noch wesentlich mehr hätte aus mir herausholen können.

Frau Fromm wollte anschließend mit mir einen Kaffee trinken gehen. Sie duzte mich mittlerweile. Aus Respekt, der mir bis dahin auch völlig fremd gewesen war, sagte ich weiter *Sie* zu ihr.

Sie begann:

»Du hast nicht viel von der siebten Klasse mitbekommen, die achte und neunte erst gar nicht besucht; was du hier ablieferst, ist eine beachtliche Leistung. Ich habe mit dem Rektor und den anderen Dozenten gesprochen.«

Sie beugte sich zu mir und schaute mich eindringlich an, bevor sie weitersprach:

»Wir alle sind der Meinung, du hast das Zeug, nach deinem Abschluss auch die mittlere Reife hier zu machen. Und wer weiß, vielleicht ergibt sich ja danach noch mehr. Meine Unterstützung hättest du in jedem Fall.«

Nach diesem Gespräch war ich motivierter denn je. Aber es hatte noch eine Kehrseite: Das, was ich im Moment tat, verlor an Wert. Es bedeutete mir nicht mehr viel. Der Drang, der Beste zu sein, fühlte sich wieder angesprochen. Hochmut entwickelte sich, meine momentane Situation genügte mir immer weniger. Ab und an trank ich wieder oder rauchte einen kleinen Joint, aber es hielt sich, im Gegensatz zu vorher, noch in Grenzen.

In den Weihnachtsferien traf ich Max in der Stadt. Max kam aus reichem Haus. Er war etwa zwei Jahre älter und dabei, Abi zu machen. Ich hatte ihm schon zwei-, dreimal einen Gefallen getan, ihn einmal sogar richtig aus der Scheiße geholt. Als er mich fragte, was ich gerade so mache, kam sie in ungeahntem Ausmaß zurück, die Minderwertigkeit. Ich war nicht in der Lage, ihm zu sagen, dass ich den Hauptschulabschluss nachholte. Durch Frau Fromms Worte beeinflusst, log ich:

»Abi auf einer Privatschule, in zwei Jahren hab ich's im Sack.«

»Wow! Aus dir wird ja mal richtig was. Hör zu, ich hab's grad eilig, aber komm doch auf meine Party am Samstag. Da kommen echt heiße Mädels. Es gibt auch eine besondere Überraschung für dich. Hab' nicht vergessen, was du schon für mich getan hast«, sagte Max. Er drückte mir eine Visitenkarte mit seiner Adresse in die Hand. Dann ging er, ein Auge zukneifend, los. Die Visitenkarte war absolut protzig, mit goldenem Rand, sein Name war mit fetten Buchstaben hervorgehoben.

Angeber, war das Einzige, das mir dazu einfiel.

Am Samstagabend ging ich auf die Party. Eigentlich war es die Überraschung, die meine Neugierde in den letzten drei Tagen hatte ansteigen lassen.

Das Haus war der Hammer: überdimensional groß, der Luxus wohnte hier, alles sah sündhaft teuer aus. Die Leute, die schon da waren, waren alles Snobs, Selbstdarsteller, jeder redete nur davon, was er kann, Tolles gemacht hat oder tun wird.

Bei den Arschlöchern bleibst du nicht lange, manifestierte sich zunehmend in meinem Kopf.

Ich redete so gut wie kein Wort, trank gemütlich mein Bier und einen teuren Whisky dazu. Dann klingelte es an der Haustür, vier gut aussehende Mädchen betraten das übergroße Wohnzimmer. Durch ihr eingebildetes Auftreten merkte man sofort, wo sie herkamen. Sie passten wie die Faust aufs Auge zu den Affen, die schon da waren. Bis auf eine: sie war eine absolute Schönheit, langes, glänzendes blondes Haar, erotisch wohlgeformte Lippen, leichte Sommersprossen, rehbraune Augen, hochgewachsen, ihre Figur war makellos, einfach umwerfend. Noch nie war ein Mädchen meiner Traumfrau so nahegekommen wie sie. Vor allem war sie sehr sympathisch. Ihre nette Art sprach mich einfach nur an. Sie begrüßte jeden; wenn jemand einen dummen Spruch drückte, prahlte oder versuchte, etwas Überintelligentes zu sagen, ignorierte sie das völlig. Sie ließ sich erst gar nicht auf so ein Niveau herab.

Stephanie ging auf mich zu. Ich wurde verlegen, obwohl ich noch nicht einmal wusste, ob sie mich überhaupt ansprechen würde. Doch dann blieb sie unmittelbar vor mir stehen, schaute mir direkt in die Augen, lächelte dabei und stellte sich vor:

»Hi, ich bin Stephanie.«

Ich stand auf, reichte ihr meine Hand, stellte auch mich vor, hielt den Augenkontakt und versuchte dabei, meine Unsicherheit zu verbergen. Sie setzte sich in meine Nähe. Unsere Blicke trafen sich einige Male. Sie schaute nicht weg, sondern lächelte absolut süß. Ich fing an, Feuer zu fangen, war immer mehr dazu bereit, mit ihr ein Gespräch anzufangen. Der Selbstzweifel kam mir aber dazwischen: *Was willst du ihr sagen? Wer bist du schon? Was hast du ihr schon zu bieten? – Wenn ich wenigstens betrunken wäre, vor ihr kann ich ja jetzt schlecht damit anfangen.*
Diese Gedanken ließen mich vollkommen mutlos werden. Die Minderwertigkeit nahm mich an der Hand und zog mich Richtung Tür. Ich suchte meine Jacke, fand sie nicht und nahm mir Max zur Seite:
»Geh' langsam, bin noch woanders eingeladen. Weißt du, wo meine Jacke ist?«
»Spinnst du? Die Party hat doch noch gar nicht angefangen. Das Beste kommt erst noch. Hast du nicht gemerkt, wie Stephanie dich anguckt? Die kriegt normal so schnell keiner rum. Du bleibst da, wir bringen dich erst mal in die richtige Stimmung!«
Max klang euphorisch. Er kam mir sowieso schon die ganze Zeit regelrecht aufgekratzt vor. Ich bekam langsam das Gefühl, er hatte sich irgendwelche Aufputschtabletten eingeworfen.
Max brachte mich in das luxuriöse Arbeitszimmer seines Vaters.
»Bin gleich wieder da.«
Mit diesen Worten verließ er den Raum. Die vielen Bücher in dem Zimmer erinnerten mich an mein Vorhaben, in der Schule durchzustarten. Nach ein paar Minuten kam Max zurück. In der einen Hand hatte er einen Spiegel, in der anderen zwei Gläser und unter dem Arm eine Flasche Champagner.
»Jetzt geht's los!«, sang er wie im Fußballstadion.
Er breitete die Sachen auf dem Tisch aus, griff in seine Hosentasche, holte zwei zusammengefaltete Papierbriefchen heraus und wedelte damit voller Stolz vor meinem

Gesicht herum.

»Kokain, und zwar vom Feinsten. So reinen Stoff hast du mit Sicherheit noch nie genommen«, meinte er.

Ich hatte noch nie gekokst, behielt das aber für mich, wusste nur, dass gutes Koks in unserer Gegend mindestens zweihundert Mark das Gramm kostete. Außerdem war es sehr schwer, überhaupt an den Stoff zu kommen. Er warf mir eines der Päckchen über den Tisch. »Hier, das Briefchen ist für dich. Es ist über ein halbes Gramm drin, war nicht billig, nimm es mit. Ich habe nicht vergessen, was du schon für mich getan hast. Den Rest des Abends bist du mein Gast; wenn du was sniefen willst, gib mir Bescheid«, sagte er.

Dann begann er, mit einer Rasierklinge das weiß glitzernde Pulver in vier gleichgroße Linien auf dem Spiegel zu ziehen. Es sah sehr gekonnt aus. Dabei sang er immer wieder *Cocaine*. Als er fertig war, rollte er einen Fünfzigmarkschein zu einem Röhrchen zusammen und hielt ihn mir entgegen.

»Fang du ruhig an. Ich mach in der Zeit den Schampus auf«, sagte ich, um zu beobachten, wie er es machte. Mir gelang es nicht, die Flasche zu öffnen, weil mein ganzes Interesse Max galt.

Wie rum hält er den Schein? Wie fest zieht er?

Meine Blicke ließen nicht von ihm ab. Als er fertig war, fing er an, unverständliche Laute von sich zu geben, nahm mir die noch verschlossene Flasche ab und hielt mir erneut den Geldschein hin. Ich war jetzt übernervös, in vollster Erwartungshaltung, was passieren würde. Mit zittrigen Händen hielt ich den Geldschein. So konnte das nichts werden. Die Angst, mich vor Max zu blamieren, wuchs. Ich versuchte, ihn aus dem Zimmer zu locken:

»Tu mir bitte einen Gefallen und besorg mir ein Glas Whisky«, bat ich Max.

»Aber immer. Du weißt, wie man sich die Dröhnung gibt. Bin gleich zurück.«

Er verließ tänzelnd das Zimmer.

Sofort beugte ich mich mit zitternder Hand über den

Spiegel. Ich hielt mir ein Nasenloch zu und zog mir das weiße Pulver rein. Erst verspürte ich ein leichtes Brennen in der Nase, mir war nach Niesen zumute. Es verging sehr schnell, dann setzte eine Betäubung ein. Es begann im Gesicht und breitete sich langsam über meinen Körper aus. Max kam rein und stellte eine Flasche Whisky auf den Tisch.

»Spitzenstoff, oder?«, fragte er.

Ich beugte mich erneut über den Spiegel und zog mir die letzte Line ins andere Nasenloch. Dieses Mal merkte ich gar nichts. Alles war wie eingefroren. Ich grinste Max an und antwortete:

»Spitzenstoff.«

Meine Gedanken und Worte kamen mir auch wie eingefroren vor. Dann wechselte das Gefühl allmählich ins Gegenteil um. Ein angenehmes Gefühl von Wärme zog in meinen Körper ein. Besonders im Kopf setzte sich eine immer größer werdende Energie frei und wuchs zu einem Feuerball. Die Unsicherheit, die mich noch vor wenigen Minuten begleitet hatte, verwandelte sich in Selbstsicherheit. Mir ging es hervorragend. Wir saßen da, erzählten ununterbrochen, tranken den Champagner in Windeseile, einige Gläser Whisky folgten. Ich gab den Worten von Max nur sehr wenig Aufmerksamkeit, wollte ihm nur vermitteln, was für eine außergewöhnliche Person er vor sich sitzen hatte.

Nach fast einer Stunde sagte Max:

»Ich muss mich langsam wieder um meine Gäste kümmern.«

»Lass uns noch etwas Koks in die Nase ziehen, bevor wir runtergehen. Das Zeug ist echt geil«, gab ich zurück.

Wir zogen uns noch eine gute Ladung rein und gingen runter.

Es waren jetzt schon einige Gäste mehr da. Das Reden fiel mir äußerst leicht, jegliche Hemmung war verschwunden. Dann hielt ich Ausschau nach Stephanie, konnte sie aber nirgends sehen. Ich lief durchs Haus. Plötzlich hörte ich schräge Gitarrenklänge aus einem Zimmer. Dort angekommen, sah ich Stephanie mit zwei anderen Mädchen in dem Zimmer Max' jüngerer Schwester sitzen, die mit den Eltern im Urlaub war. Sie versuchten, auf einer Gitarre zu spielen. Alle lachten, weil keiner richtig das Instrument beherrschte. Als Stephanie mich sah, lächelte sie sofort. »Ich dachte, du bist schon gegangen…, kannst du spielen?«, fragte sie und hielt die Gitarre in meine Richtung.

»Hab noch etwas mit Max besprechen müssen«, erwiderte ich, ging lässig auf sie zu, nahm das Instrument, setzte mich auf einen Stuhl und begann mit einer Selbstsicherheit zu spielen, als hätte ich noch nie etwas anderes gemacht.

Ich spielte noch nicht lange Gitarre, aber jetzt kamen, im Gegensatz zu sonst, wirklich harmonische Melodien raus. Ich improvisierte, ließ meiner Kreativität freien Lauf und es wirkte. Die Mädchen waren fasziniert von mir.

Diese Nacht war ein voller Erfolg. Ich unterhielt mit Max die Leute und war überrascht darüber, wie gut ich reden konnte. Stephanie und ich hingen nach einer Weile zusammen rum, als wären wir ein Paar. Mindestens alle eineinhalb Stunden zeigte Max mit dem Finger nach oben. Das bedeutete Arbeitszimmer: koksen.

Als Stephanie gegen drei Uhr morgens ging, küssten wir uns. Wir verabredeten uns für den nächsten Tag bei Max zum Frühstücken. Ich übernachtete bei ihm.

Am nächsten Morgen, wir hatten nur wenige Stunden geschlafen, frühstückte ich mit Max erst mal alleine: Kokain und Champagner. Als Stephanie so gegen halb zwölf klingelte, die Freundin von Max war jetzt auch schon wach, war ich schon wieder in Hochform. Wir verbrachten einen gediegenen Tag zusammen. Max ging circa alle zwei Stunden ins Arbeitszimmer seines Vaters. Nachdem er zurück war, wartete ich fünf Minuten und ging dann auch „auf Toilette", wie ich es nannte. Die Mädels sollten von alledem nichts mitbekommen.

Stephanie übernachtete da, wir schliefen miteinander. Es war Leidenschaft pur, ich ging völlig aus mir heraus, noch niemals zuvor hatte ich so etwas Fantastisches erlebt.

Sie musste sehr früh gehen, weil sie für eine Woche mit ihrer Familie in Urlaub flog. Als sie ging, gab sie mir ihre Telefonnummer. Zum Abschied gaben wir uns Liebesschwüre und sagten, dass wir zusammenbleiben wollten.

Ich sah Stephanie nie wieder. Im Kokainrausch hatte ich mich zu einer völlig anderen Person gemacht. Es fing mit dem Alter an: Sie war schon siebzehn, also hatte ich mich auch ein Jahr älter gemacht. Weder war meine Familie vermögend, noch spielte ich in einer Newcomerband Gitarre, ich machte weder Abitur, noch war ich schon immer ein guter Schüler gewesen. Dieses Lügengebilde könnte keiner länger als eine Woche aufrechterhalten. Alles war auf Lügen aufgebaut, nichts war echt, bis auf meine Liebe zu ihr. Das Kokain verließ meinen Körper; was es zurückließ, war Scham und Hass auf mich selbst. Sie war meine absolute Traumfrau. Ich hatte es mal wieder geschafft, mich selbst abzuschießen.

Bis die Schule wieder anfing, besoff ich mich täglich bis zum Abwinken. Ich fing an, mich wieder mit Robert, Uwe oder Jochen zu treffen. Das Alleinsein fiel mir zu dieser Zeit sehr schwer. Von Stephanie erzählte ich keinem etwas. Es war mir einfach zu peinlich.

Jochen machte eine Ausbildung zum Einzelhandelskaufmann.

»Bewirb dich doch auch in meiner Firma. Was glaubst du, was los wäre, wenn wir zusammen dort arbeiten würden?«, fragte er mich, als wir gerade mal wieder dabei waren, uns zuzudröhnen.

Ich tat es.

In der Schule ging es mit jedem Tag bergab. Meine Leistung fiel ab, mit ihr die Anwesenheit. Frau Fromm musste mich fast zur Prüfung prügeln. Ich fiel in jedem Fach um zwei Noten ab. Zwei Vierer, der Rest Dreier, standen im Abschlusszeugnis. Das einzige Erfolgserlebnis war, in Jochens Firma eine Lehrstelle bekommen zu haben. Von hundertzwanzig Bewerbern, der größte Teil davon mit Mittlerer Reife, nahmen sie mich. Dreimal musste ich dort erscheinen: Eignungstest, Gespräch mit der Betriebspsychologin, Gespräch mit dem Marktleiter. Sie sahen nur mein Halbjahreszeugnis. Nach jedem Erscheinen hinterließ ich einen absolut selbstsicheren, offenen und vernünftigen Eindruck, immer vollkommen nüchtern.

Robert machte eine Lehre als Automechaniker und brachte nun häufiger einen neuen Freund mit: Gero, einen Mitschüler aus seiner Berufsschulklasse. Ich konnte ihn gar nicht leiden. Er war ein Möchtegern-Al Capone, der nichts draufhatte. Sie kamen nachts beim Saufen auf die Idee, einzubrechen. Gero meinte, er kenne sich dort aus, es sei jede Menge Kohle zu holen. Gero hatte eine Gaspistole dabei. Ich wollte mit der ganzen Sache nichts zu tun haben, besonders nicht mit so einem Dilettanten wie Gero. Nach mehrmaligem Bitten von Robert machte ich ihnen die Baumleiter, damit sie über die Mauer kamen. Direkt danach ging ich nach Hause. Al Capone Gero verlor am Tatort seinen Personalausweis. Nach zwei Tagen saßen sie bei den Bullen. Gero erzählte, ohne dass es irgendjemand wissen wollte, dass ich ihm und Robert über die Mauer geholfen hatte und dass sie eine Gaspistole dabei hatten.

Das nächste Gerichtsverfahren wartete: Beihilfe zum Einbruch mit Waffe.

Ich war jetzt viel schlimmer drauf denn je. Alkohol-, Tabletten- und Haschischkonsum steigerten sich auf ein Neues. Kokain stand ja jetzt auch schon auf meiner Liste.

Die Sehnsucht nach Stephanie verblasste erst nach Monaten.

•

Auf meinem Weg nach unten bekam ich plötzlich Heimweh. Es wurde auch immer düsterer hier. Ich drehte mich um und sah das Licht durch die Tür schimmern, von der wir jetzt doch schon ein gutes

Stück entfernt waren. Also bewegte ich mich wieder einige Stufen Richtung Tür, von der ich gekommen war. Die Sucht kam mir hinterher und redete auf mich ein:

»Was willst du denn da oben? Da wirst du niemals etwas erreichen. Hast du etwa noch nicht genügend schlechte Erfahrungen mit den Menschen gemacht?«

Ich überlegte, irgendwie hatte sie ja recht. Sie strich durch mein Haar und sagte sanft:

»Ich werde dir die Augen zuhalten, damit du der Versuchung widerstehen kannst. Vertraue mir, eines Tages wirst du es allen da oben zeigen. Sie werden dich bewundern für den Reichtum, den du durch meine Hilfe erlangen wirst.«

Ich willigte ein. Die Sucht hielt mir die Augen zu und wir gingen weiter hinab. Dabei flüsterte sie mir ins Ohr:

»Bleib nicht stehen, dreh dich nicht um, wir haben noch einen langen Weg vor uns.«

STICHE INS BEWUSSTSEIN

Sommer 1983, die Ausbildung zum Einzelhandelskaufmann begann. Die Firma lag einige Kilometer von meinem Zuhause entfernt. Oli, aus dem zweiten Lehrjahr, nahm mich meistens mit. Er war zwei Jahre älter und fuhr einen alten VW Käfer. Oli war mir kein Unbekannter, seine Drogenexzesse waren stadtbekannt. Genau wie bei mir hatte seine Drogenkarriere auch im zarten Alter von zwölf Jahren gestartet. Oli war ein äußerst intelligenter Junge, hatte als einer der ersten, die ich kannte, einen Computer und konnte sogar damit umgehen. Manchmal hielten wir vor der Arbeit an einem See, tranken jeder eine Dose Bier und rauchten einen kleinen Joint dazu.

Die Lehre an sich gestaltete sich im Betrieblichen als sehr spaßig, mit Jochen und Oli an meiner Seite.

Das Verkaufen von irgendwelchen Dingen lag mir im Blut. Schon während der Probezeit schrieb ich dicke Aufträge ins Auftragsbuch.

Im Schulischen lief es genau andersherum. Die Lehrer waren so wie früher, einfach scheiße.

Zum Pech meiner großen Schwester saß ich im Unterricht direkt neben ihr. Sie hatte sich vergebens um eine Stelle als Bankkauffrau beworben. Um nicht ein unnötiges Jahr zu verlieren, ergriff sie die Notlösung und nahm eine Stelle als Einzelhandelskauffrau an. Sie hatte Mittlere Reife mit ganz guten Noten, bei mir war es schon ein kleines Wunder, die Stelle überhaupt bekommen zu haben. Ungerechte Welt. Unterschiedlicher konnten zwei Schüler kaum sein. Sie war eine der Besten in der Klasse, machte immer ihre Hausaufgaben und war auch immer anwesend. Ich hingegen machte viel blau, kam fast immer zu spät und kiffte spätestens in der großen Pause mit Oli, der zeitgleich Blockunterricht mit mir hatte. Die Lehrer fragten meine Schwester häufig, wo ich sei. Es muss ihr sehr peinlich gewesen sein.

Mittlerweile waren auf meiner Drogenliste auch LSD,

Speed und einige neue Tablettensorten abgehakt.

Die Gerichtsverhandlung wegen Gero lief alles andere als gut. Gero erschien nicht. Dafür Robert und ich, angesoffen und vollgedröhnt mit Aufputschmitteln. Robert kotzte während der Verhandlungspause aus dem sechsten Stock des Gerichtsgebäudes. Er bekam sechs und ich vier Wochenenden Jugendarrest.

Dann kam ich in eine andere Abteilung. Nach circa einem Monat erlitt meine Abteilungsleiterin einen Bandscheibenvorfall. Wiederum einen Monat später brach der Stellvertreter unter der neuen Verantwortung zusammen. Er war Alkoholiker und ging erst mal für mehrere Monate auf Entziehungskur. Die einzige Verkäuferin, die sich in dieser Abteilung noch auskannte, war in Mutterschaftsurlaub. Alles ging drunter und drüber in einer Abteilung, in der schon vorher das Chaos geherrscht hatte. Dann arbeitete ich mich in die Bestelllisten ein, machte Überstunden, war immer anwesend, bekam zwei Helfer, und nach drei Monaten schrieb die Abteilung nach langer Zeit wieder schwarze Zahlen. Der Marktleiter bot mir an, nach meiner Ausbildung die Abteilung zu übernehmen. Er lobte sehr meine Menschenkenntnis und mein organisatorisches Talent, allerdings wusste er nicht über mein schulisches Talent Bescheid.

In diesen Monaten ging mein Alkohol- und Drogenkonsum wieder einigermaßen zurück. Als dann die Abteilungsleiter wieder an Bord waren und mir die Verantwortung entzogen wurde, befand ich mich wieder da, wo ich aufgehört hatte: im ständigen Rausch.

Ich ging kaum noch zur Schule, machte sehr oft bei der Arbeit krank oder blau, bis ich alles hinschmiss. Die Firmenleitung rief noch ein paar Mal bei meiner Mutter an, ich solle zurückkommen, über alles reden, aber die Entscheidung war getroffen.

Mit Robert und Uwe, die in den letzten Jahren meine besten Kumpels gewesen waren, verlor sich immer mehr der Kontakt. Mit Jochen traf ich mich noch gelegentlich und Oli fing an, ein richtig dicker Freund von mir zu werden.

Zu dieser Zeit wurde ich mit einem Moped ohne Fahrerlaubnis, aber dafür mit 2,4 Promille erwischt. Nächste Gerichtsverhandlung.

Ich war kaum noch zu Hause, blieb oft tagelang weg. Meine neuen Freunde bewegten sich alle im Drogenmilieu. Ich verkehrte wieder in verschiedenen Gruppen und spielte dort meine unterschiedlichen Rollen, perfekter denn je.

Eine Clique traf sich in einem kleinen Spielcenter namens *Treffpunkt*. Hier verkehrten meist Abiturienten, Auszubildende, ein paar Studenten, Musiker und wenige Kleindealer. Es wurde auch nur gekifft. Dort war ich der Naive, Perspektivlose, der viel trank und zu viele Drogen konsumierte.

Eine andere Gruppe traf sich in einem privaten Clubhaus oder in Wohnungen. Das waren alles härtere Jungs. Die meisten waren tätowiert, deswegen zeigte ich dort, im Gegensatz zu den anderen Gruppen, auch meine Tattoos. Saufen und Kiffen waren an der Tagesordnung, Speed und öfter auch Kokain wechselten ständig den Besitzer. In dieser Gang galt ich als draufgängerischer, smarter und loyaler Typ.

Eine andere Szene bestand aus älteren, fast durchweg erfahrenen Drogenkonsumenten. Es war am Anfang sehr schwer für mich, da reinzukommen. Sie dealten mit größeren Mengen Hasch, manchmal mit LSD und Speed. Hier war ich der absolut Schweigsame und Geheimnisvolle. Mit einer aus dieser Clique, Sybille, die schon einige Jahre älter war als ich, schlief ich so ungefähr jedes zweite Wochenende. Wir schlossen uns in ihrer Wohnung ein, machten uns richtig dicht und hatten dann stundenlang Sex. Wenn ich ging, gab sie mir immer ein gutes Drogenpäckchen mit.

Die verschiedenen Rollenspiele bereiteten mir keine große Mühe. Es ging wie automatisch. Im Prinzip spielte ich den, den die Leute sehen wollten. Das weckte bei ihnen großes Vertrauen. Ich wurde immer freundlich empfangen und bekam letztendlich, was ich wollte. Ich nahm aus der einen Gruppe eine bestimmte Droge mit, ohne vorher zu bezahlen, und brachte sie zu der anderen. Dann wurde abgerechnet. Ich hatte wieder Stoff, und wenn etwas Geld übrig blieb, versoff ich es. Ich war überall, wo ich hinkam, eine andere Person. Keine dieser Gruppen hätte mich nur annähernd gleich beschrieben, bis auf wenige Eigenschaften: loyal, trinkfest und immer drauf auf irgendeinem Stoff. Die erste Eigenschaft war in der Drogenszene nur sehr schwer zu finden.

An einem Freitagabend kam ich in den *Treffpunkt*. Dort erfuhr ich, dass Oli mich schon die ganze Zeit suchte, und ich solle mich am nächsten Tag auf jeden Fall bei ihm melden. Ich dachte, er brauche mal wieder dringend Stoff.

Am nächsten Mittag, so gegen drei, ging ich zu Oli. Er wohnte noch bei den Eltern und hatte ein separates Zimmer im oberen Stockwerk, ähnlich wie bei mir. Man musste aber an seiner Mutter vorbei kommen, die immer Personenkontrolle, manchmal mit Leibesvisitation, durchführte. Sie gab den anderen die Schuld für die Drogenabhängigkeit ihres Sohnes. Ich war einer der wenigen, den sie mochte. Sie gab mir meist ein paar ermahnende Worte mit auf den Weg und ließ mich dann ungeschoren passieren.

Oli begrüßte mich. Ich drehte erstmal einen Joint und holte das geschmuggelte Bier aus meiner Jacke. Wir unterhielten uns ein paar Minuten, dann sagte Oli:

»Hey Alter, ich hab' gestern was besorgt, das du noch nicht kennst. Ich verlange absolutes Stillschweigen darüber, auch gegenüber Robert und Uwe...«

»Die sehe ich sowieso nicht mehr, also was ist? Mach kein so großes Drama«, unterbrach ich ihn.

»Ich hab' etwas, das du früher oder später eh nehmen wirst, davon bin ich überzeugt...«

»Was hast du?« unterbrach ich ihn erneut, jetzt aber energischer.

»Heroin«, antwortete Oli.

Ich musste das erst mal einige Sekunden sacken lassen und stieß dann mit lauter ungläubiger Stimme heraus:

»Du hast Heroin? Zeig her!«

Ich verkehrte ja mittlerweile in den unterschiedlichsten Szenen des Drogenmilieus, aber Heroin war fast überall tabu. Sie verteufelten das Zeug sogar.

»Ja, Brown Sugar, hab's gestern schon probiert«, sagte er, während er ein kleines Stanniolbriefchen auffaltete.

Dann kamen plötzlich Ängste in mir auf. Aber irgendwo hatte Oli recht: Ich würde es früher oder später sowieso nehmen, also warum nicht jetzt?

Wortlos schob er das Stück Alufolie mit dem braunen Pulver in meine Richtung. Es sah harmlos aus, wie getrockneter, zerriebener Schlamm. Aber es löste eine starke Faszination in mir aus und ich wollte erwartungsvoll wissen:

»Wie wollen wir es nehmen?«

»Drücken.«

Oli machte nach diesem Wort eine längere Pause und wartete ab, wie ich reagieren würde. Doch ich sagte nichts und so fuhr er fort:

»Weißt du, unter den Junkies gibt's viele skrupellose Arschlöcher. Die jagen dir eine verseuchte Nadel in die Vene und du holst dir sonst noch was. Ich zeig' dir, wie es funktioniert, und du weißt für die Zukunft, wie der Hase läuft.«

Bei den Worten *Drücken* und *Zukunft,* lief mir ein kalter Schauer über den Rücken. Es kamen Zweifel auf. Als könne er gerade meine Gedanken lesen, sagte er:

»Überlege es dir noch mal, du kannst ja erst bei mir zugucken.«

Bei diesem Satz kam mir die Befürchtung, dass er danach total stoned im Sessel hängen würde und zu nichts mehr fähig wäre.

»Nein, nein, ich will anfangen. Zeig mir, wie's geht«, antwortete ich.

Dann schaute er mich belehrend an und legte los:

»Okay, egal was ist, du benutzt immer nur deine eigene

Spritze und lässt sie auch keinen anderen benutzen. Ich habe dir eine neue Pumpe gekauft. Merk' dir die Größe der Kanüle.«

Dann nahm er einen Esslöffel, gab einige kleine Messerspitzen des Heroins darauf, hielt die Spritze in ein Wasserglas und zog sie zu weniger als einem Viertel voll. Er träufelte übervorsichtig das Wasser aus der Spritze über das Pulver. Während der Prozedur bemerkte er, dass er etwas vergessen hatte, und suchte zuerst mit seinen Augen den Tisch ab, bis er meinte:

»Scheiße! In der obersten Schublade liegt Zitronensaft, hole ihn mal schnell.«

Ich holte eine Plastikzitrone raus und gab sie ihm. Er träufelte, wieder absolut übervorsichtig, etwas davon auf den Löffel. Mir wurde immer klarer, dass er fast genauso nervös war wie ich und diese Prozedur anscheinend auch noch nicht allzu oft vollzogen hatte, behielt es aber für mich. Mit einem Feuerzeug erhitzte er den Löffel und kochte das Zeug auf. Dann nahm er ein Stück von einem Zigarettenfilter, legte es in die Brühe, hielt die Spritze darauf und zog sie auf. Zuletzt setzte er die Kanüle auf die Spritze, schnippte mit dem Fingernagel dagegen und drückte die Flüssigkeit nach oben, bis ein wenig aus der Nadel herausspritzte, so wie man es aus Krankenhausfilmen kennt. Er vergewisserte sich noch einmal, dass keine Luftbläschen in der Pumpe waren, und sagte schließlich:

»Fertig! Hast du gut zugeschaut?«

Der Inhalt der Kanüle sah aus, als wäre er aus einer dreckigen Pfütze gezogen. Ich krempelte meinen linken Ärmel hoch. Oli gab mir einen Bademantelgürtel zum Abbinden. Während des Abbindens fasste ich den Entschluss, es lieber allein zu machen, und forderte:

»Gib das Ding her.«

»Lass mich das machen, du weißt nicht, was da alles passieren kann«, erwiderte er.

Aber ich setzte mich durch. Unter seiner Anweisung versuchte ich, eine Vene zu treffen. Nach dem fünften Versuch klappte es. Ich zog etwas Blut und rutschte dann aber wieder aus der Vene. Oli sagte mit hektischer Stimme: »Alter, ich mache dir das jetzt. Wenn das Blut in der Pumpe anfängt zu gerinnen, verstopft die Kanüle oder du drückst dir Brocken in die Vene.«

Genervt gab ich ihm das Teil. Vorher hatte er meinen Oberarm abgedrückt, jetzt tat ich es. Er setzte an und traf gleich beim ersten Mal. Blut mischte sich mit der braunen Flüssigkeit. Obwohl er noch nicht abgedrückt hatte, kam ich mir vor wie in Trance. Ich vernahm Olis Stimme, als wäre sie weit entfernt von mir:

»Lass jetzt den Gürtel vorsichtig los.«

Ich lockerte den Gürtel und Oli drückte sehr langsam und behutsam ab. Noch bevor der Inhalt vollkommen in meiner Armbeuge verschwunden war, überkam mich ein unkontrollierbares Gefühl der Erleichterung. Es steigerte und steigerte sich. Ich bemerkte nur beiläufig, wie er mir die Nadel aus meiner Vene zog, ein Taschentuch auf den Einstich presste und mir den Unterarm nach oben beugte.

Ein unbeschreibliches Gefühl von angenehmer Wärme und Zufriedenheit durchflutete mich. Ich hatte keinerlei Kontrolle über meinen Körper, gab diese Kontrolle aber mit der größten Bereitschaft ab. Mit jeder Sekunde, die verstrich, nahm die Zufriedenheit zu. Keinerlei Bedürfnisse waren mehr vorhanden, kein Hunger, kein Durst, die Temperatur war perfekt, der Raum, der Sessel, auf dem ich mich befand, auch. Mein Leben war zu hundert Prozent perfekt. Ein unübertreffbares Gefühl von Frieden, Liebe und Glück manifestierte sich in mir. Das einzige zwingende Bedürfnis, das sich mit jeder Sekunde intensivierte, war, diesen Zustand beizubehalten, für immer und ewig.

Nach einer zeitlosen Weile öffnete ich die Augen. Ich kam mir vor wie wiedergeboren. Kein Problem, keine Sorge war mehr existent, nur Geborgenheit, Wärme und ein absolutes Gefühl des inneren Friedens umgaben mich.

Im Hintergrund lief: *I can't get no Satisfaction...* von den *Rolling Stones*. Diese Aussage konnte ich in keiner Weise bestätigen.

Oli lag wie bewusstlos im Sessel.

»Oli, Oli,...«, sagte ich mit einer äußerst lässigen Stimme. »Jedem Erdbewohner müsste dieser Stoff frei zugänglich sein. Es würde keine Kriege mehr geben. Jeder würde den anderen lieben.«

Er hörte mich nicht. Wahrscheinlich hatte er sich eine fette Portion gedrückt und schwebte vor Glück auf irgendeiner Wolke.

Nach über drei Stunden verließ ich die Wohnung. Es hatte gerade aufgehört zu schneien und es waren nur meine Spuren im frischen Schnee zu sehen. Ich lief weiter, erfüllt von nie dagewesenem Glück, ohne jegliche Bedürfnisse, bis auf eines: diesen Zustand beizubehalten, für immer und ewig.

Zwei Wochen später drückte ich wieder Heroin. Oli musste mir erneut helfen. Drei Wochen später drückte ich Morphium. Oli hatte es von seinem Vater geklaut, der unter Phantomschmerzen litt. Ihm fehlte ein Bein. Ich glaube, er war selbst süchtig. Dieses Mal drückte ich es mir selbst. Immer wieder überkam mich dieses Gefühl des inneren Friedens.

Dann ging eine ganze Weile nichts mehr von dem Zeug. Ich soff und schmiss mir alles rein, was sonst so ging. Von meinen Spritzerfahrungen erzählte ich nur den härteren Jungs aus dem Clubhaus etwas. Oli erwähnte ich dabei nie.

Es war Freitagnacht im Clubhaus, einer der Jungs feierte seinen Geburtstag. Irgendwann kam Maik zu mir. Maik war ein sehr ruhiger Typ, so um die 25, wir hatten bisher kaum miteinander gesprochen. Selbst wenn er dicht war, redete er nur sparsam, daher merkte man ihm seinen Rausch nie richtig an.

»Hast du mal ein paar Minuten?«, fragte er.

»Ja klar, was liegt an, Alter?«, antwortete ich.

»Draußen.«

Wir gingen raus und Maik kam direkt auf den Punkt:

»Ich habe gehört, du knallst dir ab und zu Hero.«

»Ja, ab und zu. Du auch?«

»Ja, hin und wieder. Ich hole mir mein Zeug aber in der Nähe von Amsterdam. Das haut richtig rein, genauso wie das Koks. Ich schmuggle Trips über die Grenze. Von dem Gewinn bezahle ich das Pulver. Hast Bock mitzumachen?«

»Wieso kommst du gerade auf mich?«

»Ich frag' dich, weil keiner von den anderen etwas mit Heroin zu tun haben will, geschweige denn damit über die Grenze fahren würde. Und ich frag' dich, weil ich aus guter Quelle weiß, dass du niemanden verpfeifst. Der, mit dem ich das normal mache, sitzt grad im Knast. Überleg's dir. Komm bei mir vorbei und ich erkläre dir alles. Solltest du dabei sein: Die ganze Sache läuft nur nüchtern oder gar nicht«, sagte er.

Maik gab mir einen Zettel mit seiner Nummer und, ohne dass ich noch etwas dazu hätte sagen können, ging er wieder rein.

Verwundert, dass Maik so viele Sätze hintereinander sprechen konnte, und hoch begeistert von diesem Angebot folgte ich ihm.

Schon am nächsten Tag saß ich in Maiks Wohnung. Nüchtern. Er erklärte mir die Details: Er sammele das Geld von den Leuten, die Trips wollten, ein. Mindestbestellung seien fünfzig Teile. Ich solle auch gucken, ob ich Geld auftreiben könne. Umso mehr Geld, umso billiger würde die Ware, umso höher wäre unsere Gewinnspanne. Er fahre, er ginge zum Dealer und zwar alleine. Ab dem Zeitpunkt, ab dem er wieder im Auto wäre, bekäme ich die Ware und behielte sie die ganze Zeit bei mir, in Holland wie auch in Deutschland. Er sagte, wie viel er bräuchte, ich gäbe ihm die Menge und er verteile es. Wenn wir erwischt würden, wüsste er von nichts. Was passiere, wenn ich ihn verpfeife, wolle er mir besser nicht sagen. Die ganze Sache liefe von der ersten bis zur letzten Minute nüchtern, völlig nüchtern. Ich willigte ohne zu zögern ein, obwohl er mir sagte:

»Wenn es schiefgeht, fickst du für eine sehr lange Zeit keine Alte mehr.«

Wir besiegelten die ganze Sache per Handschlag. In spätestens einer Woche sollte es losgehen. Das Geld aufzutreiben entwickelte sich schwerer als gedacht. In zwei Tagen trieb ich gerade mal dreihundert Mark auf. Dann meldete sich Maik:

»In zwei Tagen geht's los. Abfahrt am Donnerstagmorgen, pünktlich um zehn bei mir vor dem Haus. Abends läuft der Deal. Freitagnachmittag fahren wir im Wochenendverkehr zurück über die Grenze nach Deutschland. Bist du bereit?«

»Ja, Mann, klar bin ich bereit!«

»Was du heute machst, ist mir egal, aber ab morgen kein Alkohol und keine Drogen mehr. Vielleicht solltest du vorher auch noch zum Friseur«, fügte er hinzu.

Ich ließ mir gerade die Haare lang wachsen, deswegen antwortete ich:

»Hey, ich bleib mit Sicherheit nüchtern, aber Friseur kannst du vergessen.«

Die Anspannung nahm plötzlich enorm zu. Keine Angst, aber sehr große Anspannung. Ich wollte mich noch mal so richtig ummachen, dann fiel mir Sybille ein. Sie hatte immer Drogen, und falls ich wirklich für eine lange Zeit keinen Sex mehr haben sollte, dann wollte ich mir wenigstens jetzt noch so viel davon holen, wie ich konnte, und außerdem hatte ich sie noch nicht gefragt, ob sie Trips kaufen wolle.

Alles lief bestens, sie hatte Zeit, gab mir vierhundert Mark für Trips und wir gaben uns erst mal richtig die Kante. Nachdem wir miteinander geschlafen hatten, sagte sie sehr lieb zu mir:

»Hey, Süßer, ich weiß zwar nicht genau, was du vorhast, mein Geld ist mir dabei scheißegal, sei aber bitte vorsichtig. Ich möchte dich bald wiedersehen.«

Am nächsten Tag trank ich nur zwei Bier vorm Einschlafen, weil die Anspannung jetzt noch größer geworden war.

Pünktlich um zehn war Abfahrt. Maik hatte zweitausend Mark eingesammelt und noch knapp fünfhundert

Mark Eigenkapital. Mit meinen siebenhundert waren das über dreitausend Mark. Auf der Fahrt redeten wir so gut wie kein Wort. Manchmal versuchte ich, ein Gespräch in Gang zu bringen, aber es kam nicht viel zurück. Mittags fuhren wir über die Grenze. Es war das zweite Mal, dass ich in Holland war. Mit Oli, Robert und Uwe hatte ich einige Monate zuvor zwei Tage in Amsterdam verbracht. Gegen Abend gingen wir, in einer kleinen Stadt etwa fünfundzwanzig Kilometer von Amsterdam entfernt, essen und hielten uns fast zwei Stunden in der Gaststätte auf. Schweigen war wieder angesagt. Dann fuhren wir auf einen etwas größeren Parkplatz. Maik fing an, wieder in vollständigen Sätzen zu reden:

»Du setzt dich jetzt in das Café da gegenüber. Setze dich so, dass du das Auto im Auge behalten kannst. Wenn ich zurück bin und in den Wagen steige, kommst du nach.

»Und wie lange wird das dauern?«

»Kann ich nicht genau sagen. Wenn ich bis Mitternacht nicht zurück bin, setze dich in einen Zug und fahre heim, dann ist was schiefgelaufen.«

Dann tat Maik etwas, was ich ihm niemals zugetraut hätte. Er nahm mich kurz, aber fest in den Arm und sagte:

»Alles wird gut gehen, mit dir habe ich ein Bombengefühl. Morgen um die Zeit sind wir in Deutschland und ballern uns erst mal richtig geilen Stoff.«

Ich musste plötzlich intensiv an Sybille denken, keine Ahnung warum. Ich sagte nur noch:

»Klar, wird alles gut geh'n.«

Er lächelte und ging. Ich saß da und konnte nicht mehr aufhören, an Sybille zu denken. Mein Gefühl sagte mir, sie wusste genau, was ich gerade tat, wo ich mich befand. Es kam mir so vor, als wäre sie zu Hause und hätte mir die ganze Anspannung und Nervosität abgenommen.

Es war noch keine Stunde vergangen, da sah ich Maik, wie er in den Wagen stieg und mich anschaute. Ich hatte mich auf eine wesentlich längere Wartezeit eingestellt und ging, ohne groß Zeit zu verlieren, zu ihm ins Auto.

»Alles klar, nichts wie weg von hier«, sagte er, während er den Wagen auf die Straße lenkte. Wir fuhren wortlos eine Stunde, keiner folgte uns. Dann begann er wieder zu reden:

»Hat alles reibungslos geklappt. Fünfhundert Trips, zweieinhalb Gramm Braunes und zwei Gramm Koks. Ist alles in dem Umschlag, ab jetzt gehört das Zeug dir.« Er überreichte mir ein Kuvert. Wir fuhren noch wenige Stunden bis zum Hotel. Dort angekommen gingen wir gleich schlafen.

Morgens beim Frühstücken schien Maik sehr angespannt. Er redete so gut wie kein Wort, aber anders kannte ich ihn ja auch gar nicht. Gegen halb zwölf mittags fuhren wir Richtung Grenze. Wir machten zwischendrin eine halbe Stunde Rast und erreichten den Grenzübergang gegen vier Uhr nachmittags. Es war allerhand los. Manchmal staute sich der Verkehr vor uns. Als wir in Höhe des Grenzhäuschens waren, warf der Zollbeamte nur einen kurzen Blick auf uns und winkte uns durch. Wir fuhren so etwa zweieinhalb Stunden, der Verkehr war sehr dicht. Dann standen wir längere Zeit im Stau. Die Hoffnung, mit Maik ein Gespräch zu führen, hatte ich schon seit längerer Zeit aufgegeben. Dann fing er aber ohne ersichtlichen Grund damit an. Er erzählte, dass er schon zweimal in Thailand gewesen war. Irgendwann demnächst wollte er einen absolut fetten Deal machen. Mit dem Gewinn nach Thailand auswandern, eine schöne Thailänderin heiraten und immer mit dem besten Stoff versorgt sein. Er sagte mir, dass ich ein cooler Typ wäre, aber mit der Drückerei langsam machen solle.

»Such dir eine vernünftige Freundin, geh auf die Schule und mach etwas aus dir. Du hast das Potential dazu. Ich weiß das«, sagte er ein paarmal.

Er sagte, dass die Trips umgerechnet weniger als fünf Mark pro Stück gekostet hätten, er noch am selben Tag die Hälfte davon verteilen würde und wir in spätestens zwei Tagen den Rest von dem Zeug los seien. Maik redete ununterbrochen. Wenn er dann fertig war, fing er wieder von vorne mit Thailand an. Das ging so lange, bis wir zu

Hause waren. Er war wie ausgewechselt und ich kam wieder kaum zu Wort.

Es war so, wie er sagte: Innerhalb von zwei Tagen hatten wir die ganzen Trips los.

Als ich Sybille ihre Teile brachte, erzählte sie mir, sie habe am Donnerstagabend nicht mehr aufhören können, an mich zu denken, und habe fast die ganze Nacht von mir geträumt.

Maik und ich hatten jeder einige hundert Mark Gewinn gemacht. Maik sackte natürlich den größeren Gewinnanteil ein, wir teilten das Pulver und hatten noch jeder fünfundzwanzig Trips zum Eigenbedarf. Nach nur wenigen Tagen waren meine Taschen wieder leer. Ich hatte nichts mehr. Das meiste von dem Pulver drückte ich mit Oli weg, es war das Beste, was wir bisher genommen hatten.

Genau vier Wochen später fuhr ich erneut mit Maik nach Holland. Diesmal holten wir 750 Trips und für uns fünf Gramm Kokain und zwei Gramm Heroin. Bei der Ausreise wollten sie die Personalausweise sehen und einer der Zöllner schaute länger ins Auto und musterte uns sehr genau, aber sie ließen uns passieren. Alles lief erneut absolut reibungslos, die Teile waren innerhalb von drei Tagen verteilt. Der Gewinn fiel noch höher aus als beim letzten Mal.

Dann, genau eine Woche später, platzte die Bombe: Großrazzia. In unserer Stadt und Umgebung wurden mehr als 20 Hausdurchsuchungen durchgeführt. An die dreißig Leute wurden vorläufig festgenommen, fünf davon kamen in U-Haft. Ich erfuhr, dass bei einem davon siebzig Pyramidentrips von unserem Hollandausflug beschlagnahmt wurden. Mein Name wäre nicht gefallen, aber die Bullen würden nach Maik suchen. Er war wie vom Erdboden verschluckt. Ich betete, dass sie ihn nicht finden und er mich da nicht mit reinziehen würde:

Lieber Gott, wenn ich da ungeschoren rauskomme, tue ich so etwas nie wieder, nie, nie wieder.

Wochen vergingen, mit ihnen die Paranoia, aber trotzdem, wenn es klingelte oder sich mir ein Auto langsam näherte, überkam mich eine furchtbare Angst und ein Gedanke schoss mir durch den Kopf: *Nie wieder.*

Maik war immer noch auf der Flucht. Ich verkehrte fast ausschließlich im *Treffpunkt*, bei den eher Harmlosen. Mich besuchte jetzt ab und zu auch ein Pärchen: Zoe und Kim. Zoe kannte ich schon etwas länger, wir hatten mal vor einem Jahr auf einer Party rumgeknutscht. Sie war zwei Jahre jünger als ich. Kim, ihr Freund, war etwa fünf Jahre älter. Sein Vater war Deutscher und seine Mutter Vietnamesin. Er war blond, hatte Sommersprossen und helle Haut. Man erkannte seine asiatischen Wurzeln nur an den mandelförmigen Augen und daran, dass seine Augenfarbe, im Gegensatz zu seinem sonst hellen Teint, sehr dunkel war. Kim wollte immer was zu kiffen haben. Er hatte keine Ahnung davon. Ich verkaufte ihm manchmal schlechtes Gras, von dem man kaum etwas merkte. Er war jedes Mal hellauf begeistert.

Harte Drogen gingen seit der Razzia in unserer Gegend gar nicht mehr. Hasch war das einzige, das man mit ein wenig Mühe auftreiben konnte. Ich soff jetzt fast rund um die Uhr, hatte immer irgendwo eine Dose Bier einstecken, schmiss hin und wieder irgendwelche Tabletten und kiffte, wenn was ging. Außerdem war ich ohne meine Nebeneinkünfte jetzt wieder chronisch pleite.

Für die Straftat mit dem Moped bekam ich einige Monate Führerscheinsperre, hatte aber sowieso keinen, und ein paar hundert Mark Geldstrafe. Gero, der mich damals unnötigerweise verpfiff, traf ich auf der Straße. Ich schlug ihm ohne Vorwarnung zweimal mit der Faust ins Gesicht. Wenig später war ich in einer ziemlich verrufenen Kneipe in eine Messerstecherei verwickelt. Ich war besoffen und wurde angegriffen. Wie durch ein Wunder kamen mir zwei unbekannte Männer zu Hilfe. So hatte dieser Vorfall außer zwei Narben an Ober- und Unterarm keine weiteren Folgen.

Ich war noch keine neunzehn Jahre und hatte bereits so gut wie alle Drogen, die der Markt hergab, zu mir genommen. Mein großes Vorbild war Keith Richards von den *Rolling Stones*. Mein Umfeld schätzte meine Lebenserwartung auf nicht mehr als fünfundzwanzig Lebensjahre ein.

•

Meine Schritte auf der Treppe in die Dunkelheit wurden immer schneller. Ich fing an, mich daran zu gewöhnen, den Abstieg, mit zugehaltenen Augen zu laufen, auf einem Weg mit unbekanntem Ziel zu gehen. Die Sucht, mein ständiger Begleiter, konnte kaum noch Schritt halten und war hocherfreut, so einen gelehrigen Schüler zu haben.

GUTE FREUNDE

1984. Ich hatte ein sehr kurzes Gastspiel an meiner alten
Schule, aber mein Lebenswandel ließ mich nicht vor drei
Uhr morgens ins Bett kommen. Es hatte sich auch nicht
viel an meinem Alkohol- und Drogenkonsum geändert,
außer dass ich aus Geldmangel und Beschaffungsproblemen kein Heroin mehr drückte. Der Rektor legte mir
nach ein paar Wochen nahe, dass das so nichts werden
würde. In seinem Büro stellte er mich vor die Entscheidung, mich richtig um die Schule zu kümmern oder zu
gehen. Ich ging.

Meine Selbstlügen häuften sich stetig. An meinem Versagen waren immer andere oder die Welt im Allgemeinen
schuld. Abhängig zu sein, hielten mir mittlerweile immer
mehr Leute vor. Wenn ich einmal in der Woche wenig
konsumierte oder ausnahmsweise mal gar nichts, war dies
der Tag, den ich als Beweis nahm, nicht süchtig zu sein.
Ein Abhängiger war in meinen Augen ein Junkie auf der
Bahnhofstoilette, ein Penner, der auf der Straße bettelte,
oder Typen, die schon morgens am Kiosk standen und
soffen. Aber so war ich ja nicht, und ich war überzeugt
davon, es auch niemals zu werden.

Ich vermittelte Kim ein WG-Zimmer, weil er von zu
Hause rausgeflogen war. Er machte immer einen auf großen Drogenkonsumenten, vertrug aber nur wenig Alkohol,
und beim Kiffen war auch schnell seine Grenze erreicht.
Kim war gelernter Schreiner und hielt sich mit kleineren
handwerklichen Schwarzarbeiten über Wasser. Zu dieser
Zeit hatte ich so gut wie nie Geld einstecken. Drogen besorgte ich mir durch kleine Dealereien oder ließ mich von
anderen einladen. Schulden begannen sich auch anzu-
häufen.

Kim nahm mich eines Tages mit, um kleinere Re-
paraturen an einem älteren Haus zu machen. Es gehörte
einem Bekannten seines Opas und dessen Verwandter. Als
wir fertig waren und abgerechnet wurde, sah ich, wie die

Frau das Geld aus einem Schrank rausholte. Es befand sich in einem dicken Umschlag und sah nach mächtig viel aus. Mir kam gleich die Idee, beim nächsten Besuch in den Umschlag zu greifen. Mein Komplize war sofort damit einverstanden. Drei Tage später waren wir wieder dort. Kim lenkte sie ab, und ich sagte, ich müsse noch Werkzeug aus dem Auto holen. Stattdessen ging ich zum Schrank im unteren Stock und fand sofort die Kohle. Es waren einige tausend Mark. Ich nahm ein paar hundert davon. Wir kamen von diesem Zeitpunkt an häufiger, so sieben oder acht Mal. Die Gier wuchs. Bei jedem Besuch nahm ich mehr heraus. Mit dem Teilen nahm ich es nicht so genau. Meistens gab ich Kim ein Drittel und behielt den Rest für mich. Nüchtern konnte ich die ganze Sache nicht durchziehen. Also soff ich vorher ordentlich und nahm manchmal Valium. Danach nahm ich irgendetwas zum Aufputschen. Die euphorische Wirkung des Aufputschmittels war dann doppelt so stark wie gewohnt, die riesengroße Anspannung, die sich dabei entlud, gab noch einen zusätzlichen Kick. Es war manchmal so beschwingend, dass ich wieder Beruhigungsmittel nahm.

Jedes Mal benutzten wir dieselbe Masche. Ein schlechtes Gewissen deswegen hatte ich nur morgens beim Aufstehen und wenn es an der Haustüre klingelte, dann dachte ich immer sofort, es seien die Bullen. Ich bezahlte meine Schulden, kaufte Drogen, unter anderem auch einmal Heroin. Kim erzählte ich zwar von dem Heroin, fügte aber gleich hinzu, keinem etwas abzugeben, der damit noch nie was zu tun hatte.

Dann wollten wir für einige Tage mit einem anderen Kumpel, Jan, nach Frankreich trampen. Unsere Reisekasse wollten wir auf die übliche Weise füllen. Dieses Mal nahm ich 1400 DM aus dem Umschlag, der schon fast um die Hälfte erleichtert worden war. Zwei Tage bevor wir losfahren wollten, beschlossen wir, noch ein paar Hunderter mehr mitzunehmen. Ich sagte:

»Lass uns noch ein letztes Mal zuschlagen und dann nie wieder dorthin geh'n. Ich wundere mich sowieso, dass die roch nix bemerkt haben.«

Wir meldeten uns wie üblich vorher an. Als wir ankamen, warteten sie schon. Sie waren zu dritt. Vor der Haustür fing der Bekannte von Kims Vater sofort an zu brüllen:

»Wenn ihr nur noch ein einziges Mal in die Nähe von diesem Haus kommt, rufe ich sofort die Polizei. Wenn ich deinen Großvater nicht schon ewig kennen würde, hätte ich das schon längst getan. Haut ab!«

Kim fragte stotternd:

»W-w-was haben wir gemacht?«

»Du weißt genau, was ihr gemacht habt. Wir können vielleicht noch nichts beweisen, aber wenn du willst, rufen wir gleich die Polizei. Die wird dir sehr schnell sagen, was ihr gemacht habt!«, schrie er.

Ich zog Kim von dem Haus weg. Kaum waren wir um die Ecke vom Haus, fingen wir gleichzeitig an zu rennen. Als wir wieder normal zu gehen begannen, sagte ich:

»Mann, wir haben mehr Glück als Verstand. Bete, dass sie es sich nicht noch anders überlegen.«

An diesem Abend wollten wir noch Hasch für unseren Aufenthalt in Frankreich besorgen. Man konnte schon seit ein paar Tagen nichts mehr auftreiben. Ich hörte, dass Bull gerade etwas bekommen hatte. Bull war einer der gefürchtetsten Typen der ganzen Umgebung. Er hatte schon acht Jahre wegen Totschlags im Knast gesessen. Sein Körper war übersät mit Tätowierungen. Er war bekannt für seine Brutalitäten; allein sein böser Blick lehrte einen das Fürchten. Bull hasste die meisten Menschen. Mich mochte er, wenn man bei ihm überhaupt von *mögen* reden konnte. Ich war einer der wenigen, die er in seine Wohnung ließ. Kim kannte er vom Sehen und konnte ihn gar nicht leiden. Wir gingen in den *Germanen*, die Kneipe, in der er sich üblicherweise aufhielt. Ich checkte bei Bull zehn Gramm Hasch. Dann fragte er Kim:

»Hey, kleiner Wichser, ich hab heute 'nen guten Tag, willst du auch was?«

Kim nahm auch zehn Gramm.

71

Am nächsten Tag trampten wir los. Da wir zu dritt waren, trampte Jan alleine. Auf ihn warteten schon einige Leute in Südfrankreich. Als er an der Raststätte mitgenommen wurde, versuchten Kim und ich unser Glück. Wir hatten welches und wurden bis kurz vor die französische Grenze gefahren. Dort angekommen, rauchten wir erst mal einen Joint.

Ich merkte, wie Kim nervös wurde, und versuchte, ihn zu beruhigen:

»Ey Alter, bleib cool. Wir werden mit Sicherheit nicht kontrolliert. Keiner schmuggelt Hasch nach Frankreich, das Zeug kommt aus der Richtung. Wir laufen jetzt zum Grenzhäuschen und zeigen unsere Ausweise. Lauf einfach hinter mir her und mach' das Gleiche wie ich.«

Er wollte aber zur Sicherheit noch eine Story absprechen, wo wir den Stoff herhätten, falls doch etwas schiefgehen sollte. Zu seiner Beruhigung erfand ich etwas: Ein langhaariger Typ mit einem blauen Sportwagen, der uns beim Trampen mitgenommen hätte, hätte es uns für 200 DM verkauft. Diese Geschichte hätte mir noch nicht einmal meine Oma abgekauft, aber wenn es ihn beruhigte…

Als die Grenze in Sicht war, haderte er erneut. Jetzt wurde ich sauer und schrie ihn an:

»Gib mir das verdammte Dope, wenn du Schiss hast, dann gehört es aber auch mir.«

»Nein, alles klar, wir geh'n jetzt da rüber«, erwiderte er.

Wir gingen los. Es war ein kleiner Grenzübergang mitten im Wald. Ich lief vor; als ich mit meinem Ausweis auf das Zollhäuschen zulief, sah ich, dass der Beamte auf die andere Straßenseite blickte und den Telefonhörer in die Hand nahm. Ich drehte mich um und konnte meinen Augen nicht trauen. Ein neonblauer Rucksack bewegte sich durch die grünen Bäume. Sofort waren zwei weitere Zöllner da. Einer rief:

»Halt! Stehen bleiben!«

Kim kam sofort mit erhobenen Händen hinter den Bäumen vor. Ich dachte, ich müsse ihn umbringen. Natürlich hielten sie uns erst einmal fest. Innerhalb von zwanzig Minuten kam ein VW-Bus mit weiteren vier Zollbullen. Sie trennten uns und durchsuchten mich über eine halbe Stunde. Die zehn Gramm wanderten von einer Hand in die andere, von der Hand unter mein Schweißband; als ich meine Hosen wieder anhatte, wanderten sie dahin. Ich konnte die zwei Typen zum Narren halten. Als ich wieder komplett angezogen war, führten sie mich in ein Büro. Nach einer Viertelstunde kamen sie zurück, dieses Mal zu viert.

»Wir wissen genau, dass Sie illegale Substanzen mit sich führen. Rücken Sie das Zeug besser gleich raus, wir finden es sowieso, das von ihrem Reisebegleiter haben wir bereits«, sagte einer von ihnen.

Mir war klar, dass Kim gesungen hatte.

»Viel Spaß beim Suchen«, antwortete ich.

Keine fünf Minuten später hatten sie es gefunden. Ich gab die dumme Story, die ich mit Kim abgesprochen hatte, zu Protokoll. Danach fuhren sie uns zur nächstgrößeren Polizeiwache.

Ich gab auf ein Neues die unglaubwürdige Story zu Protokoll. Sie versuchten, mich auf eine sehr nette Art auszuquetschen, gaben aber bald auf. Nach circa einer Stunde kam ein neuer Polizist ins Zimmer. Er schaute mich eine Weile an und fragte dann:

»Kennen Sie ein Lokal namens *Germane*?«

Mir wurde übel. Ich fing an, zu überlegen, und ging nicht auf seine Frage ein. Er wusste, dass er mich hatte, und legte noch einen oben drauf:

»Kennen Sie einen gewissen Bull? Er soll sehr auffällig tätowiert sein.«

Spätestens jetzt war es nicht mehr von der Hand zu weisen, dass Kim dem Typen alles erzählt hatte. Alles! Ich musste meine Taktik ändern und sagte:

»Ich möchte meine Aussage zurücknehmen.«

»Habe ich mir doch fast gedacht... Was möchten wir denn jetzt gerne aussagen?«

»Nichts mehr. Die erste Aussage stimmt nicht, und ab

jetzt gebe ich höchstens noch meine Personalien an. Falls irgendjemand was dagegen haben sollte, möchte ich sofort einen Anwalt sprechen«, erwiderte ich.

Nach einer Zeit des Schweigens sagte er:

»Nein, das ist Ihr gutes Recht. Es ist Freitagabend, wir wollen nach Hause zu unseren Familien.«

Ich unterschrieb, die Aussage zu verweigern, und durfte gehen.

Eine Dreiviertelstunde später kam Kim. Wir gingen in die nächste Kneipe. Ich redete so gut wie nichts und trank Unmengen an Rotwein und Schnaps. Kim gab nur absolut dummes Zeug von sich. Als ich einigermaßen abgefüllt war, legte ich los:

»Was hast du ausgesagt?«

»Das, was wir abgesprochen haben.«

»Warum haben sie mich ein zweites Mal durchsucht? Was ist mit dem *Germanen*? Was ist mit Bull? Woher wissen die Bullen das? Wir sind tot, wenn Bull das erfährt, weißt du das eigentlich?!«, schrie ich ihn an.

Er leugnete immer noch. Die ganze Kneipe schaute schon auf uns. Wir gingen raus. Draußen bekam ich einen Wutanfall, brüllte ihn an, bespuckte ihn und drohte ihm, ihn umzubringen, bevor Bull es tun würde. Irgendwann ergriff er die Flucht. Kim hatte mir eine Bundeswehrtaschenlampe geschenkt, die noch an meinem Rucksack hing. Ich riss sie ab und schleuderte sie hinter ihm her, traf aber leider nur ein paar Zentimeter an seinem Kopf vorbei.

Ich ging einige Tage nach Frankreich, versoff mein ganzes Geld und kehrte nach Hause zurück. Ich erzählte den Jungs von der WG, in der ich Kim das Zimmer vermittelt hatte, was für ein linker Hund er war. Er flog sofort raus.

Ungefähr eine Woche später rief Jan, der seit zwei Tagen aus Frankreich zurückgekehrt war, bei mir an. Mit aufgeregter Stimme berichtete er:

»Bull sucht dich überall. Er musste zur Polizei. Kim hat er schon erwischt. Er kam in den *Treffpunkt*, hat ihm in die Fresse geschlagen, ihn an den Haaren rausgezogen und wollte ihm dort mit einer Socke, in der sich zwei Flipperkugeln befanden, den Schädel einschlagen. Kim konnte sich losreißen und wegrennen.«

In den nächsten Stunden riefen noch zwei Kumpel an, um mich zu warnen. Dann meldete sich sogar Kim, um mir zu berichten.

Ich hatte so viel Angst wie nie zuvor in meinem Leben. Selbst der Alkohol konnte mir dieses Mal meine Angst nicht nehmen, sie war einfach zu groß. Einschlafen war nicht möglich.

Nach einer schlaflosen Nacht beschloss ich, mich der ganzen Sache zu stellen und gegen Mittag, nachdem Bull aufgestanden und noch nüchtern war, mit ihm zu reden, ihm die ganze Sache zu schildern, wie sie wirklich stattgefunden hatte.

Um zwei Uhr mittags stand ich mit zitternden Händen vor Bulls Haustürklingel, nüchtern. Meine Beine waren zu Watte geworden, mein Herz pochte so laut, dass ich dachte, er hört es oben im zweiten Stock. Mein Finger betätigte die Klingel. Beim Draufdrücken merkte ich, wie kraftlos meine Hand war. Er betätigte sofort den Öffner. Jetzt war mir klar, dass er wusste, wer kam. Er schaute immer durch die Gardine, bevor er aufmachte. Als ich oben ankam, war die Türe wie immer angelehnt. Ich betrat von Angst erfüllt die Wohnung und ging mit noch größerer Angst ins Wohnzimmer. Da stand er nun, nur in Jeans, sein freier Oberkörper war mit Narben und Tätowierungen übersät. Sein hasserfüllter Blick traf meinen angsterfüllten. Wir schauten uns Sekunden, die mir ewig erschienen, in die Augen. Instinktiv wusste ich, diesem Blick standhalten zu müssen, und dass ich auf keinen Fall zuerst das Wort ergreifen durfte. Dann zischte es wutverbrannt aus ihm heraus:

»Warum hast du diesen billigen Schwanzlutscher in die Szene gebracht?«

»Ich hab' dich nicht verraten, vorher würd' ich mir die Zunge abbeißen.«

»Ich hab' eure Aussagen gelesen. Ich weiß, wer was gesagt hat, darum gehts nicht. Warum hast du diese kleine Fotze in die Szene gebracht, will ich wissen? Setz dich!«, fuhr er mich fordernd aggressiv an. Sein Blick wurde dabei noch mörderischer.

Ich blieb unsicher stehen.

»SETZ DICH!«

Während seines Brüllers bekam ich das Gefühl, der Boden würde unter meinen Füßen beben. Sofort setzte ich mich in einen tiefen Sessel vor mir. Meine Beine hätten mich sowieso keine Sekunde mehr stehen lassen. Die einzige Möglichkeit, meine Angst unter Kontrolle zu bringen, schien mir, zu reden, also begann ich:

»Kim war bei mir und wollte Dope kaufen, dann kam Jan dazu und hat sich mit ihm für abends im *Treffpunkt* verabredet, weil ich nix hatte. Er hat sich dann mit ein paar von denen angefreundet. Irgendwann war er auch hin und wieder im *Germanen*. Er ist da reingekommen wie die meisten andern auch. Was hätt' ich machen sollen?«

Bull nahm einen tiefen Zug aus seiner riesigen Wasserpfeife und schaute mich musternd an. Sein Blick wurde jetzt einigermaßen erträglich. Er rauchte noch eine Pfeife. Ich versuchte, die Situation zu nutzen, um ihn noch weiter zu beschwichtigen:

»Entschuldigung, tut mir echt leid, dass du wegen dem kleinen Penner Ärger am Hals hast.«

Er zog die dritte Pfeife und fing wieder an, zu sprechen:

»Er wird nicht aussagen. Du wirst vor Gericht weiterhin deine Aussage verweigern. Wenn noch einmal so was passiert, dann gnade dir Gott.«

Er hielt mir die Pfeife hin und sagte:

»Bin die ganze Zeit am Überlegen, ob 's noch so einen Lebensmüden wie dich in dieser Stadt gibt, der es gewagt hätte, in dieser Situation an meiner Haustür zu klingeln.«

Ich zog die Wasserpfeife und bekam leichte Kreislaufprobleme. Er registrierte es, und ein Hauch von Lächeln breitete sich über seinem Gesicht aus.

Die nächsten beiden Wochen klingelte ich jeden Tag um Punkt zwei bei Bull, um sein Vertrauen komplett zurückzugewinnen. Dabei rauchten wir ein paar seiner riesigen Pfeifen, und er drohte immer wieder aufs Neue mit seinem unnachahmlich bösen Blick:

»Wenn mir die kleine schlitzäugige Ratte Kim über den Weg läuft, zieh ich ihm bei lebendigem Leib die Haut ab.«

Ich begann wegen der bevorstehenden Gerichtsverhandlung eine Lehre als Maurer. Das war das Einzige, was sich mir auf die Schnelle anbot. Ich zog mich für die nächste Zeit, so gut es ging, aus der Drogenszene zurück. Meine kleinen Geschäfte waren vorerst auch auf Eis gelegt.

Durch einen Kumpel aus dem *Treffpunkt* lernte ich Birgit kennen. Sie kam aus dem Ruhrpott und hatte gerade ein Psychologiestudium bei uns in der Gegend begonnen. Ihre Eltern hatten viel Kohle. Sie bezahlten ihr eine Wohnung und gaben ihr reichlich Unterhaltsgeld. Sie gefiel mir nicht sonderlich. Ich schlief aber trotzdem mit ihr. Birgit gab mir immer Geld für Drogen. So konnte ich bar bezahlen und musste mich nicht unnötig auf der Szene rumtreiben. Außerdem besorgte sie immer große Mengen Bier, bevor ich kam.

Ich konnte nur mit ihr schlafen, wenn ich breit war. Wenn es oft war, besuchte ich sie einmal die Woche.

Eines Abends war ich bei ihr und wollte Geld haben, weil ich mir für 70 DM Speed und Hasch bestellt hatte. Allerdings war Birgit pleite. Sie sagte, sie könne mir das Geld erst nach dem Wochenende, wenn sie von den Eltern zurück wäre, geben. Ich besoff mich und ging dann. Zu all dem Ärger verpasste ich dann auch noch den letzten Zug. Sie wohnte über zwanzig Kilometer weg von mir. Ich wusste nicht, was ich machen sollte. Zu Birgit zurück zog es mich auf jeden Fall nicht mehr. In meinem Suff beschloss ich, Conny zu besuchen, die mit Birgit studierte. Wir hatten sie schon ein paar Mal besucht. Dabei hatte

Conny mich bei jeder günstigen Gelegenheit scharf angeguckt. Birgit bekam das mit und wollte nicht mehr zu ihr gehen. Sie ließ daraufhin auch kein gutes Haar mehr an ihr.

Conny war zu Hause und öffnete mir mit den Worten: »Hey, was für eine schöne Überraschung! Wo hast du denn deine bessere Hälfte gelassen?«

»Ich hab' keine bessere Hälfte. Birgit ist nicht meine Freundin, wenn du verstehst.«

Sie bat mich herein und holte eine Flasche Sekt. Während des zweiten Glases fragte ich sie:

»Du könntest mir einen Gefallen tun. Bin grad knapp bei Kasse. Könntest du mir mit etwas Geld aushelfen? Du bekommst es so schnell wie möglich zurück.«

Sie schaute mich mit geilem Blick an:

»Wie viel brauchst du denn?«

»Ein Hunderter wäre okay«, antwortete ich.

»Das wäre machbar. Aber erst morgen früh, wenn die Bank geöffnet hat. Wir hätten also noch jede Menge Zeit. Weißt du, ich wäre auch gerne mit dir befreundet, wenn du verstehst...«

Ich verstand selbst in meinem zugesoffenen Kopf sofort. Sie war bis in die Morgenstunden sehr fordernd. Als ob sie wüsste, dass sie das Geld niemals zurückbekommen würde, holte sie jede einzelne Mark aus mir heraus.

So ging das die nächsten Monate weiter. Birgit, Conny, Birgit, Conny... Conny sah besser aus, dafür hatte Birgit mehr Kohle. Also sah ich sie einigermaßen gleich oft.

Dann kam die Gerichtsverhandlung. Weil ich das erste Mal mit Drogen erwischt wurde und es Eigenbedarf war, kam ich mit einer Geldstrafe davon. Allerdings sagte der Richter, wenn er mich noch einmal hier sehen würde, wäre ich dran, aber richtig. Die Lehre schmiss ich sofort nach der Verhandlung. Kims Gerichtsverhandlung fand zu einem anderen Termin statt, weil er nach dem Erwachsenenstrafrecht verurteilt wurde. Er verweigerte die Aussage und bekam eine Geldstrafe. Bull hatte ihn vorher mit einer Eisenstange bearbeitet.

Etwa zwei Monate später war wieder eine Großrazzia. Dieses Mal hatten sie auch einen Durchsuchungsbefehl mit meinem Namen drauf. Meine Familie sagte schon die Tage zuvor, dass sie das Gefühl hätten, das Haus würde beobachtet. Sie fanden nur eine Haschpfeife und Hunderte von leeren Alkoholflaschen. Sie waren in einem Schrank zwischengelagert, um sie dort vor meiner Mutter zu verstecken.

Ich hatte an diesem Tag wahnsinniges Glück: Einem Freund, der mir fünfzig Gramm Hasch bringen wollte, sprang das Auto nicht an. Eine Stunde nachdem die Bullen weg waren, kam er. Er entschuldigte sich für sein Zuspätkommen.

»Kein Ding!«, sagte ich und erzählte ihm, wer gerade bei mir gewesen war.

Meine Mutter war wegen der Sache ziemlich aufgebracht und stellte mir ein Ultimatum:

»Jetzt ist das Maß aber voll! Ich will nie wieder Polizei in meinem Haus sehen! Wenn das noch ein einziges Mal passiert, kannst du zu einem deiner zwielichtigen Freunde ziehen!«

Das Schlimmste daran war, dass sie einen der Rauschgiftfahnder von der Zeit, als sie selbst noch bei der Polizei gearbeitet hatte, kannte. Ich log sie an, wie immer.

Später wurde gemunkelt, dass Oli uns alle verpfiffen hatte. Sie hatten Heroin bei ihm gefunden, nachdem er einen Unfall gebaut hatte. Ihm drohte jetzt sogar Knast. Also soll er alle Namen, die er wusste, genannt haben, um mehr Milde vom Richter erwarten zu können. Er entging dann auch dem Knast und machte stattdessen eine Therapie.

Ich traf mich mit Zoe, der Freundin von Kim, die mit ihm seit kurzem in einer WG wohnte. Kim war gerade auf Montage. Ich hatte zu Hause meinen Schlüssel vergessen und übernachtete bei ihr. Wir kamen uns näher, schliefen aber nicht miteinander. Am nächsten Tag trafen wir uns wieder, dann passierte es: Sie machte mit Kim Schluss, und ohne große Worte darüber zu verlieren, waren wir zusammen. Wir hatten schon seit längerer Zeit eine sehr eigene Freundschaft entwickelt. Obwohl sie gut aussah und ich anfing, mich in sie zu verlieben, hatte ich bei ihr nicht dieses Minderwertigkeitsgefühl. Wir hatten ähnliche Ängste, die sich gegenseitig aufzulösen schienen. Sie war intelligent, hatte es in der Schule bis dahin aber auch nicht gerade sehr weit gebracht. In ihrem Elternhaus gab es andauernd Ärger, deshalb war sie so schnell ausgezogen, wie sie konnte. Sie hatte nur wenige Freundschaften in der Szene, weil ihr die meisten Leute nicht gut reingingen. Zoe zog sofort bei mir ein. Sie war die erste Frau, mit der ich nüchtern Sex hatte. Mit Birgit und Conny brach ich umgehend den Kontakt ab, was aber wiederum einen chronischen Geldmangel zur Folge hatte.

●

Mein einziger treuer Weggefährte war die Sucht.

Wenn man sich einsam fühlte, war sie immer für einen da. Sie versuchte nie, einen zu verkaufen oder auszuliefern. Sie war treu, loyal und immer zu Diensten. War ich hungrig, ängstlich oder war mir einfach nur nach Gesellschaft, war sie stets da und ließ mich von ihrem verzauberten Blut trinken, so viel ich wollte.

Man konnte keinem trauen, noch nicht einmal sich selbst, nur ihr. Sie forderte nie, gab immer nur, gab Kredite ohne Limit.

Wir gingen weiter und ich wusste ganz genau, eines Tages würde mich mein Weg, in ihrer Begleitung, zu unsagbarem Reichtum führen.

DIE EINSICHT

Ich war jetzt neunzehn Jahre alt, ohne Beruf, ging keiner geregelten Arbeit nach und hatte es auch nicht vor. Mein Alkohol- und Drogenkonsum erreichte unglaublicherweise immer wieder neue Höhepunkte. Sobald ich anfing, zu trinken und Drogen zu nehmen, konnte ich nicht mehr damit aufhören, bis ich so zu war, dass ich nichts mehr blickte. Alles, was kam, wurde genommen, umso mehr, umso besser. Alle Grenzen waren aufgehoben. Das geschah täglich. Die anderen Leute in der Szene hatten mich gerne um sich. Sie hatten in mir jemanden gefunden, der noch schlimmer war als sie selbst. Somit konnten sie ihren eigenen Konsum herunterspielen und gaben sich damit die Legitimation, weiterzumachen. Sie erzählten hinter meinem Rücken über meine Abstürze, über meinen Lebenswandel und dass ich in ein paar Jahren sowieso den Löffel abgeben würde. Dabei dröhnten sie sich zu und sagten, dass *sie* alles unter Kontrolle hätten und froh seien, nicht so zu sein wie ich.

Mit Zoe war ich immer noch zusammen, nahm sie aber niemals mit in die Drogenszene. Ich wollte sie da auf jeden Fall raushalten. Wir kifften zusammen und gingen sehr selten auf Trip oder Speed. Ich nahm nur die Sachen mit ihr, die sie auch schon vorher genommen hatte. Zoe trank auch so gut wie nicht. Die Leute, die zu uns kamen, suchte ich nun sehr sorgfältig aus. Auf keinen Fall Konsumenten harter Drogen. Das hatte allerdings zur Folge, dass ich fast täglich alleine unterwegs war. Ich ging gegen Abend aus dem Haus und kam irgendwann nachts zugedröhnt nach Hause.

Eigenes Geld war mir zu einem Fremdwort geworden. Vossi, ein alter Kumpel, hatte einen Mittelklassewagen bei einer Lotterie gewonnen und ihn dann für mehrere zehntausend Mark verkauft. Er verprasste die Kohle, so gut er konnte. Ich checkte für ihn oft größere Mengen Hasch, Speed, LSD oder Koks, womit sich mein Geldbeutel und meine Drogenvorräte natürlich füllten. Er lud mich immer sehr großzügig ein. Vossi war einer der wenigen, die mit mir saufen konnten, ohne nach wenigen Stunden unter dem Tisch zu liegen. Wir fuhren überall mit dem Taxi hin. Er fütterte die Geldautomaten im *Treffpunkt*, bis sie fast kotzten. Ich überredete ihn dann meist, das Geld besser in Alkohol oder Drogen anzulegen, und wir saßen wieder im Taxi. Nach nur wenigen Monaten hatte er das ganze Geld auf den Kopf gehauen.

Ein paar Wochen später saß ich zugedröhnt im *Germanen*. Bei einem Kumpel hatte ich mir zuvor sieben, acht Wasserpfeifen und mindestens genauso viel Bier reingezogen. Auf dem Weg in die Kneipe hatte ich noch zwei Valium geschmissen. Im *Germanen* hatte ich auch schon einige Biere und Tequilas zu mir genommen. Dann trat Sascha auf mich zu. Er war der ältere Bruder von Jochen, meinem alten Freund. Er quatschte mich an:

»Ey, Alter, was geht? Siehst ja schon wieder verdammt breit aus.

Sascha setzte sich zu mir, schaute sich um und sprach etwas leiser weiter:

»Willst dir auf die Schnelle 200 Mark verdienen? Hab 'nem Typen vor paar Monaten meine Karre verkauft, der Wichser schuldet mir immer noch fast 7000 Mark. Ich will jetzt die Kohle eintreiben geh'n. Kann sein, dass noch ein paar seiner Kumpel bei dem sind. Du musst nix weiter tun, nur zur Abschreckung. Vossi und Amboss sind auch dabei. Verstehste?«, fragte er mich.

Ich verstand nicht wirklich. Er musste mir das Ganze noch einmal erklären. Vossi kannte ich ja ziemlich gut. Er war groß und sehr breit, aber eigentlich kein Schlägertyp. Amboss kannte ich weniger. Wir hatten uns ein paar Mal im Suff unterhalten. Er sah sehr gefährlich aus, fast zwei Meter groß, gut beleibt, aber sehr gutmütig. Der äußere Eindruck täuschte bei ihm.

Obwohl ich schon die letzten zwei Biere geschnorrt hatte und keinen Pfennig Geld mehr besaß, lallte ich:

»Mal seh'n.«

Als Sascha dann meinte, er würde noch eine Flasche Hochprozentiges für unterwegs spendieren, saß ich eine halbe Stunde später mit Sascha, Vossi und Amboss im Wagen, um in die 30 km entfernte Stadt zu fahren, in der der Typ wohnte. Amboss fuhr. Im Auto schüttete ich mir fast eine halbe Flasche unverdünnten Whisky rein. Das Valium zeigte auch schon seit einiger Zeit seine Wirkung, mir fielen öfter die Augen zu. Als wir ankamen, schlief ich fast.

»Hey, aufwachen, fürs Pennen wirst du nicht bezahlt!«, sagte Sascha mit fordernder Stimme und hielt mir einen Baseballschläger hin.

Ich nahm ihn, stieg benommen aus dem Auto und wusste nicht mehr genau, was wir hier eigentlich machen wollten.

»Was geht ab? Geht hier 'ne Party, oder was?«, lallte ich Sascha an.

Er erzählte mir die Geschichte, die er bereits im *Germanen* zweimal von sich gegeben hatte, und fügte hinzu:

»Wenn er die Kohle nicht rausrückt, bekommt er einen kleinen Denkzettel verpasst und wir nehmen alle Wertgegenstände mit, die wir tragen können.«

Außerdem sagte Sascha jetzt noch so ganz nebenbei, dass der Typ ihn vor einiger Zeit schon mal mit fünfzig Gramm Haschisch abgelinkt hätte.

Jetzt meldete sich Amboss energisch zu Wort:

»In Drogengeschäfte lasse ich mich nicht mit reinziehen. Du hast nur was von 'nem Auto gesagt!«

Amboss, so gutmütig wie er war, ließ sich schnell wieder von Sascha einwickeln.

Wir liefen an einem großen silbernen Müllcontainer vorbei. Ich schlug den Baseballschläger mit voller Wucht darauf. Ein scheppernder, metallischer Knall durchdrang die Dunkelheit. Dabei sang ich:

»Rück die Kohle raus, du Wichser. Rück die …«

Drei finster blickende Augenpaare starrten auf mich und Sascha giftete mich an:

»Hör auf mit der Scheiße! Willst du ihn warnen und

uns die Bullen auf den Hals hetzen?«

Wir gingen weiter und standen jetzt vor einem von mehreren Wohnblocks. Sascha drückte auf eine der Klingeln. Niemand öffnete. Nach mehreren erfolglosen Versuchen ging die Eingangstür auf und ein junges Pärchen trat heraus, um zu gehen. Sie guckten uns etwas verängstigt an und gingen weiter. Sascha hielt die Tür auf, wir liefen in den dritten Stock und Sascha klingelte erneut vor einer Tür.

»Keiner da«, sagte Vossi.

»Doch, es hat Licht gebrannt, man konnte es von unten sehen. Er ist von dem Lärm, den jemand auf der Straße gemacht hat, vorgewarnt worden«, erwiderte Sascha und schaute mich vorwurfsvoll an.

Ich setzte mich, benebelt von Alkohol und Valium, auf die Treppe, um mich auszuruhen. Sascha schrie Richtung Tür:

»Ich trete gleich die verdammte Tür ein, wenn du nicht aufmachst. Heute bin ich nicht umsonst gekommen!«

Seine Stimme schallte durch den ganzen Hausgang. Er nahm von der gegenüberliegenden Wohnungstür Anlauf. Amboss wollte gerade noch etwas sagen, da war Sascha schon mit seinen knapp hundert Kilo mit voller Wucht gegen die Tür gerannt. Der Rums hallte durch das Haus. Dann noch mal. Beim dritten Anlauf sprang das Schloss auf und die Tür ging auf. Sascha eilte sofort zum Telefon im Flur und riss das Kabel heraus. Er verschwand in der Wohnung, Vossi und Amboss liefen hinterher. Ich blieb auf der Treppe sitzen. Keiner der Hausbewohner schaute nach, was los war. Mir war trotz meines Rausches klar, dass die Bullen bald kommen müssten. Aus der Wohnung selbst hörte man nur Saschas Stimme. Nach kurzer Zeit kam Amboss mit finsterer Miene zurück. Erst schaute er sich das Telefonkabel an, dann versuchte er, das kaputte Schloss zu reparieren. Jetzt wurde es mir zu dumm.

Ich stand auf, ging in das Zimmer, aus dem Saschas Stimme zu hören war, sah einen Fernseher, legte meinen Baseballschläger darauf, nahm ihn hoch, drehte mich um und sagte:

»Wenn der Penner nicht zahlen will, nehmen wir die Sachen und geh'n. Die Bullen sind bestimmt gleich da.«

Jetzt sah ich erst, wer alles in dem Zimmer war: Sascha, Vossi und eine verstört dreinblickende Frau Ende zwanzig. Ich stellte den Fernseher ab und fragte verwirrt: »Was geht hier eigentlich ab?«

»Das ist die Alte von dem Typ und sie wird uns jetzt zu ihm bringen«, sagte Sascha mit drohender Stimme.

Ich ging wortlos aus der Wohnung zu Amboss, der immer noch dabei war, das Schloss zu reparieren.

»Ich werde auf keinen Fall die Frau mit in mein Auto nehmen. Sascha wusste genau, dass es ihre Wohnung ist«, sagte Amboss.

Dann kamen alle ins Treppenhaus: Sascha, Vossi, die Frau und plötzlich war auch noch ein kleines Mädchen dabei, so vier Jahre alt. Die Mutter sagte zu dem Kind:

»Das sind alles Freunde von Klaus – so hieß der Typ. Wir werden ihn jetzt besuchen gehen.«

Vossi alberte mit dem Kind herum und Amboss fing mit Sascha, noch im Treppenhaus, eine Diskussion an. Ich lief neben der Frau und dem Kind her. Draußen gingen Sascha und Amboss nach links, abseits von uns anderen, und diskutierten heftig weiter. Vossi ging mit Mutter und Kind nach rechts. In der Nähe befand sich eine Kneipe. Ich blieb in der Mitte stehen, mir wurde das plötzlich alles zu viel. Dann rief mich Vossi zu sich und sagte:

»Pass kurz auf die beiden auf, bin gleich zurück. Lass auf keinen Fall Sascha in ihre Nähe. Versprich mir das.«

Ich wusste nicht, was er vorhatte, aber ich wusste, dass er das Richtige tun würde.

Nach kurzer Zeit kam er zurück und erklärte, wie es weitergehen würde:

»Ich hab' ein Taxi gerufen. Die Frau kann entscheiden, wohin wir fahren: zu ihrem Typ, oder zu den Bullen. Ich würde sogar sagen, gleich zu den Bullen. Ich begleite sie und das Mädchen, wohin sie wollen. Sascha, der Wichser, hat uns verarscht, er wusste, dass es ihre Wohnung ist und dort nie Freunde von Klaus sind. Wenn die Sache gelaufen ist, nehmen wir uns Sascha zur Brust. Er darf nicht mehr an die beiden rankommen.«

Nach einigen Minuten kam das Taxi. Amboss und Sascha stritten sich noch immer. Ich ging zu den beiden und sagte:

»Vossi fährt mit den Zweien jetzt zu dem Typen. Sie hat mir die Adresse gegeben, wo er sich aufhält.«

Sascha schrie mich an:

»Sie wird dem Taxifahrer Bescheid sagen, der schnurstracks zu den Bullen fahren wird, ihr Amateure!«

Amboss schien zu kapieren was abging und lief zum Auto. Ich folgte ihm langsam, bis das Taxi losfuhr. Sascha kam mir fluchend hinterher. Im Wagen nahm ich mir die halbvolle Whiskyflasche und schüttete mir so viel davon rein, wie möglich war. Wir fuhren los.

»Wohin fahren wir? Gib mir die Scheiß-Adresse«, forderte Sascha.

»Es gibt keine Adresse. Vossi fährt zu den Bullen«, sagte ich und nahm einen kräftigen Schluck.

»Wollt ihr mich verarschen?«, brüllte Sascha.

»Wer verarscht wen? Du wusstest, was hier passieren würde. Wir sind mit Sicherheit keine Engel, aber für so eine Sauerei hätte sich weder Ambos, Vossi noch ich hergegeben. Selbst wenn der Typ dagewesen wäre, wären die Frau und das Kind in die ganze Sache mit reingezogen worden!«, schrie ich zurück.

Selbst Alkohol und Valium konnten meine innere Aufgewühltheit nicht mehr besänftigen.

»Dasselbe habe ich ihm auch schon gesagt. Ich fahre zu den Bullen, wenn du das möchtest«, meldete sich Amboss zu Wort.

Sascha fluchte nur noch vor sich hin.

Ich ging mit Amboss zur Polizeiwache. Sascha wartete draußen. Alle waren dort. Ihr Freund Klaus wurde auch informiert und kam dazu. Er hatte Sascha draußen herumlungern sehen und die Polizei nahm ihn dann auch gleich fest. Vossi, Amboss und mich ließen sie nach einer Stunde gehen.

Am nächsten Tag brauchte ich erst längere Zeit, um zu rekonstruieren, was vorgefallen war. Zoe war entsetzt von der Sache, als ich ihr davon erzählte. Es war der erste Tag, an dem das Zudröhnen nicht meine Gedanken beherrschte. Ich wollte nur noch allein sein. Nach längerem Grübeln nahm ich mir zwei Flaschen Mineralwasser, eine Schachtel Zigaretten und verzog mich in den Keller. In völliger Dunkelheit auf einer alten Couch machte ich mir zum ersten Mal in meiner jetzt schon siebenjährigen Suchtkarriere Gedanken über meinen Lebenswandel. Fragen über Fragen bildeten sich unaufhörlich in meinem Kopf:

In was für eine Scheiße gerätst du immer wieder aufs Neue? Warum kannst du nicht drei, vier Bier trinken, einen Joint rauchen, etwas Spaß haben und nach Hause gehen? Warum lässt du dich auf solche abgefuckten Typen ein? Warum machst du immer einen auf harten Mann? Wer bist du? Warum tust du so etwas?

Stunden saß ich da. Die Fragen in meinem Kopf bohrten unaufhörlich weiter. Mir wurde klar, wenn das alles so weitergeht, würde ich bald im Knast landen. Mir wurde jetzt auch vollkommen bewusst, keine meiner Straffälligkeiten jemals im nüchternen Zustand verübt zu haben. Immer waren Alkohol und Drogen im Spiel. Nüchtern wäre mir so eine Scheiße niemals eingefallen. Nüchtern würde ich mich zu so etwas weder hinreißen noch überreden lassen.

Zum ersten Mal sah ich das volle Ausmaß meines Lebenswandels. Hass auf mich selbst und eine bohrende Verzweiflung beherrschten mich. Ich fasste einen Entschluss. Nicht aufzuhören, aber den Rest meines Lebens sollte alles kontrollierter ablaufen, so wie es die meisten anderen taten. Am Wochenende einen Kleinen trinken oder kiffen, nur des Spaßes wegen. Ich beschloss, erst einmal eine Woche nüchtern zu bleiben, um mir selbst zu beweisen, dass ich nicht abhängig war. Nach sechs Stunden verließ ich den Keller.

Mir war nicht ganz klar, wie ich Zoe meine neue Lebenseinstellung erklären sollte. Ich war der festen Überzeugung, sie liebte nur den Draufgänger, den, den nichts so schnell umwarf, den coolen Keith Richards unserer Stadt. Der Gedanke, die Wahrheit zu sagen, machte mich winzigklein und ließ ungeheure Scham in mir aufsteigen. Also begann mein Unternehmen mit einer Lüge:

»Hey Zoe, ich hab' beschlossen, die nächste Zeit mit meinen Exzessen langsamer zu machen, um mehr Zeit mit dir verbringen zu können.«

»Das würdest du wirklich für mich tun?«

»Klar, was denkst du denn?«

Als ich ihre Begeisterung wahrnahm, überkam mich ein schlechtes Gewissen. Im tiefsten Inneren wusste ich, mit ihr reden zu können, ihr die Wahrheit sagen zu können, aber es ging nicht. Kein einziges Wort über meine innere Zerrissenheit kam mir über die Lippen.

Die erste Woche hielt ich durch und hängte sogar zwei Tage dran, obwohl die Minderwertigkeit, Versagensangst, Leere und Unzufriedenheit mein Sein stark dominierten.

Danach war alles wieder einigermaßen okay. Ich trank alle paar Tage drei, vier kleine Bier und rauchte mit Zoe, meist am Abend, ein bis zwei kleine Joints. Wenn ich aus dem Haus ging, dann nur, um etwas Dope, ein paar Bier und Unmengen an Fressalien zu kaufen. Den Rest der Zeit verbrachten wir im Bett. Besuch wurde ausnahmslos keiner empfangen. Ich hatte meine Drogenexzesse völlig im Griff, tat aber alle anderen Dinge im absoluten Übermaß: Ich fraß Süßigkeiten, bis mir schlecht wurde, hatte immer Heißhunger auf das, was gerade nicht da war. Es war keine Seltenheit, mit Zoe sechs bis sieben Mal am Tag zu schlafen. Der Fernseher lief, bis mir die Augen zufielen. Aber letztendlich blieb immer ein Gefühl der Leere und des Verlangens zurück.

Nachdem wir geschlagene drei Monate im Bett verbracht hatten, bekam ich ein Einschreiben. Die Bundeswehr wollte mich zum Soldaten machen. In vier Monaten sollte es so weit sein. Meine Mutter hatte nach der letzten

Gerichtsverhandlung heimlich beim Kreiswehrersatzamt angerufen und gesagt, dass mein Lehrvertrag nicht mehr existieren würde. Die Bundeswehr reagierte sofort. Meine Mutter sah es wohl als die letzte Möglichkeit an, dass wenigstens die Armee etwas Disziplin in mein Leben hauchen würde. Dabei wusste sie bei weitem nicht, was ich schon so alles gedreht hatte. Sie kannte nur die Spitze des Eisbergs. Dennoch wusste sie, in was für einem Dilemma sich ihr Sohn befand, weil sie schon immer eine sehr starke Verbindung zu meiner Seele hatte und mein Leid spüren konnte.

Dieser Einberufungsbefehl gab mir allerdings einen triftigen Grund, mal wieder über die Stränge zu schlagen. Ich hatte mir ja bewiesen, nicht abhängig zu sein.

Zoe hatte sich auf meiner alten Schule angemeldet, die ich ihr empfohlen hatte. Als kurz darauf ihre Schule begann und wir nicht mehr so viel Zeit miteinander verbrachten, zog es mich wieder häufiger aus dem Haus.

Einige Leute und der *Germane* waren tabu und blieben es auch. Ich traf mich eher mit den etwas gemäßigteren Jungs, manchmal kam auch wieder Besuch. Der Alkoholkonsum steigerte sich, zwar nicht in bekannte Dimensionen, aber er steigerte sich. Aus den zwei kleinen Joints wurden schnell zehn große Wasserpfeifen. Pulver in jeder Form war zwar immer noch tabu, dafür ging ich hin und wieder mal auf Trip. Am Wochenende ging es dann meist noch etwas härter zur Sache. Ich hatte ja einen guten Grund und außerdem wusste ich jetzt, jederzeit so sein zu können wie die anderen und jederzeit aufhören zu können. Ich war mir sicher, alles unter Kontrolle zu haben. Deshalb hatte ich auch in keinerlei Hinsicht ein schlechtes Gewissen. Im Gegenteil: Ich fühlte mich absolut sicher und gestärkt.

•

Mir waren in letzter Zeit Dinge auf meinem Weg wi-
derfahren, die mich zweifeln ließen.
Zweifeln daran, ob der Preis für Anerkennung, Ruhm
und Reichtum nicht zu hoch sei. Zweifeln daran, ob
es der richtige Weg sei.
Ich beschloss, etwas daran zu ändern, und tat es…

Auf meinem steilen Weg nach unten bekam ich den
Eindruck, ich hätte mich gedreht und würde wieder
nach oben steigen.
Es war ein Trugschluss. In Wirklichkeit war ich
noch immer dem Abgrund zugeneigt. Nach dem er-
müdenden, ständigen Nach-Unten-Gehen ruhte ich
mich nur für eine Weile auf einer Treppenstufe aus.
Ich gab mich einer Illusion hin.
Die Sucht drängte mich nicht. Sie forderte mich
nicht auf, weiterzugehen.
Sie ließ mich gewähren, wartete geduldig, denn
sie wusste, ich hatte die Orientierung verloren und
kannte den Weg zurück nicht mehr.
Sie wusste, ich bin hilflos, kann ohne sie nicht
mehr leben, nicht existieren.
Sie wusste, ein Grund würde kommen, der mich
weiter nach unten gehen ließe.
Sie wusste, ich würde ihr wieder meine Hand rei-
chen und mich erheben, um weiterzugehen.
Ich reichte ihr meine Hand. Sie nahm sie behut-
sam in ihre. Mit ihrer anderen Hand streifte sie mir,
wie sie es so gerne tat, sanft durchs Haar, gab mir
einen mütterlichen Kuss auf die Stirn und sprach
beruhigend auf mich ein:
»Vertraue mir, mein Freund, ich werde immer bei
dir sein. Ich lasse dich nicht alleine in der Dunkelheit

zurück. Meine Nähe ist dir sicher.«

DISZIPLIN UND ORDNUNG

Mein Drogenkonsum hatte, nach etwa zwei Monaten, wieder den alten Pegel erreicht. Heroin war das einzige, das nicht wieder auf meiner Liste erschienen war, weil ich den Kontakt zu dieser Szene mied und es mir an dem nötigen Kleingeld fehlte. Die Gerichtsverhandlung wegen der Sache mit Sascha stand an. Bei Vossi wurde das Verfahren vorher eingestellt, er wurde nur als Zeuge geladen. Sascha hatte sich nach Portugal abgesetzt. Auf ihn warteten außer dieser Verhandlung noch einige andere Verfahren und er hielt es für ratsamer, sich aus dem Staub zu machen. Also waren nur Amboss und ich auf der Anklagebank. Amboss wurde freigesprochen. Ich erschien ohne Anwalt. Obwohl mich die Klägerin entlastete, wurde ich zu neun Monaten Gefängnis verurteilt. Die Strafe wurde auf drei Jahre zur Bewährung ausgesetzt. Der Richter, der immer Gnade vor Recht hatte walten lassen, machte seine Drohung wahr, mir beim nächsten Mal die höchstmögliche Strafe zu geben. Er meinte, wenn die Klägerin mich nicht entlastet hätte und ich in dieser Nacht nicht zur Polizei gegangen wäre, hätte ich eine lange Zeit hinter Gittern verbracht.

Am 1.10.1985 wurde ich zu fünfzehn Monaten Wehrdienst eingezogen. Meine Einstellung der Armee gegenüber ließ vom ersten Tag an zu wünschen übrig. Meine Haare waren mehr als schulterlang und mein Gesicht hatte seit Tagen keinen Rasierer mehr gesehen.

Nachdem ich mich ausgiebig von Zoe verabschiedet hatte, widmete ich mich Bier und Wasserpfeife. Um zehn Uhr morgens verließ ich das Haus. In meinem Marschgepäck befanden sich ein paar Klamotten, zirka 30 Dosen Bier, eine Flasche Whisky, eine Flasche Jägermeister, eine kleine Haschpfeife, fünf Gramm Hasch und etwa ein halbes Gramm Speed.

In der Kaserne angekommen – sie lag etwas über drei Zugstunden von meinem Heimatort entfernt – fiel ich sofort durch mein Äußeres und meinen nicht mehr allzu sicheren Gang auf.

Am nächsten Morgen beim Wecken überkam mich sofort ein beklemmendes Gefühl. Die Abneigung gegenüber Kontrolle erfüllte mich hier in einem ungeahnten Ausmaß. Hier konnte ich nicht weglaufen, so wie in der Schule, spielte aber sofort mit diesem Gedanken. Mir kam es vor, als würde mir jemand die Luft abdrücken.

Am ersten Tag beim Bundeswehrfriseur lernte ich Andre kennen. Er war ein sehr guter Gitarrist, lebte ganz in der Nähe meiner Stadt, nahm alles außer Heroin und hatte genauso lange Haare wie ich. Als der Friseur mit seinem Rasierer kam, witzelte ich noch:

»Waschen und die Spitzen etwas nachschneiden.«

Wir lachten ihn aus. Als er fertig war, verging uns sehr schnell das Lachen. Wir sahen aus wie geschorene Schafe.

Am zweiten Wochenende bekam ich schon Ausgangsverbot, weil ich nach mehrmaligem Auffordern die Schuhe immer noch nicht geputzt hatte.

In der vierten Woche ging ich mit Andre, weil um zehn Uhr Zapfenstreich war, schon während der Dienstzeit auf LSD. Wir hatten uns im Dienstplan verlesen und es war Drill angesagt. Während dieses Drills fing der Trip an, zu wirken. Es war der blanke Horror. Wir mussten in voller Montur antreten: Stahlhelm auf dem Kopf, das Hemd bis zum allerobersten Knopf zugeknöpft und die Krawatte bis zum Anschlag zugezogen. Die Vorgesetzten fingen an, uns anzubrüllen und an unserer Kleiderordnung herumzunörgeln. Sie bemängelten irgendetwas und befahlen uns in lautem Ton, auf unsere Stube zu gehen, um den Mangel zu berichtigen. Ich ging dann immer auf die Stube, rauchte eine halbe Kippe, änderte in keinster Weise etwas an meiner Uniform und meldete mich dann zurück. Merkwürdigerweise fanden meine Vorgesetzten die Kleiderordnung dann korrekt, bis sie etwas Neues entdeckten. Das ging mindestens fünfmal so.

Der Trip fing immer härter an, zu wirken. Wenn Andre und ich uns ansahen, begannen wir immer häufiger zu lachen und wurden dafür auf eine ziemlich grobe Weise zusammengeschissen. Das LSD ließ die Stimmen der Offiziere immer verzerrter klingen. Sie hallten manchmal wie durch voll aufgedrehte Lautsprecher über den Kasernenhof. Die Köpfe der Vorgesetzten und Kameraden kamen mir durch ihre Stahlhelme überdimensional riesig vor. Der Trip haute immer härter rein, das zugeknöpfte Hemd und die Krawatte drohten, mich zu ersticken. Der Stahlhelm auf meinem Kopf bekam von Sekunde zu Sekunde immer mehr das Gewicht eines Kampfpanzers.

Stellenweise mussten wir minutenlang stillstehen, aber das beruhigte mich am meisten, weil da mein Gewehr nicht losgehen konnte. Obwohl sich noch nicht einmal Platzpatronen darin befanden, hatte ich die ganze Zeit große Angst, es würde losgehen, oder noch schlimmer, ein anderes würde losgehen und mich treffen.

Manchmal hob ich meinen Stahlhelm, um das Gewicht auf meinem Kopf zu reduzieren, und wurde jedes Mal dafür zusammengestaucht. Nach anderthalb Stunden war dann der Horror vorbei und ich soff mir erst einmal ein paar Bier rein, um wieder etwas runterzukommen. Es half nichts, der Trip haute immer mehr rein. Weder Andre noch ich konnten diese Nacht einschlafen, und wir waren am nächsten Tag immer noch drauf.

Die drei Monate Grundausbildung, in denen ich zum Munitions- und Betriebsstoffwart ausgebildet wurde, verbrachte ich fast ausschließlich mit Andre. Er brachte mir einiges auf der Gitarre bei, wir dröhnten uns bei jeder Gelegenheit zu und waren die Schandflecken der Kompanie.

An den Wochenenden dröhnte ich mich dann richtig zu. Ich trank sehr viel Hochprozentiges und nahm alles, was ich in die Finger kriegen konnte. Für harte Sachen wie Heroin oder Kokain fehlte mir jetzt erst recht das Geld.

Nach drei Monaten Grundausbildung kam die Versetzung in meine Stammeinheit. Der Job war im Allgemeinen sehr locker, man sollte den ganzen Tag Bundeswehrfahrzeuge betanken. Ich führte die Selbstbedienung ein. Die Soldaten, egal welchen Ranges, mussten selbst tanken und kamen dann in mein kleines Büro zum Unterschreiben. Die Tankstelle musste immer besetzt sein, somit blieben mir die meisten Schießübungen, Außenübernachtungen und Sportausbildungen erspart.

Eine zweite Aufgabe bestand darin, in der so genannten *Natopause*, die von neun Uhr morgens bis zwanzig nach neun ging, Kaffee an die höheren Dienstgrade auszuschenken. Nach nur wenigen Tagen schüttete ich dem höchsten Dienstgrad, natürlich ganz aus Versehen, Kaffee in den Schoß. Dummerweise passierte mir am nächsten Morgen dasselbe Missgeschick bei derselben Person erneut. Sie suchten sich daraufhin einen neuen Lakaien. Bevor ich den Schlüssel für das Casino übergab, nahm ich noch Wein, Sekt und ein wenig Kleingeld aus der Kaffeekasse mit.

In dem Glauben, noch immer nicht abhängig zu sein, fing ich an, Buch über meinen Drogenkonsum zu führen. Dort stand es jetzt schwarz auf weiß. Aber meine Selbstlüge war ja nicht blöd, fing an, die Einträge zu fälschen, und neigte zur Untertreibung. Nach etwas über zwei Monaten flog dieses Buch in den Mülleimer. Mir gelang es höchstens noch einmal in der Woche, meist aus Geldmangel, nüchtern zu bleiben.

Mein Ruf in der Kaserne konnte kaum schlechter sein. Man musste mich immer mehrmals zum Haarschneiden oder Rasieren auffordern. Meine Kleiderordnung war eine Katastrophe, das Bett nie richtig gemacht und mein Verhalten den Vorgesetzten gegenüber wurde als äußerst undiszipliniert bezeichnet. Die Vorladungen beim Kompaniechef häuften sich. Er kam mir eigentlich nicht vor wie ein richtiger Soldat. Seine sensible Art erinnerte mich eher an einen Klaviervirtuosen oder Poeten. Er war nur aus Familientradition beim Militär, wurde quasi in die ganze Scheiße hineingeboren. Dieser Umstand kam mir allerdings sehr gelegen. Es fiel mir recht leicht, ihn mit meinen

Storys zu erweichen. Manchmal log ich ihm was von einer schrecklichen Kindheit vor und musste mich nach einiger Zeit zurücknehmen, weil er schon Tränen in den Augen hatte. Selbst als ich zwei Tage unerlaubt der Truppe fernblieb und ihm vorgaukelte, dass meine Freundin mich verlassen hätte, ließ er Milde walten und gab mir nur ein paar Tage verschärftes Ausgangsverbot.

An einem Wochenende hatte ich dann gar keine Motivation mehr, in die Kaserne zurückzugehen. Zoe und ich rätselten den ganzen Sonntag, was für eine Krankheit man vorspielen könnte. Letztendlich kam aber nur ein Unfall in Frage, der zu Hause passieren müsste. So meinte ich abschließend zu Zoe:

»Ich werde mir morgen früh den Finger brechen und dann bei uns im Krankenhaus in die Notaufnahme gehen.«

Um vier Uhr morgens klingelte der Wecker. Mit einem Hammer, einem Bier und einer Viertelflasche Jägermeister bewaffnet, ging ich in mein anderes Zimmer. Nach vier bis fünf Versuchen, mir mit dem Hammer den Finger zu brechen, gab ich entnervt auf. Es ging nicht.

Immer wenn der Hammer kurz vor meiner Hand war, dämpfte sich der Schlag automatisch ab. Ein Finger pochte schon und war knallrot, aber mit Sicherheit noch nicht einmal annähernd gebrochen. Zoe kam mit verschlafenen Augen ins Zimmer und murmelte:

»Na, klappt's?«

»Scheiße, klappt! Ich schaff' das einfach nicht. Irgendetwas meldet meinem Gehirn, nicht so hart zuzuschlagen. Um zum Bund zu fahren, ist es jetzt auch zu spät. Dieses Mal sperren die mich in den Bau. Du musst mir helfen.«

»Wie, helfen?«

»Nimm den verfickten Hammer und brich mir meinen verdammten Finger!«

Wir rauchten eine Zigarette, dann willigte Zoe ein. Der rechte Ringfinger schien mir die beste Wahl zu sein, weil ich ihn nicht zum Gitarre spielen brauchte. Ich legte ihn auf eine Gitarrenbox, die mir bis über den Bauch ging. Zoe holte zögerlich aus, dämpfte aber den Schlag auch kurz vor dem Aufprall erheblich ab. Beim zweiten Versuch feuerte ich sie energisch an:

»Fester!«

Aber wieder nichts. Nach dem dritten Versuch gaben wir entnervt auf. Sie konnte es noch weniger als ich selbst und sprach es dann auch enttäuscht aus:

»Es geht nicht, ich kann dir nicht solche Schmerzen zufügen. Tut mir leid.«

Ich ging in mein anderes Zimmer und kam von dort mit einem kleinen Tuch zurück, legte meinen Finger auf die Box, das Tuch darüber, und redete auf Zoe ein:

»Unter diesem Tuch liegt nichts von mir. Nichts! Dieses kleine Tuch spiegelt alles wider, was du am meisten hasst. Kannst du dich da reinversetzen?«

Zoe starrte das Stück Stoff, das über meinem Finger lag, an und antwortete etwas zögernd:

»Ich versuch's.«

»Nicht versuchen, tu's einfach! Nimm diesen verdammten Hammer mit zwei Händen, hol mit all deiner Wut aus und schlag zu! Hass dieses dämliche Tuch! Hass es!«

Mein Blick wandte sich von Zoe ab auf den verhassten Fetzen Stoff. Ich schrie weiter:

»Hass es! Hass…«

Crash!!

»Ahhhhhhhhh!!!«

Ich ging sofort zu Boden. Mein Kreislauf brach von einer auf die andere Sekunde zusammen. Zoe hatte den Hammer hinter ihrem Kopf mit beiden Händen fest umschlungen und mit voller Wucht auf meinen Finger heruntergeschmettert.

Nach einer halben Stunde erholte sich mein Kreislauf langsam wieder. Das Krachen des Knochens lag noch in meinen Ohren. Das Tuch um meinen Finger war jetzt blutgetränkt. Erst im Krankenhaus sah ich das volle Ausmaß unserer Aktion. Zoe hatte nicht direkt den Finger, sondern das Nagelbett getroffen. Der Fingernagel war komplett in zwei Hälften geteilt, die nach außen abstanden. Das Fingernagelfleisch musste wieder zusammengenäht werden. Der Nagelkranz direkt unter dem Fingernagel erlitt einen Trümmerbruch. Die andere Seite des Fingers, die, die auf der Gitarrenbox gelegen hatte, musste ebenfalls genäht werden. Vorher aber musste die Ärztin Teile der schwarzen Beschichtung der Box herausoperieren. Nach einem Vormittag im Krankenhaus wurde ich für die nächsten vier Wochen krankgeschrieben. Meine einzige Pflicht der Bundeswehr gegenüber bestand darin, mich einmal in der Woche bei einem Bundeswehrarzt in meiner Nähe zu melden, der sich meinen Finger anguckte. Im Unfallbericht stand, mir wäre ein Fernsehgerät auf die Hand gefallen.

Als ich vom Krankenhaus heimkam, sagte ich zu Zoe: »Wie kann man nur so aggressiv einem so hübschen, batikeingefärbten Tuch gegenüber sein? Du solltest mal mit jemandem darüber reden.«

Wir lachten uns kaputt. Der Finger pochte noch Tage später, aber ich bekam ja gute Schmerzmittel verschrieben, die, besonders mit Whisky kombiniert, hervorragende Dienste leisteten. Die nächsten vier Wochen war Party angesagt.

Zurück beim Bund wurde die ganze Angelegenheit immer schlimmer für mich. Jeder höhere Dienstgrad beobachtete mich aufs Genaueste. Alle hatten sich auf mich eingeschossen. Sie bemerkten, dass ich noch kein Sportabzeichen hatte. Also zwangen sie mich, es nachzuholen. Die verschiedenen Disziplinen bereiteten mir keine Probleme, bis der Fünftausendmeterlauf angesagt war. Man musste diese Distanz unter 22 Minuten laufen, was mir als unmöglich erschien. Beim ersten Versuch benötigte ich fast 45 Minuten, weil es mir nach einigen hundert Metern bequemer erschien, zu gehen. Bei dem zweiten Versuch waren es dann doch schon erstaunliche 39 Minuten. Als der Sportoffizier dann meinte, beim nächsten Mal müsse ich es schaffen, antwortete ich ihm, dass ich das dämliche Abzeichen sowieso nicht haben wolle. Er ordnete daraufhin an, mich nächste Woche Freitag vor dem Wochenende laufen zu lassen. Der Offizier meinte, falls ich es nicht in der vorgegebenen Zeit schaffen sollte, dürfte ich am Wochenende in der Kaserne üben.

Von der nächsten Heimfahrt brachte ich mir ein wenig Kokain und ein paar Aufputschtabletten mit. Freitagmorgens, am Tag des Fünfkilometerlaufs, schluckte ich die Tabletten. Mittags, etwa eine halbe Stunde vor dem Laufen, zog ich mir das Koks hoch. Meine Zeit betrug etwas über 21 Minuten und ich bekam das Sportabzeichen. Das war allerdings mein einziger Erfolg. Ansonsten fiel ich immer häufiger durch aggressives Verhalten auf. Mit zwei anderen Kameraden zerlegte ich im Suff ein komplettes Zimmer, es blieb nichts ganz. Mindestens dreißig zerbrochene Bierflaschen lagen auf dem Boden. Wir rissen von den Spinden die Belüftungsklappen ab und pinkelten rein, Tische, Stühle, Mülleimer, Betten gingen zu Bruch. Die Gardinen wurden abgerissen, Stahlhelme und Schlafsäcke flogen aus dem Fenster, bis die Wache uns ruhigstellte.

Zwei Wochen später gab ich einem Kameraden, dessen Geld wir am Vorabend versoffen hatten, zwanzig Liter Benzin aus meiner Tankstelle für die Heimfahrt. Er war so naiv und tankte in der Kaserne aus einem Bundeswehrkanister in sein Privatauto und wurde natürlich dabei erwischt. Es dauerte keine zehn Minuten, bis sie mich festnahmen. Dafür bekam ich zwei Wochen Bau.

Zu Hause lief es auch nicht anders ab. Jedem, der mich in einer Kneipe zu lange anguckte, drohte ich Prügel an. Nach dem Genuss von fünf Rohypnol und einer Flasche Whisky schlug ich mein Zimmer inklusive Gitarre zusammen.

Es gab nun keinen Tag mehr, an dem ich nicht bis zur Besinnungslosigkeit zugedröhnt war.

In den letzten zwei Monaten beim Bund durfte mir keine Schusswaffe mehr ausgehändigt werden. Ich war wohl der einzige Soldat, der keine Waffe mit sich führen durfte. Mein Kompaniechef hatte das so arrangiert. Dies war die allerletzte Möglichkeit, um nicht unehrenhaft entlassen zu werden, was mit einer Vorstrafe gleichzusetzen war.

Nachdem ich meinen Gefängnisaufenthalt nachgedient hatte, wurde ich offiziell, allerdings ohne Dankesurkunde, aus der Bundeswehr entlassen.

Die letzten fünfzehn Monate kamen mir vor wie fünfzehn Jahre. Der ständigen Kontrolle ausgesetzt zu sein, Befehle zu empfangen, Vorschriften und Regeln befolgen zu müssen, brachte mich fast zur Verzweiflung. Aber es gab mir auch das Alibi für meine Exzesse. Das letzte halbe Jahr beim Bund konnte ich nur noch schwer nachkonstruieren. Die Erinnerung daran wurde vom Alkohol und dem Drogenrausch ausgelöscht.

●

Disziplin und Ordnung waren mir schon immer fremd, außer auf meinem Weg nach unten. Die Treppe in die Dunkelheit ging ich mit äußerster Disziplin hinab. Die Sucht war mein General und ich ihr Soldat. Jeder Befehl wurde bedingungslos ausgeführt. Stufe um Stufe wurde eingenommen. Mein General war stolz auf seinen Elitesoldaten, er geizte nicht mit Orden und Beförderungen. Ich marschierte weiter, Stufe um Stufe, in den unvermeidlichen Krieg.

GEFANGEN IM LABYRINTH

Zoe machte eine Ausbildung zur Krankenschwester in einer zwanzig Kilometer entfernten Stadt und hatte dort eine kleine Wohnung in der Nähe ihres Arbeitsplatzes. Meist wohnte ich bei ihr. Den Kontakt in die dortige Drogenszene fand ich ziemlich schnell. Mein Konsum hatte sich nach der Bundeswehrzeit nicht geändert. Meine Selbstlügen und die Lügen anderen gegenüber wurden zur Gewohnheit. Je härter ich draufkam, umso größer wurden die Lügen, umso mehr glaubte ich, alles im Griff zu haben. Es war mir mittlerweile nicht mehr möglich, im nüchternen Zustand irgendetwas zu fühlen. Spaß, Freude, Glück, Liebe, aber auch Traurigkeit, Hass oder Mitleid waren bei Abstinenz nicht mehr vorhanden. Stattdessen umgab mich ein Gefühl der Leere und Kälte. Es konnte der lustigste Film im Fernsehen laufen, nicht einmal der Hauch eines Lächelns zeichnete sich auf meinem Gesicht ab. Die schlimmsten Nachrichten berührten mich in keinster Weise. Genauso verhielt es sich beim Gitarre spielen oder Musik hören: Keine Gefühle entstanden dabei. Ich war jetzt einundzwanzig Jahre alt und zu einer Maschine mutiert, die nur funktionierte, wenn ihr Treibstoff zugeführt wurde, ansonsten war sie kalt und unbrauchbar. Das Einzige, das sich manchmal aus diesem Zustand entwickelte, war Unzufriedenheit, die oft in Aggression gegen mich selbst umschlug. Nahm ich dann Drogen in irgendeiner Form zu mir, kamen die Lebensgeister, die Gefühle zurück. Wenn der Maschine genug Treibstoff zugeführt wurde, sie warmgelaufen war, wurde ich lustig, machte Witze, konnte gut zuhören, Zärtlichkeiten austauschen und wurde äußerst kreativ. Allerdings musste immer genug zu saufen und Stoff in meiner Nähe sein, sonst war ich unterwegs, um mir etwas zu beschaffen. Dieses Verhalten leugnete ich. Mein Verhalten schob ich auf die schlechte Welt, die nur ich verstand und aus der ich zu flüchten versuchte.

Ich begann, mir systematisch ein Netzwerk aufzubauen, umgab mich nur noch mit Leuten, die meiner Suchtbefriedigung nützlich waren, egal auf welche Art. Ob sie selbst süchtig waren oder nicht, spielte keine Rolle. Wenn irgendwo etwas zu holen war, nahm ich es. Mein Leben wurde immer mehr vom Nehmen regiert, zu geben war kaum noch möglich, dazu brauchte ich zu viel. Bei jeder Begegnung mit anderen Menschen hielt ich meine unsichtbare Hand auf. Ich ging mit größter Sensibilität auf die Leute ein, bis ich deren wunden Punkt fand, um dann unbarmherzig zuzuschlagen, um sie auszunehmen. Sie wurden sofort in mein Netzwerk integriert und konnten sich dem nur noch schwer entziehen. Ich gab meinen Helfern immer das Gefühl, dass sie auch etwas davon hatten, ob materiell oder auf Gefühlsebene. Die Zahl meiner Helfer um mich wuchs ständig, mein Netzwerk vergrößerte sich. Meine Skrupellosigkeit und Professionalität bei dieser Vorgehensweise steigerten sich unaufhörlich. Manchmal, wenn ich jemanden ausgenutzt hatte, hatte ich das Gefühl, die Person glaubte, mehr davon zu haben als ich selbst.

Ließ sich jemand nicht in dieses Netzwerk einbauen, wie zum Beispiel Zoes Mutter – sie war Suchttherapeutin und durchschaute mich sofort – grenzte ich mich sofort von diesen Leuten ab. Diese Personen waren die einzigen, deren Gegenwart ein schlechtes Gewissen in mir auslöste und meine Lügengebilde in Frage stellte. Ich mied sie wie die Pest.

In den nächsten zwei Jahren brach ich eine Ausbildung und zwei Schulen nach nur wenigen Wochen wieder ab. Meine Drogen beschaffte ich mir wieder mit kleineren Dealereien.

Zu dieser Zeit besuchte ich Zoe manchmal bei ihrer Arbeit. Sie hatte mittlerweile ihre Ausbildung als Krankenschwester abgebrochen und eine neue als Erzieherin in einem Kindergarten begonnen. Der Kindergarten lag in einem Brennpunkt dieser Stadt. Viele Väter dieser Kinder waren Alkoholiker und die Kids bekamen oft Schläge. Ab und zu spielte ich mit den Kindern oder hörte ihnen einfach nur zu. Zoes Chefin war sehr angetan davon, wie ich mit den Kleinen umging, und bot mir an, auch eine Ausbildung als Erzieher zu machen. Nach ein paar Wochen Probearbeiten ging ich dann eines Tages ohne Grund nicht mehr dorthin.

Das Verhältnis zu Zoe wurde immer angespannter. Oft blieb ich tagelang, ohne ein Lebenszeichen von mir zu geben, weg und gab mich meinen Drogenexzessen hin. Heroin war jetzt, wenn auch nur sehr selten, auch wieder im Spiel. Zoe nahm überhaupt keine Drogen mehr, was dazu führte, dass aus jedem unserer Treffen ein Streit entstand. Irgendwann machte Zoe mit mir Schluss. Sie stellte mir ein Ultimatum: Entweder solle ich aufhören mit meinem harten Konsum oder es würde bei der Trennung bleiben. Alle Versuche, mich aus der Umklammerung der Sucht zu befreien, endeten kläglich. Ich war gefangen in einem Labyrinth. Jedes Mal, wenn ich glaubte, den Ausgang gefunden zu haben, stellte sich ein neues Problem vor mich, das mir nur mit Alkohol und Drogen lösbar schien. Es war mir unmöglich, zu entfliehen. In mir wuchs eine Stimme heran. Irgendwie war es meine eigene Stimme, aber irgendwie auch wieder nicht. Sie war anfangs noch leise, bekam aber immer größeren Einfluss auf mich. Es war die Stimme der Sucht, sie sprach verführerisch fordernd:

»Was willst du von der Bitch? Sie hat dich verlassen, weil sie nur schlecht von dir denkt. Du bist nicht schlecht. Du wirst eines Tages ein erfolgreicher Musiker sein. Du hast kein Problem mit Drogen. Du nimmst schon jahrelang jeden Stoff und hattest noch nie Entzugserscheinungen, weil du etwas Besonderes bist. Nichts kann dich in die Knie zwingen. Scheiß auf deine Freundin, die schlecht über dich denkt, und nimm dir ein paar von den anderen Frauen, die deiner würdig sind.«
Anfangs kämpfte ich noch gegen diese Stimme an und versuchte, mit eisernem Willen clean zu bleiben, bis ich

ihr immer öfter nachgab, mich wieder täglich zudröhnte und anfing, mit anderen Frauen zu schlafen.

Nach zwei Monaten traf ich mich wieder mit Zoe. Wir redeten viel und kamen erneut zusammen. Dieses Spiel wiederholte sich dann exakt auf die gleiche Weise noch einige Male: ein paar Monate zusammen, ein paar Wochen getrennt.

Es war wenige Monate vor meinem 24. Geburtstag. Meine Bewährungsfrist war vor einem halben Jahr verlängert worden, weil ich nur sehr unregelmäßig beim Bewährungshelfer erschienen war.

Zoe machte erneut eine Ausbildung in einem Heim für schwererziehbare Jugendliche. Das einzige, was in unserer Beziehung noch so einigermaßen Bestand hatte, war unsere Unbeständigkeit.

Wir waren auf einer Party, die von einem Achtzehnjährigen, Zurückgebliebenen gegeben wurde. Er hatte die geistige Reife eines Zehnjährigen. Der Schlagzeuger der Band, in der ich gerade spielte, kannte ihn und hatte auch die meisten Leute eingeladen. Die Eltern des Jungen waren über das Wochenende nicht da und überließen ihrem geistig umnachteten Sohn eine dreistöckige Villa mit Sauna, Fußbodenheizung und Billardzimmer. Die Party artete in ein Desaster aus. Etwa fünfundzwanzig Musiker und mindestens genauso viele abgefuckte Typen machten das Haus dem Erdboden gleich. Ich hielt mich da raus, soff in voller Bekleidung in der Sauna eine Flasche Whisky und schlug einem der Randalierer auf die Fresse, weil er mich dumm anmachte. Als die Leute gegen Morgengrauen gingen, nahm jeder noch irgendetwas mit, selbst wenn es nur ein Aschenbecher war. Zoe, der Schlagzeuger, noch ein anderer Typ und ich übernachteten in dem Haus. Als wir aufstanden, sah das Haus wie nach einem Bombenangriff aus. Die teuren Gemälde waren mit Senf und Ketchup verschmiert, die Fußböden mit Kippen übersät, überall waren Brandlöcher, die teure Garderobe der Mutter zerfetzt, der Keller stand unter Wasser, der Fernseher zerstört. Keines der vielen Zimmer war verschont geblieben. Überall lagen Trümmer und zerbrochenes Glas, der Boden klebte und es stank wie in der größten Spelunke.

Wir, die im Haus übernachtet hatten und die einzigen waren, die nichts kaputt gemacht oder gestohlen hatten, halfen dem armen Kerl, wenigstens noch das Nötigste aufzuräumen. Dabei soff ich die einzige überlebende Flasche Schnaps. Als wir gingen, sah es immer noch katastrophal aus.

Ich schlief bei Zoe in der Stadt, in der sie ihre Ausbildung machte. Sie hatte in dem Heim, in dem sie arbeitete, ein kleines Appartement. Es war gegen zehn Uhr morgens, zwei Tage nach der Party. Meine Aufmerksamkeit war gerade auf den Guten-Morgen-Joint gerichtet, da klingelte das Haustelefon in Zoes Zimmer. Zoe ging ans Telefon. Nach einer Minute drehte sie sich zu mir und sagte erschrocken:

»Das war gerade meine Kollegin. Sie hat gesagt, dass zwei Männer auf dem Weg zu mir sind und mich sprechen wollen.«

»Scheiße, das sind bestimmt die Bullen wegen der Party!«, gab ich hektisch zurück.

Der Joint flog direkt aus dem Fenster. Die vier Gramm Haschisch, die noch in meinem Besitz waren, bunkerte ich unter dem Dachfenster, gemeinsam mit den Tabletten, die in meiner Jacke waren. Es waren tatsächlich die Bullen. Zoe hielt sie einige Zeit auf, aber dann fanden sie mich auf der Toilette. Sie fragten uns über die Party aus und nahmen uns schließlich mit. Auf der dreißig Kilometer langen Fahrt zum Polizeirevier unserer Stadt erfuhren wir dann, dass auf der Party ein Safe mit Schmuck und Bargeld im Gesamtwert von 120.000 Mark ausgeräumt worden war. Die Cops auf dem Revier waren mir alle bekannt. Es stellte sich heraus, dass die Täter schon an den Fingerabdrücken identifiziert, aber noch auf der Flucht waren. Sie suchten nur nach Zeugen. Die Eltern hatten auch nur Anzeige wegen des Safes erstattet. Von einer Anzeige wegen Sachbeschädigung ließen sie ab. Selbst die Cops meinten, es wäre unverantwortlich von den Eltern gewesen, ihren Sohn unbeaufsichtigt in dem Haus zu lassen. Ich machte meine Aussage, nichts mitbekommen zu haben, was auch stimmte, und war erst mal erleichtert.

Als ich gehen wollte, meinte einer der Polizisten:
»Es gibt da noch ein kleines Problem: Gegen Sie liegt seit einigen Wochen ein Haftbefehl in meiner Schublade. Sie haben gegen Ihre Meldepflicht bei Ihrem Bewährungshelfer verstoßen. Das Gericht wollte Ihnen eine Stellungnahme zusenden, was aber nicht möglich war, weil Sie an keinem festen Wohnsitz mehr gemeldet sind. Also wurde Haftbefehl gegen Sie erlassen und wir müssen Sie in wenigen Stunden dem Haftrichter vorführen.«

Nicht gemeldet... Ich war schockiert. Meine Mutter war vor einigen Monaten in eine kleinere Wohnung umgezogen und hatte mich ein paar Mal daran erinnert, mich umzumelden. Ich hatte das allerdings nicht für so wichtig erachtet. Jetzt hatte ich die Scheiße am Hals.

Drei Stunden später wurde ich dem Haftrichter vorgeführt. Als wir das Büro betraten, traf mich erneut der Schock. Es war der Richter, den ich nur allzu gut kannte. Genau der Richter, der mich damals am liebsten sofort eingesperrt hätte. Er grinste und sagte:
»So sieht man sich wieder.«

Er schaute sich den Haftbefehl an und wälzte dann in meiner dicken Akte vor ihm. Dabei wurde seine Miene immer finsterer. Ich versuchte, zu retten, was noch zu retten war, und begann zu reden:
»Herr Richter, seit wir uns zum letzten Mal gesehen haben, bin ich nicht mehr straffällig geworden. Vor Ihnen sitzt ein guter Mensch, der es dummerweise versäumt hat, sich umzumelden. Geben Sie mir ein Telefongespräch und ich habe wieder einen festen Wohnsitz. Ich bleibe so lange hier, bis Sie sich persönlich davon überzeugt haben.«

Der Richter blätterte weiter in meiner Akte und gab dann kompromisslos zurück:
»Sie haben sich beinahe fünf Jahre der Aufsicht Ihres Bewährungshelfers entzogen und gehen keiner geregelten

Arbeit nach, das reicht für mich. Schicken Sie mir die Meldebestätigung aus der Justizvollzugsanstalt, dann sehe ich mir die Sache noch einmal an.«

Er schaute einen der Polizisten hinter mir an und sagte: »Überführen Sie den Mann in die JVA«, klappte meine Akte zu und ging.

Auf dem Weg in den Knast sagte einer der Polizisten: »Ich habe schon einiges in meiner Karriere erlebt, aber dass jemand wegen so einer Lappalie eingelocht wird, ist mir noch nicht untergekommen.«

Sein Kollege nickte zustimmend:

»Nehmen Sie sich sofort einen Anwalt. Sie sind spätestens in vierzehn Tagen wieder auf freiem Fuß. Lassen Sie sich da drinnen nicht unterkriegen.«

Ich kam in Untersuchungshaft zu Mördern, Vergewaltigern, Kinderfickern, Bankräubern und allen möglichen anderen Verbrechern. Sie waren allerdings sehr friedlich, weil sie noch auf ihre Gerichtsverhandlungen warteten und sich nichts mehr zuschulden kommen lassen durften.

Nach zwei Tagen kam mein Anwalt und meinte, ich sei in drei Wochen hier raus. Nach drei Tagen war ich wieder polizeilich gemeldet. Nach vier Tagen ging die Stellungnahme mit dem Vermerk *Eilt* zum Richter. Er beeilte sich. Nach ungefähr einer Woche bekam ich den vorläufigen Beschluss, weiter in Haft zu bleiben, bis mein Bewährungshelfer eine Beurteilung über mich abgegeben hätte. Mein Anwalt meinte, er würde mit meinem Bewährungshelfer sprechen. Da es aber kurz vor Weihnachten war, meinte er, er bekäme mich erst Mitte Januar hier raus.

Zoe schmuggelte mir beim nächsten Besuch meine vier Gramm Haschisch in den Knast. Nach der Besuchszeit küssten wir uns. Währenddessen schob sie mir das Zeug von ihrem Mund in meinen.

Oli, mein mittlerweile bester Freund, schickte mir einen LSD-Trip unter der Briefmarke ins Gefängnis. Drogen waren in der U-Haft äußerst rar, weil keiner vor seiner Verhandlung mit so etwas erwischt werden wollte. In nicht einmal einer Woche hatte ich selbst die größten Verbrecher

107

auf meiner Seite, indem ich ihnen ab und zu einen kleinen Zug Haschisch spendierte. Somit war ich in Sicherheit. Mit denen, die Frauen oder Kindern etwas angetan hatten, sprach ich kein Wort. Sie wurden von den anderen Knackis runtergemacht, wo es nur ging. Silvester 1989 auf 1990 feierte ich im Knast. Olis Trip leistete mir dabei Gesellschaft. Die Wirkung in der Knastatmosphäre war unbeschreiblich krass. Gegen Mitternacht streckten sämtliche Knackis ihre Hände durch die Betongitter, in einer Hand eine blecherne Kaffeekanne, in der anderen ein metallenes Essbesteck. Punkt zwölf fing jeder an, darauf einzuschlagen, so fest er nur konnte. Ohrenbetäubender Lärm durchdrang die Nacht und übertönte sogar die Feuerwerkskörper draußen in der Freiheit. Nach über einer halben Stunde hörte der Lärm wie auf Kommando auf. Nach etwa fünf Minuten der Stille begann wie auf Knopfdruck erneut ohrenbetäubender Lärm. Dieses Mal schrie jeder, so laut er konnte, wie ein Tier zwischen den Gittern durch und trampelte dabei mit den Füßen auf den Boden, Hunderte Insassen gleichzeitig. Der Knast bebte förmlich. Während dieses Rituals flogen dann immer mehr brennende Gegenstände aus dem Fenster. Mit einer faszinierten Angst beobachtete ich das ganze Schauspiel. Die brennenden Gegenstände wurden immer größer. Erst Papier, dann Karton, dann Kleidungsstücke und Decken. Der ganze Hof schien zu brennen. Die Wärter versuchten, so gut es ging, die Brandherde mit Feuerwehrschläuchen zu löschen. Man hörte eine Zellentür aufgehen und sie legten einem schreienden Häftling Handschellen an, der gerade versucht hatte, ein brennendes Stück Matratze durch das Gitter zu drücken. Es hatte was von einer Revolution. Um zwei Uhr war die Revolution dann niedergeschlagen, die Brände gelöscht und es herrschte Totenstille.

Der Trip haute immer härter rein. Auf LSD spürt man oft einen ungeheuren Bewegungsdrang und kann stundenlang laufen. Dieser Drang entwickelte sich jetzt stetig bei mir, aber ich konnte ja nirgendwo hin. Es wurde ständig schlimmer. Dabei wurde mir jetzt auch klar, warum keiner im Knast auf Trip ging. Nach ein paar Stunden, es wurde langsam hell, verlor der Trip langsam seine Wirkung. Ich schaute durch die Gitter auf den Hof. Man konnte jetzt verschwommen die gelöschten Brandherde erkennen. Die letzte Nacht kam in meine Erinnerung zurück. *Die wissen, wie man Party macht, und das alles ohne zu saufen. Respekt!*, dachte ich und schlief noch etwas ein. Meine Mutter und meine jüngere Schwester Lexi besuchten mich dann einmal im Knast. Bis dahin konnte ich gut mit der Situation umgehen. Als mir aber dann die geschockten Gesichter von den zwei Menschen, die ich am meisten liebte, gegenüber saßen, schämte ich mich in Grund und Boden. Sie taten mir leid. Man konnte ihnen regelrecht ansehen, dass sie sich riesige Sorgen um mich machten. Ich wollte auf keinen Fall mehr, dass sie jemals wieder an diesen Ort zurückkamen.

»Mir wäre es lieber, wenn wir uns in Zukunft schreiben«, waren meine Worte, als sie gingen.

Die Zeit verging und es wurde Februar. Pünktlich zu meinem Geburtstag bekam ich dann das Geburtstagsgeschenk vom Richter. Die Bewährung war endgültig widerrufen. Ich musste meine Haftstrafe komplett absitzen. In den nächsten drei Tagen sollte ich raus aus der U-Haft in den normalen Strafvollzug verlegt werden. Sobald ein Bett frei würde, hieß es. Mittlerweile war ich so gut über den Knast informiert, um zu wissen, dass es im Strafvollzug ein paar Nummern brutaler abgehen sollte als in der U-Haft. Dort müsse man sich durchsetzen.

Zoe meldete sich auch nur noch sporadisch. Oli informierte mich regelmäßig über die Ereignisse draußen. Zoe kiffte anscheinend wieder und nahm Aufputschtabletten. Sie sang in einer Band, mit deren Gitarristen sie wohl ein Verhältnis angefangen hatte.

Das interessierte mich in dem Moment aber gar nicht mal so sehr. Ich selbst hatte Zoe bei einem Besuch angeboten, sie solle da draußen machen, wozu sie Lust habe. Mich beschäftigte mehr die bevorstehende Verlegung.

Dann kam ein Wärter und meinte, ich solle meine Sachen packen. Alle meine Privatsachen, die ich in der U-Haft behalten konnte, mussten jetzt abgegeben werden. Ab diesem Zeitpunkt war Knastmode angesagt. Der Schließer sagte, dass ich in eine Gemeinschaftszelle käme, weil kein anderes Bett mehr frei wäre. Schlimmer konnte es jetzt wirklich nicht mehr kommen. Ich verließ mein kleines billiges Hotelzimmer und ging mit dem Wärter ins Ungewisse. Auf dem Weg dorthin überkam mich immer mehr eine beklemmende Angst. Im neuen Bau angekommen, saßen meine neuen Mitbewohner gerade beim Mittagessen. Üblicherweise war man im Strafvollzug den ganzen Tag in der Werkstatt und musste arbeiten, nur zum Mittagessen durfte man in die Zelle. Der Schließer zeigte mir mein Bett und den Spind, dann verschloss er hinter mir die Tür.

Drei Augenpaare starrten mich jetzt durchdringend an. Einer hieß Benno, er hatte in etwa meine Statur, war etwas über einsachtzig groß, wog knapp achtzig Kilo und war in meinem Alter. Der andere, Udo, war ein Bär von einem Mann: sehr groß und kräftig, mit den Oberarmen eines Preisboxers, die oben wie unten mit einzelnen Tätowierungen geschmückt waren. Er war etwa dreißig Jahre alt. Man sah ihm an, dass er schon so einige Typen niedergestreckt hatte und darum wahrscheinlich auch im Knast war. Er war mir allerdings am sympathischsten. Der dritte im Bunde war Rocky. Er sah aus wie ein Bilderbuchknacki, so wie man einen Knastbruder aus Filmen kennt. Rocky war etwa einen Kopf kleiner als ich, sehr kräftig und gedrungen. Sein Körper war nur so von Tätowierungen übersät, es gab kaum freie Stellen. Selbst seine Augenlider waren tätowiert. Sein Blick war so finster, dass sich Bull der Totschläger noch eine Scheibe davon hätte abschneiden können. Obwohl keiner nur ein Wort sagte, spürte man, dass Rocky der unumstrittene Boss dieser Gemeinschaft war. Nach ungefähr zehn wortlosen Minuten wurde die Zellentür aufgeschlossen und die Mannschaft musste wieder zum Arbeiten. Dieses Vergnügen sollte mir erst am nächsten Tag zuteilwerden. Ich spürte sofort, hier nicht willkommen zu sein.

Nach Feierabend redete immer noch keiner ein Wort mit mir. Sie redeten untereinander und schauten mich dabei höchstens mal argwöhnisch an.

Nach einer Stunde war Aufschluss und man konnte in andere Zellen oder in den Fernsehraum gehen. Die drei gingen direkt raus. Ich hatte das Gefühl, sie wollten über etwas reden, das nicht für meine Ohren bestimmt sein sollte. Nach einer Stunde fasste ich meinen ganzen Mut und ging in den Fernsehraum. Dort waren etwa zehn Leute und musterten mich von oben bis unten. Meine drei Zellengenossen waren auch da. Udo und Rocky hatten die besten Plätze. Neben Rocky lag die Fernbedienung. Dies war für mich das Zeichen, dass Rocky wohl der King von der ganzen Station sein musste.

Ich setzte mich auf einen freien Stuhl. Die anderen Insassen starrten mich immer noch an. Es lag förmlich in der Luft, dass bald etwas mit mir passieren würde.

Ein Typ glotzte mich besonders aufdringlich an. Er hatte ein saudummes linkes Grinsen im Gesicht. Ich kannte solche Typen, sie führten jeden Befehl von einem Stärkeren aus, weil sie selbst nichts draufhatten. Rocky flüsterte dem Typen etwas ins Ohr, und er kam direkt auf mich zu und giftete mich an:

»Hey, du Wichser, sitzt auf meinem Stuhl!«

Seine Stimme klang genauso link, wie sein Grinsen aussah. Ich hatte die Worte eines Bankräubers, mit dem ich mich in der U-Haft angefreundet hatte, in den Ohren:

Im Knast musst du dich durchsetzen. Wenn du nur einmal nachgibst, bist du für immer der Diener. Jeder wird mit dir machen, was er will. Wenn du dir aber am Anfang richtig Respekt verschaffst, bleibt der Eindruck haften und sie lassen dich in Ruhe.

Ich blieb sitzen und wartete ab, was passierte. Der Typ schubste mich fest gegen die Schulter und forderte aufs Neue:

»Geh sofort runter von meinem Stuhl oder ich schlage dir die Zähne ein.«

In diesem Moment schnellte ich hoch, nahm den Stuhl an der Lehne, hob ihn über meinen Kopf und schrie ihn an:

»Willst du deinen Stuhl wirklich, du kleiner Arschficker?!«

Ich ging einen Schritt auf ihn zu. Er war etwas geduckt und hielt die Hände schützend über seinen Kopf.

»Nimm den verfickten Stuhl, hier ist er!«, schrie ich. Der Typ war kreidebleich und schaute hilfesuchend zu Rocky. Es herrschte Stille, bis Rocky meinte:

»Was für ein Feigling bist du denn? Geh mir aus den Augen, kleine Ratte.«

Er meinte den Typen, der daraufhin sofort Richtung Ausgangstür lief. Begleitet wurde er von Buhen und Pfeifen der anderen Häftlinge. Nach fünf Minuten verließ ich auch den Fernsehraum. Mein Körper bebte innerlich, meine Gedanken waren von Angst erfüllt, aber ich hatte mich fürs Erste nicht unterkriegen lassen. Ich wusste nur, dass die ganze Sache von Rocky eingefädelt worden war und dies mit Sicherheit nicht meine letzte Prüfung sein sollte. Die tief sitzende Angst, mit diesen drei Kreaturen die Nacht in einer Zelle verbringen zu müssen, war nicht mehr zu bändigen.

Es war später Abend und alle wurden in die Zellen gesperrt. Ich stand vor meinem Spind, um meine Zahnbürste rauszuholen. Rocky sah zu Benno und machte eine Kopfbewegung Richtung Rufanlage neben der Tür. Benno stellte sich sofort vor die Rufanlage. Udo und Rocky stellten sich mit verschränkten Armen vor mich. Mir war danach, gleich um Gnade zu winseln, aber ich riss mich zusammen. Rocky fing an, mich in einem scharfen Ton auszufragen:

»Weshalb bist du hier?« – »Bist du das erste Mal im Knast?« – »Was nimmst du für Drogen?« – »Wie heißt du?« – »Wo kommst du her?«

Auf jede Frage gab ich ihm direkt eine ruhige und knappe Antwort, fast wie bei einem Vorstellungsgespräch.

»Ich glaube, der Junge ist okay«, meldete sich Udo zu

Wort.

Dann redete Rocky weiter:

»Ich habe über acht Jahre am Stück in Diez gesessen und bin hier der Boss. Alle Geschäfte laufen über mich. Wenn nur ein Wort über das, was hier in der Zelle abgeht, an ein falsches Ohr kommt, bist du sofort tot. Ich überlege gerade, ob ich dir einen kleinen Vorgeschmack davon geben soll, damit du weißt, was auf dich zukommt.«

»Lass ihn in Ruhe, der scheint okay zu sein«, wandte Udo erneut ein.

Das Wort *Diez* übernahm den Fokus in meinem Kopf. Diez war einer der schlimmsten Knäste in Deutschland. Dort saßen nur die gefährlichsten Leute ein. Bull hatte seine Strafe auch dort abgesessen und mir schon einiges von dieser Hölle erzählt. Ich zog meinen einzigen Trumpf.

»Kennst du Bull?«, fragte ich Rocky und beschrieb ihn ein wenig.

»Klar kenn' ich Bull. Wir waren fast drei Jahre im selben Bau. Was hast du mit dem zu tun?«, wollte Rocky jetzt sehr fordernd wissen und neigte etwas sein Ohr in meine Richtung.

Jetzt musste ich alles auf eine Karte setzen, weil ich nicht wusste, ob sie Freunde oder Feinde im Knast gewesen waren, und übertrieb:

»Er ist einer meiner besten Kumpel draußen.«

Rocky dachte eine Zeit lang nach, fing zum ersten Mal an zu grinsen und sprach:

»Wenn Bull ein Kumpel von dir ist, bist du auch einer von mir und stehst unter meinem persönlichen Schutz. Falls du mich verarscht hast, zieh ich dir die Haut ab.«

Mein Glück hatte mich nicht verlassen.

Rocky wollte wissen, wie es Bull geht. Dann zeigte er mir einen Spind. Der Spind war gefüllt mit teuren Uhren, Schmuck, stapelweise Pornoheften, Kaffee, Tabak und was sonst noch so alles im Knast begehrt war. Hier wurden die Geschäfte gemacht. Rocky gab mir etwas Hasch und einen Streifen Valium.

»Gib's mir zurück, wenn deine eigenen Geschäfte laufen«, meinte er und nannte mir gleich den Anteil, den ich an ihn abtreten musste.

Er war ein richtiger Geschäftsmann.

Die restliche Zeit im Gefängnis lebte ich wie die Made im Speck. Es gab jeden Tag zu kiffen, öfter Valium und starke Schmerzmittel. Wir aßen selten den Gefängnisfraß, sondern bereiteten unsere eigenen Mahlzeiten zu. Einige Wärter waren bestechlich, aber das machte immer Rocky, ohne große Worte darüber zu verlieren. Nachdem ich zwei Drittel meiner Strafe abgesessen hatte, wurde ich nach sechs Monaten Haft entlassen.

●

Mein Wegbegleiter, die Sucht, hatte mir etwas Eindrucksvolles gezeigt. Sie zeigte mir, dass wir selbst durch die dicksten Gemäuer unzertrennlich waren. Sie konnte mich auch in der größten Gefangenschaft von ihrem Blut, den Drogen, nähren. Sie konnte mir durch die härtesten Stahltüren meine Angst nehmen und mir Mut zusprechen. Ihre Stimme war allgegenwärtig.

Wir schritten gemeinsam weiter hinab, auf der Treppe in die Dunkelheit. Die Sucht brauchte mir jetzt auch nicht mehr die Augen zuzuhalten. Ich hatte mich mittlerweile an die Dunkelheit gewöhnt und das Licht am Anfang der Treppe war sowieso schon längst nicht mehr zu sehen.

Wir gingen weiter und ich vertraute ihr blind.

DIE SEHNSUCHT MEINES KÖRPERS

Nach dem Knast war ich wieder mit Zoe zusammen, allerdings zog es mich meist tagelang am Stück in die Drogenszene. Schon lange zeigten die Drogen nicht mehr die Wirkung wie zu Beginn. Zauber und Glanz schienen abgenutzt zu sein. Ich war jetzt ständig auf der Suche nach dem Rausch des Anfangs. Alkohol und Drogen gaben mir keine Hilfe mehr, Dinge besser machen zu können, Befriedigung oder positive Gefühle zu erfahren. Sie ließen mich nur noch funktionieren. Die Exzesse wurden immer länger und brutaler, nur mit dem Ziel, den Rausch vergangener Tage wiederzufinden. Mir kam es vor, als würde es vielen anderen aus der Szene genauso gehen, aber wir sprachen nur selten über so etwas. Wir waren viel zu beschäftigt damit, das zu suchen, was uns abhanden gekommen war.

Ich traf mich häufiger mit Oli oder Edi. Edi kannte ich etwas über zwei Jahre. Er nahm außer Heroin auch alles. Wir trafen uns alle zwei bis drei Wochen, dann war Hardcoresaufen und Speeddrücken bis aufs Äußerste angesagt. Unsere Exzesse gingen meist drei Tage am Stück. Wir gingen mehrmals nachts an die Tankstelle und kauften so viel Alk, wie wir tragen konnten, soffen und spritzten uns dabei grammweise Speed und, wenn welches ging, auch Koks. Sobald die erste Kneipe aufmachte, zog es uns dorthin, bis wir nachts irgendwann wieder bei Edi landeten. Nach ein paar Tagen trennten sich dann unsere Wege bis zum nächsten Mal.

Heroin drückte ich zu dieser Zeit häufiger, so alle sechs bis acht Wochen. Meine Arme sahen zeitweise aus wie ein Nadelkissen, besonders durch die viele Speed- und Koksdrückerei. Manchmal war es schwierig, überhaupt noch eine brauchbare Vene zu finden, dann waren die Hand- oder die Venen anderer Körperteile dran.

Es gesellte sich eine neue Droge in meinem Leben hinzu: Codein. Das Zeug wirkte ähnlich wie Heroin, zwar nicht so stark, aber es wirkte. Oli hatte mir einen *guten* Arzt empfohlen: *Dr.* Maler, der mir dieses Opiat ab und zu in Kapselform, die man nicht drücken konnte, verschrieb.

Es war auch wesentlich billiger als Heroin, wenn man es in der Szene kaufte. Die Getränke wurden auch immer hochprozentiger.

Zoe und ich hatten eine neue Band gegründet. Wenn wir in unserem Proberaum probten, nahm ich oft neben den Drogen und vielen Bieren ein bis zwei Flaschen Jägermeister zu mir. Mir war es danach nicht mehr möglich, die Saiten zu treffen, oder die Gitarre flog mir ständig auf die Füße. Vor einer Party, einem Konzert oder einem anderen größeren Event war es schon Standard für mich, mich mit einer Flasche Jägermeister, Whisky oder anderen Spirituosen aufzuwärmen.

Trotz Knast, Geldmangel, Beschaffungsproblemen oder anderer unangenehmer Vorkommnisse machte mir das Leben im Großen und Ganzen doch ziemlich viel Spaß. Es war wie eine große Party. Zukunftsängste gab es nicht. Niemand konnte mich der Illusion berauben, eines Tages ein großer Musiker zu sein, der Millionen verdient und einen riesigen Vorrat an Drogen und Alkohol besitzt.

Ich hatte bis dahin noch nie Entzugserscheinungen von irgendetwas gehabt und glaubte, immun gegen alles zu sein.

Meinen mittlerweile kostspieligen Alkohol- und Drogenkonsum finanzierte ich mir zu einem Teil dadurch, dass ich mit Speed dealte. Ich bezahlte höchstens fünfzehn Mark für das Gramm und gab es in der Regel für dreißig Mark weiter. Die Leute rissen es mir aus der Hand. Das Zeug kam gerade voll in Mode. Meines war das beliebteste, es kam direkt aus dem Labor. Es war Chemie pur, danach stank es auch. Niemand konnte Besseres auftreiben. Diese Connection hatte mir ein Drogendealer besorgt, den ich im Knast kennengelernt hatte.

Die Gefühlsarmut und die große innere Leere im nüchternen Zustand gab es nicht mehr. Es gab sie nicht mehr, weil es so gut wie keinen nüchternen Zustand mehr gab.

Manchmal, nach besonders harten Exzessen, verbrachte ich zwar ein bis zwei Tage nüchtern bei Zoe, allerdings schlief ich da fast die ganze Zeit. Kam die Energie zurück, kam mit ihr gleichzeitig der Konsum. Es war jedes Mal das gleiche Spiel. Nach dem ergiebigen Ausschlafen waren meist noch ein, zwei Tage Bettruhe vor dem Fernseher mit sehr gemäßigtem Alkoholkonsum und Kiffen angesagt. In dieser Zeit hatten wir dann auch am meisten Sex und ich aß ziemlich viel. Danach arbeitete ich einige Tage mit Zoe an unseren Songs. Dabei stieg die Sauferei wieder erheblich an. Zoe soff nicht, nahm aber Speed, von dem ich so gut wie immer etwas in der Tasche hatte.

Dann wuchs täglich die Gier nach härteren Drogen und nach richtigen Exzessen, bis mich nichts mehr hielt und die Szene mich zurückhatte.

Heroin nahm ich vor Zoe niemals. Sie bekundete das eine oder andere Mal zwar durch die Blume Interesse, es gerne einmal auszuprobieren, aber da biss sie bei mir auf Granit. Das wusste Zoe auch, deswegen fragte sie mich auch nie direkt.

Mein Netzwerk funktionierte auch immer perfekter. Ob bei Zoe, meiner Familie oder den besten Freunden, egal bei wem auch immer, nur noch das Nehmen zählte. Lügen war schon zu etwas ganz Normalem geworden. Selbst wenn ich mit Kumpels in einer Kneipe saß oder wir im Supermarkt zu saufen holten, behauptete ich ständig, kein Geld zu haben, und ließ mich einladen.

Wenn neue Leute in mein Leben traten, wurden sie gleich aufs Genauste durchgecheckt. Es war schon zur Routine geworden. Ich fand schnell heraus, für was sie zu gebrauchen waren. Konsumierten sie selbst oder nicht? Dealten sie oder kauften sie? Hatten sie ein Auto? Waren sie spendabel? Redeten sie lieber oder hörten sie lieber zu? Ordneten sie sich eher unter oder über? Hatten sie ein Helfersyndrom oder suchten sie Hilfe? Diese Fragen und noch einige mehr wurden mir stets beantwortet. Keine dieser Fragen wurde auf direktem Wege gestellt, alles geschah hintenrum. Im Prinzip war jeder für irgendetwas zu gebrauchen. Jeder hatte etwas zu geben. Je mehr jemand zu geben hatte, umso mehr stellte ich mich auf diese Person ein. Die systematische Ausbeuterei machte auch bei dem Tod meines Vaters nicht Halt. Mein Vater hatte sich in diesem Jahr, er war gerade fünfundvierzig, zu Tode gesoffen. Ich hatte in meinem Leben nur sehr wenig Kontakt zu ihm gehabt. Anstatt zu trauern oder mir zumindest Gedanken über mein eigenes Suchtverhalten zu machen, versuchte ich, Mitleid bei Freunden und Familie zu erwecken, um an Geld für Drogen zu kommen.

Als ich wieder einmal auf Tour war und alle Kunden mit Speed versorgt waren, hielt es mich noch drei Tage in einer WG fest, in der ich immer den meisten Stoff verkaufte. Die Leute, die dort verkehrten, nahmen, bis auf einen, alle nur Speed. Patrick, der vor ein paar Stunden gekommen war, drückte seit ungefähr einem Jahr regelmäßig Heroin. Er war einer von denen, die in den letzten Jahren sehr oft mit dem Finger auf mich gezeigt hatten, weil ich Heroin drückte. Jetzt hatte es Patrick in kürzester Zeit geschafft, auf dem Zeug drauf zu sein. In dieser Zeit hatte er es fertiggebracht, seinen Job, seine Freundin und den Zugang zu seinem Elternhaus zu verlieren.

Patrick war schon ziemlich genervt von dem halben Dutzend Speed ziehender Freaks, die die ganze Zeit unaufhörlich dummes Zeug redeten. Er schlug mir vor:

»Lass uns nach Frankfurt fahren und Hero kaufen. Ich muss mal down kommen, hier wird man sonst verrückt.«

Eigentlich wollte ich an diesem Tag wieder zu Zoe zurück, aber der Gedanke reizte mich.

»Hab' kaum Kohle, Alter, aber wenn du mir einen Druck ausgibst, komm' ich mit. Du bekommst es zurück, wenn ich das nächste Mal was hab'«, log ich.

Nach dem Speed-Dealen war immer Geld in meiner Tasche, aber mein Gefühl sagte mir, dass ich Patrick, der wie jeder Junkie sehr unspendabel war, heute rumkriegen würde.

»Okay, aber gib es mir demnächst wirklich wieder zurück«, meinte er, und zehn Minuten später befanden wir uns auf dem Weg nach Frankfurt.

Es klappte alles wie am Schnürchen. Nach nicht ganz drei Stunden waren wir wieder in der WG. Patrick ging in die Küche, um etwas von dem braunen Pulver aufzukochen. Als ich zu ihm kam, hatte er meine Spritze bereits aufgezogen. Mir war nicht klar, wie viel er rein hatte, aber der dunkelbraunen Farbe nach schien er sich an diesem Tag wirklich nicht lumpen zu lassen. Nachdem das Zeug in meine Vene gespritzt war, gingen bei mir sofort alle Lichter aus. Es war mir noch nicht einmal mehr möglich, die Nadel aus dem Arm zu ziehen.

Nach vielen Stunden der Bewusstlosigkeit kam ich im Bad wieder zu mir. Mendi, eine hübsche Südländerin, hatte mich mit einigen von den Jungs dorthin geschleppt. Einer hatte mir auch eine Salzlösung gespritzt, um meinen Kreislauf etwas zu stabilisieren. Ich hatte mir eine Überdosis gedrückt. Patrick hatte ausnahmsweise mal brüderlich geteilt und in meine Pumpe genauso viel rein wie in seine. Allerdings nahm er das Zeug fast jeden Tag und war damit bei weitem höher dosiert als ich. Patrick hatte drei Stunden nach meinem Zusammenbruch das Weite gesucht. Die anderen trauten sich aus Angst vor einer Haussuchung nicht, einen Rettungswagen zu rufen. Mendi blieb die ganze Zeit über bei mir.

Die nächsten zehn Stunden verbrachte ich noch in diesem Bad. Ich kotzte mir die Seele aus dem Leib, bis mein Kreislauf erneut zusammenbrach und mich für einige Stunden in die Bewusstlosigkeit schickte. Dieses Spiel wiederholte sich einige Male, dann nahm mich Mendi mit zu sich nach Hause und pflegte mich zwei Tage gesund. Am dritten Tag schliefen wir miteinander.

Die nächsten paar Monate ließ ich dann die Finger vom Heroin. Zoe erzählte ich von der Sache nichts, aber sie schien etwas zu ahnen. Zumindest davon, dass ich mit einer anderen Frau geschlafen hatte. Das passierte bisher nur, wenn wir gerade mal wieder getrennt waren, und selbst dann hütete ich mich tunlichst davor, ihr etwas davon zu sagen. Unsere Beziehung begann von diesem Zeitpunkt an, noch mehr abzukühlen.

Wenige Monate nach meinem fünfundzwanzigsten Geburtstag zog Zoe in eine andere Wohnung, die ihre Mutter bezahlte. Durch meinen chronischen Geldmangel war es mir nicht möglich, mich finanziell an dieser Aktion zu beteiligen, obwohl jeder wusste, dass ich die meiste Zeit bei Zoe wohnte. Also erklärte ich mich bereit, die neue Wohnung zu renovieren.

Gesundheitlich ging es mir so weit gut. Seit einiger Zeit hatte ich zwar Probleme mit dem Magen oder dem Kreislauf und manchmal schwitzige Hände, gab dem aber keine allzu große Bedeutung, zumal nach wenigen Bieren oder etwas Codein sowieso alles wieder in bester Ordnung war.

Das Renovieren gestaltete sich als sehr nervig, aber um es so schnell wie möglich fertig zu bekommen, begann ich erst gegen Nachmittag zu trinken und dann auch nur etwa sieben große Dosen Bier, was für mein Verhältnis ein Witz war.

Eines Morgens war ich wieder am Arbeiten und hatte gerade zwei Kiwis und eine Buttermilch zu mir genommen, was mich sehr stolz machte. Den Abend zuvor waren es ein paar Biere mehr gewesen, aber auch nicht übermäßig viele.

Ich war gerade dabei, Tapetenkleister anzurühren, als mich eine plötzliche Übelkeit überkam. Zehn Minuten später hing ich über der Kloschüssel und kotzte.

Scheiß Vitamine, dafür ist dein Körper einfach nicht geschaffen, war mein erster Gedanke.

Als es aufhörte, wollte ich zurück an die Arbeit. Auf dem Weg dorthin wurden meine Beine von der einen auf die andere Sekunde weich wie Butter. Urplötzlich kam ein Beklemmungsgefühl auf, wie ich es vorher noch nie erlebt hatte. Als hätte ein Betonlaster seinen gesamten Inhalt über mich ergossen und das Zeug wäre sofort hart geworden. Mir kam es vor, als bliebe mir kein Millimeter Bewegungsfreiheit. Mein Körper war vollkommen eingeengt und verkrampft. Mir wurde rabenschwarz vor Augen. Ich fiel auf den Boden, ohne mich abfangen zu können. Mein Puls schraubte sich in unbekannte Höhen, um dann mit einem Male wieder unmerklich schwach zu werden. Hoch…runter…hoch…runter…

Kalter Schweiß trat aus jeder Pore, Krampfanfälle überfielen mich. Ich lag mit zitterndem Körper auf dem nackten Boden und dachte, sterben zu müssen.

Hoch…runter…hoch…runter…

Scheiße, du hast einen verdammten Herzinfarkt. Das ist die Quittung für deinen Lebenswandel, schoss es mir durch den Kopf.

Panik erfüllte mich.

Lass mich die Scheiße überleben. Ich werde auch ein neues Leben beginnen. Bitte, bitte, lieber Gott, lass mich jetzt nicht sterben, flehte ich zitternd und schweißgebadet in meinem Kopf.

Hoch…runter…hoch…runter…

Innerhalb der nächsten drei Stunden verbesserte sich mein Zustand wieder. Mit zitternden Beinen schleppte ich mich ins Bad. Mein Spiegelbild ließ mich erschrecken; ein aschfahles Gesicht mit dicken schwarzen Rändern unter den Augen starrte mich angsterfüllt an.

Vier Stunden nach diesem Vorfall traute ich mich, mit der Straßenbahn nach Hause zu fahren. Es kamen immer wieder Schwindelschübe, bei denen mir schwarz vor Augen wurde. Es war allerdings bei weitem nicht so brutal wie in der Wohnung, aber die Angst, plötzlich tot zu sein, war immer noch stark präsent.

Als Zoe vom Arbeiten heimkam und mich im Bett liegen sah, erschrak sie und wollte entsetzt wissen:

»Wie siehst du denn aus?«

»Mir geht's echt beschissen, muss mich 'ne Weile ausruhen.«

121

»Was hast du bloß wieder genommen? Kannst du denn nie die Finger von dem Zeug lassen?«

»Ich schwör', es sind keine Drogen im Spiel, aber du hast Recht, in Zukunft werde ich die Finger von der ganzen Scheiße lassen. Ab jetzt beginnt ein neues Leben.«

Nach drei Tagen ging es mir gesundheitlich wieder einigermaßen gut. Die nächsten zwei Wochen trank ich nur an den Wochenenden ein paar Bier. Das einzige Gefühl, das ich in diesen Tagen wahrnehmen konnte, war Angst. Die mir allzu gut bekannte innere Leere und Gefühlsarmut kam in voller Größe zurück. Sie war zu dieser Zeit stärker als je zuvor. Am Wochenende darauf wurden es dann ein paar Biere mehr und die Leere wurde wieder etwas gefüllt. Dann fing das Saufen langsam wieder unter der Woche an, wodurch sich einige gute Gefühle wie Zufriedenheit, Harmonie oder Freude zurückmeldeten. Die Kreativität wuchs auch mit jedem Schluck wieder an. Der Anfall geriet langsam in Vergessenheit; das Vertrauen in meinen Körper festigte sich.

Auf einer Party, auf der Zoe auch anwesend war, trank ich dann zum ersten Mal härtere Sachen und schluckte sieben Codein-Kapseln. Am darauf folgenden Tag soff ich weiter und fiel besoffen ins Bett.

Am nächsten Morgen ging es mir gut. Zoe hatte zwei Wochen frei, weil der Umzug kurz bevorstand. Wir hatten uns vorgenommen, am nächsten Tag damit anzufangen. Es war elf Uhr morgens, wir lagen im Bett vor dem Fernseher. Plötzlich, wie aus dem Nichts, überkamen mich Schwindel und Übelkeit. Es war mir gerade noch möglich, auf die Toilette zu rennen, und das Kotzen begann. Danach brach ich wieder zusammen und zitterte in kaltem Schweiß gebadet, auf dem Badezimmerboden.

»Ich rufe sofort einen Notarzt!«, schrie Zoe.

»Nein«, war das Einzige, das mir noch über die Lippen kam.

Die Angst, in ein Krankenhaus zu kommen, ließ meine Panik noch weiter ansteigen.

Es war wie beim ersten Mal: dieselben Symptome, dasselbe Leiden, die gleichen Schwüre und Gebete.

Nach einigen Stunden ging es wieder einigermaßen. Zoe fragte:

»Hast du dir irgendwann mal Gedanken gemacht, ob das vielleicht Entzugserscheinungen sein könnten, die du da hast?«

»Quatsch!«, erwiderte ich.

Das war auch mein voller Ernst. In diesem Zustand konnte ich mir in keinster Weise vorstellen, auch nur einen Schluck Alkohol zu trinken oder sonst etwas zu mir zu nehmen. Daher versicherte ich ihr mit Nachdruck:

»Glaub mir, es sind keine Entzugserscheinungen. Es kommt keinerlei Verlangen in mir auf.«

»Wenn du meinst...«, sagte Zoe wenig überzeugt.

Nach drei Tagen war alles beim Alten und wir zogen um. Mit meinem Konsum war auch alles beim Alten. Als der Schreck nach einigen Tagen zu verblassen begann, erhöhte sich damit gleichzeitig mein Konsum.

Nach wenigen Wochen überkam mich der dritte Anfall. Alles war wie gehabt.

Etwa vierzehn Tage später traf ich mich mit Oli, der mittlerweile seine dritte Therapie hinter sich hatte. Wir drückten uns Heroin. Es war das erste Mal seit meiner Überdosis, dass ich das Zeug wieder anrührte. Ich hatte Respekt und Angst vor dem Stoff bekommen, deswegen fiel meine Dosis ziemlich klein aus. Allerdings schluckte ich später noch einige Kapseln Codein, um die Wirkung zu verlängern.

Am nächsten Tag traf ich mich mit Edi. Wir drückten eineinhalb Gramm Koks weg und soffen wie die Löcher. Nachdem ich eineinhalb Flaschen Tequila und unzählige Biere in mich geschüttet hatte, ging ich heim zu Zoe. Ohne vorher meine Klamotten auszuziehen, fiel ich ins Bett.

Als ich samstagmorgens zu mir kam, registrierte ich als Erstes meine nassen Hosen. Sie waren vollgepisst wie die eines Kleinkindes. Kalter Schweiß klebte in meinem Nacken und Gesicht, mein Herz raste, meine Hände zitterten. Benommen schleppte ich mich ins Badezimmer und fing an zu kotzen. Es war schlimmer als jemals zuvor. Alle Kraft war meinem Körper entzogen. Das Beklemmungsgefühl schnürte mich ein und presste mir die Kotze aus dem Leib. Mein Herzrhythmus hämmerte unbeirrt seinen unkontrollierten Takt, so wie ein unbegabter Schlagzeuger.

Hoch…runter…schnell…langsam…

Zoe kam vom Frühstückstisch und schaute ins Bad. Als sie das verpisst würgende Stück Elend über ihrer Kloschüssel hängen sah, zog sie sich wortlos ihre Schuhe an, nahm ihre Jacke, schlug wütend die Eingangstür hinter sich zu und verließ für mehrere Stunden das Haus.

Nach etwa einer Stunde kroch ich auf allen vieren Richtung Bett. Der kalte Schweiß floss dabei in Strömen und hinterließ hinter mir seine stinkend nasse Spur. Nur ein Satz wiederholte sich verzweifelt in meinem Kopf:

Lass mich nicht sterben! Lass mich bitte, bitte nicht sterben…

Die Lüge mit dem Aufhören ersparte ich dem lieben Gott dieses Mal.

Auf der Hälfte meines unerreichbar langen Weges von etwa sieben Metern verließen mich dann vollständig die Kräfte. Ein schwarzer Schleier zog sich über mich und ließ mich in die Bewusstlosigkeit eintauchen.

Ein Krabbeln auf meinem Rücken weckte mich. Ein großes Insekt schien auf meinem Rücken hin und her zu laufen. Es lief im selben Takt wie mein Herzschlag.

Hoch…runter…schnell…langsam…auf…ab…

Ich versuchte es, angstvoll, auf dem Bauch liegend, von meinem Rücken zu streifen und schaffte es auch, aber es kam wieder zurück. Nach dem nächsten Abstreifen eilte ich auf allen vieren Richtung Wand, legte meinen Rücken dagegen, umklammerte meine Beine und hielt sitzend Ausschau nach dem Vieh. Jetzt wurde mir schleichend klar, dass es kein Insekt gab.

Die Verzweiflung stieg mit der Angst. Dann richtete sich mein Blick auf meine Lederjacke, die neben dem Bett lag. Aus ihr schaute eine Flasche Bier heraus, die ich noch vom Nachhauseweg einstecken hatte. Zoes Worte mit den

Entzugserscheinungen, die ich so entschieden abgeblockt hatte, begannen in meinem Kopf zu kreisen. Ich konnte mir nicht vorstellen, dass mich diese Flasche aus meiner Situation befreien könnte. Im Gegenteil, der Gedanke, zu trinken, erzeugte neue Übelkeit. Das Zittern, die Schweißausbrüche, die Beklemmungsängste, der unkontrollierte Herzschlag und die Panik, abzukratzen, ließen mich nach dem letzten Strohhalm in Form einer Flasche Bier greifen. Mit zitternden Händen öffnete ich sie, hielt mir die Nase zu, wie bei meiner ersten Flasche, und trank sie bis zur Hälfte aus. Mein Zustand verschlechterte sich dadurch erheblich, aber nach einiger Zeit setzte dann doch eine etwas beruhigende Wirkung ein. Ich saß immer noch gegen die Wand gelehnt da. Plötzlich schoss das Bier in zwei, drei großen Schüben wieder aus mir heraus, über meinen gesamten Oberkörper. Das Kotzen gab mir aber jetzt erneut eine beruhigende Wirkung und ich trank den Rest der Flasche. Erst wurde es erneut schlimmer, dann trat nach und nach Besserung ein. Jetzt konnte ich zum ersten Mal an diesem Tag einigermaßen klar denken.

Ich saß da, gegen die Wand gelehnt, und starrte ins Nichts. Mein Magen brannte durch das ständige Erbrechen. Meine Beine brannten durch die Säure des Urins. Meine Nase brannte von dem Gestank des Unrats, der über meinen kompletten Körper verteilt war.

Ich saß da, gegen die Wand gelehnt, starrte ins Nichts und ekelte mich vor mir selbst.

Ich stand auf, bewegte mich mit unsicherem Gang ins Bad und musste das Bier wieder rauswürgen, ging zum Kühlschrank und trank noch eine Flasche, die mir noch mehr Erleichterung verschaffte und auch in mir blieb.

Ich setzte mich auf einen Küchenstuhl und betrachtete die Reste des Frühstücks, das Zoe wegen mir abgebrochen hatte. Sie tat mir leid.

Aus was wird dein Frühstück wohl in Zukunft bestehen?, dachte ich bei mir.

Es war an der Zeit, mir meine Abhängigkeit einzugestehen. Es gab keinen Weg mehr, es zu leugnen, zumindest

nicht mehr vor mir selbst. Ich sprach die Worte, die ich über Jahre verdrängt hatte, in Gedanken aus:
Du bist abhängig, mit Leib und Seele abhängig.

Tränen liefen über mein Gesicht und gesellten sich zu den anderen Körperflüssigkeiten, mit denen ich bereits besudelt war.

Ich saß da, auf einem Küchenstuhl, starrte ins Nichts und schämte mich vor mir selbst.

Ich ging heiß duschen, aber es stellte sich selbst nach einer Viertelstunde kein Gefühl von Sauberkeit ein, bis mir klar wurde, dass der gröbste Dreck tief in meinem Inneren steckte.

Ich stand da, vor dem Badezimmerspiegel, starrte ins Nichts und verlor den letzten Funken an Selbstachtung.

●

Auf meinem steilen Weg in die Tiefe der Dunkelheit hatte eine einschneidende Veränderung stattgefunden. Die Sucht zeigte mir nun ihr wahres Gesicht. Sie hatte mich die ganze Zeit belogen und beraubt. Sie hatte mir zuerst meine Seele geraubt und somit meine Gedanken. Als diese in ihrem vollen Besitz war, fiel sie über meinen Körper her. Sie fiel darüber her wie ein Parasit, um ihn auszusaugen. Ich gehörte jetzt bis auf die letzte Zelle ihr. Ich hatte schon öfter gezweifelt, aber jetzt war mir vollkommen klar, dass sich am Ende unseres Weges kein Schatz befinden würde. Ich hatte nur noch Angst vor ihr.

Ihre Verführungskünste, die listige Art, mich zu überreden, ihre Lügen und Trugbilder waren jetzt nicht mehr nötig. Ich musste ihr jetzt folgen, ob ich wollte oder nicht. Die Sucht hatte sich einen neuen Sklaven erschaffen.

Sie änderte von nun an ihre Position, lief nicht

mehr neben mir wie ein Weggefährte, sondern treibend hinter mir. Sie hörte nicht mehr zu, gab mir keinen Schutz, kein Selbstvertrauen, keine Geborgenheit und auch keine Zuversicht mehr. Sie nahm mir auch nicht mehr die Angst, im Gegenteil, sie gab mir all die Ängste, die sie mir jemals genommen hatte, gebündelt mit einem Schlag zurück.

Sie lief wie ein Sklaventreiber, wütend, schreiend, mit einer Peitsche und der Faust auf meinen Körper einschlagend, mit spitzen Stiefeln tretend, hinter mir her. Sie brüllte mit einer tief verächtlichen Stimme auf mich ein:

»Lauf, du heruntergekommener, kleiner Bastard, lauf und stell dich nicht so an, es ist nicht mehr weit. Lauf, oder denkst du, ich habe dein ganzes Leben lang Zeit?«

ABSCHIEDE

Mit meinen Entzugserscheinungen wurde es Monat für Monat schlimmer. Sie waren nicht täglich, aber insbesondere wenn ich am Vortag Opiate genommen oder übermäßig härtere Sachen gesoffen hatte, waren sie unvermeidlich.

Am Anfang dachte ich noch, solange ich diesen Zustand mit zwei, drei Bieren bekämpfen kann, könne ich noch damit leben, aber das war mal wieder ein Trugschluss. Diesen Trugschluss zu erkennen, ließ meine Selbstlüge aber nicht zu. Sie machte mich, sogar in diesem Stadium, wieder blind dafür, mir meine Abhängigkeit im vollen Maße einzugestehen.

Die Entzugserscheinungen zogen sich jetzt manchmal über Tage hinaus. Mittlerweile brauchte ich morgens bei einem Entzug mindestens fünf halbe Liter Bier, wovon ich etwa die ersten drei wieder rauskotzte, damit mein Körper wieder einigermaßen funktionierte. Über den Tag verteilt brauchte ich dann noch etwa sechs bis acht Bier und etwas Codein, um die Nacht einigermaßen ruhig schlafen zu können. Am darauf folgenden Tag wurde die Biermenge um drei bis vier Dosen reduziert und das Codein meistens ganz weggelassen. Am dritten Tag reduzierte ich dann wiederum um drei bis vier Dosen auf zirka sechs Dosen. Am vierten Tag wachte ich nur mit sehr leichtem Entzug auf und kam mit vier bis fünf Bier den ganzen Tag aus. Tags drauf ging es mir wieder gut und ich reduzierte noch etwas.

Siehst du, es geht doch, waren danach meine ersten Gedanken, und die Selbstlüge war zurück.

Natürlich drehten sich jetzt meine Gedanken häufiger ums Aufhören, aber meist nur, wenn der Entzug mich in seiner Hand hatte, oder paradoxerweise dann, wenn mein Konsum sich wieder steigerte, weil ich nur dann Gefühle und klares Denken entwickeln konnte. Aber ich schob es dann immer erst einmal auf.

An den Tagen nach dem Entzug, an denen mein Konsum sehr gering war, regierten die Depression, gepaart mit Angst: Zukunftsangst, Angst zu sterben, Angst, niemals mehr ein normales Leben führen zu können, Angst, auf die Straße zu gehen oder dort zu landen, Angst vor allem. Ich kam mir in dieser abstinenten Zeit völlig isoliert von der Außenwelt vor. Nichts und niemand hatte Zugang zu mir, kein Mensch, kein positives Gefühl oder Denken, noch nicht einmal ich selbst. Nicht das geringste Lächeln konnte sich mehr entwickeln. Eine dunkle Leere wurde zu meiner Welt.

Nach einigen Tagen folgten die nächsten Abstürze, die Welt bekam wieder Farbe und die ganze Scheiße begann von vorne.

Nach sehr hartem Konsum pinkelte ich jetzt oft ins Bett, falls ich es bis dorthin überhaupt noch schaffte, und hing den halben Morgen, bewaffnet mit Bier, über der Kloschüssel.

Zoe fand das ganze Drama überhaupt nicht mehr lustig. Sie fing nun oft damit an, mir massiv mit Trennung zu drohen, falls ich mich nicht bald endgültig entscheiden würde, aufzuhören. Unsere Kommunikation bestand fast nur noch aus Streitereien. Musik machten wir auch so gut wie nicht mehr zusammen. Musik war das Einzige, außer der Zeit der über siebenjährigen Beziehung, was uns noch die ganze Zeit so einigermaßen verbunden hatte.

Ich hatte mal wieder einen sehr heftigen Turkey gehabt, der mich bis in den Mittag hinein außer Gefecht setzte. Nun war es Abend, ich war gerade dabei, mir drei Codeinkapseln mit einem Bier runterzuspülen, um die Nacht einigermaßen gut zu überstehen. Zoe setzte sich zu mir aufs Bett und begann, ruhig und gefasst zu sprechen:

»Heute ist das letzte Mal, dass ich mit dir darüber reden werde.«

»Ich weiß schon, was du mir sagen willst, aber heb es dir für morgen auf, mir ist heute nicht nach Drogenberatung«, antwortete ich.

»Mir ist egal, ob du mir zuhörst oder nicht. Ich sage es dir endgültig zum letzten Mal. Kannst du nicht verstehen, wie schlimm es für mich ist, dir beim Verrecken zuzusehen? Hör bitte mit der ganzen Scheiße auf, oder es wird keine Zukunft mehr für uns geben!«

»Meinst du, mir macht das Spaß? Ich dosiere mich die nächsten Tage runter und dann ist es vorbei mit den harten Exzessen«, leierte ich meinen üblichen Spruch ab.

Sie schaute mich an, ich wich ihrem Blick aus, sie sprach:

»Sorry, aber das kann ich dir beim besten Willen nicht mehr glauben. Du hast mir das schon hundert Mal gesagt und ich habe dir genauso oft vertraut, auch wenn es mir immer schwerer gefallen ist, aber hier ist Endstation. Ich werde niemals mehr mit dir über dieses Thema reden. Die Entscheidung liegt jetzt ganz alleine bei dir.«

Sie verließ das Zimmer, ich glaubte, sie weinte. Zoe kam erst wieder, nachdem ich schlief.

Zoes Worte hinterließen einen größeren Eindruck als sonst. Fast drei Wochen mit nur sehr geringem Konsum gelangen mir, doch die erdrückende Niedergeschlagenheit ließ mich bald da weitermachen, wo ich aufgehört hatte.

Bei Rudi, einem Kumpel aus der Heroinszene, hatte ich die Nacht über einige Speedballs, Heroin gemischt mit Kokain, injiziert. Am Morgen drückte Rudi das letzte Heroin und ich jagte mir den Rest Koks in die Vene. Eine bereits halbleere Flasche Jägermeister befand sich auch wieder in meiner Hand. Rudi bemerkte etwas abfällig:

»Wie kannst du nur ständig saufen?«

Alle Junkies, die mir bekannt waren, soffen nicht. Zumindest nicht auf oder nach Heroin. Bei mir war das vollkommen anders. Es war für mich etwas völlig Normales, nach einer Heroinnacht am nächsten Morgen zu saufen. Selbst während ich drauf war, trank ich, dann zwar nur kleinere Mengen, aber es gehörte einfach dazu. Die meisten Junkies kotzten auch häufig nach einer Spritze. Bei mir war das höchst selten. Ich kotzte auf fast gar nichts, außer wenn mich der Entzug heimsuchte. Mir war auch egal, was ich zu mir nahm, Hauptsache drauf. Heute dies, morgen das, übermorgen jenes. Ich war auf keine besondere Droge spezialisiert. Alkohol war das einzige, das immer sein musste, sozusagen mein Grundnahrungsmittel. Außer Oli kannte ich keinen anderen, der so flexibel war. Die meisten Leute waren auf einen speziellen Stoff fixiert.

Nach der Nacht bei Rudi zog es mich wieder zu Zoe, damit sie keinen Verdacht schöpfte. Als ich die Wohnung betrat, saß sie bereits am Küchentisch und schien schon auf mich zu warten. Sie begrüßte mich mit ironischem Unterton in ihrer Stimme:

»Na, wie war's?«

»Gut, ich war bei Zotti, wir haben zwei, drei Bier getrunken, wenn du das wissen willst.«

Ich wählte Zotti, weil er mein einziger guter Kumpel war, der, außer ab und an zu kiffen, keine Drogen nahm und höchstens an den Wochenenden einen über den Durst trank.

»Weißt du, ich empfinde es gerade als Erleichterung, zum letzten Mal von dir belogen zu werden. Gib mir jetzt bitte die Wohnungsschlüssel, pack deine Sachen und verschwinde aus meinem Leben«, sagte Zoe, und sie meinte es bitterernst.

All meine Überredungsversuche, Lügen und falschen Schwüre prasselten dieses Mal an ihr ab, wie an einer Mauer, bis es wütend aus mir herausbrach:

»Leck mich doch am Arsch, alte Schlampe!«

Der Schlüssel flog in eine Ecke und die Tür schloss sich hinter mir mit einem lauten Knall.

Ich fuhr zu Zotti, um ihn zu überreden, mein gelogenes Alibi zu bestätigen, und beschwor ihn:

»Hilf mir da bitte raus, mein Freund.«

»Klar helfe ich dir, aber bleib am besten die Nacht über hier, bis sie sich wieder beruhigt hat. Morgen fahren wir zusammen hin und ich boxe dich da raus.«

»Mir ist jetzt nach *Jack Daniels* zu Mute. Eigentlich trinke ich kaum noch harte Sachen, aber heut' brauche ich das einfach«, log ich, und er sagte, während er mir auf die

Schulter klopfte:

»Kann ich gut nachvollziehen, du bist heute mein Gast, ich geb' dir einen aus.«

Am nächsten Tag fuhren wir zu Zoe. Als wir den Flur betraten, begegnete mir die Endgültigkeit von Zoes Worten:

Vor der Eingangstür standen meine ganzen Sachen: zwei Gitarren, ein Verstärker, ein paar Säcke mit Klamotten, meine Platten, CDs und noch ein paar andere Habseligkeiten inklusive meiner Alkoholvorräte. Zotti klingelte und klopfte, er wollte unbedingt mit Zoe reden. Man hätte meinen können, es handele sich um seine Freundin statt um meine. Er steigerte sich da immer mehr rein. Ich stand wortlos nebendran, kramte aus meiner Lederjacke ein paar Codis heraus, nahm mir ein Bier aus einer Tüte, schluckte das ganze Zeug runter und sagte dann schließlich:

»Lass uns gehen, Mann, es hat eh keinen Sinn.«

»Was ist los, willst du etwa schon aufgeben? So kenne ich dich gar nicht«, meinte Zotti verwundert.

Wir luden das ganze Zeug ins Auto. Zotti bot mir an, es bei ihm unterstellen zu können und einige Zeit bei ihm zu wohnen. Oli bot mir auch an, jederzeit bei ihm schlafen zu können. Meine Mutter zog gerade in eine andere Stadt und ihre alte Wohnung stand, mit bereits bezahlter Miete, für die nächsten knapp drei Monate leer. An Schlafgelegenheiten mangelte es mir vorerst also nicht.

Meine Freunde wussten von meinen Entzugserscheinungen bis jetzt noch nichts. Die nächsten zwei Monate schlief ich meist in der ehemaligen Wohnung meiner Mutter. Ich hatte die fast neunzig Quadratmeter mit nur einer einzigen Matratze ausgestattet. Manchmal, wenn ich mir das harte Programm gab, übernachtete ich bei Oli, und wenn es mir nach richtigen Mahlzeiten zumute war und ich mich vor dem Fernseher ausruhen wollte, ging ich zu Zotti.

Heroin, Kokain und hochprozentigen Alkohol nahm ich in dieser Zeit komischerweise überhaupt nicht mehr.

Leichte Entzugserscheinungen hatte ich jetzt höchstens nach übermäßigem Bier- oder Weinkonsum. Sie waren aber schnell in den Griff zu bekommen. Ich hatte die Hoffnung noch nicht aufgegeben, wieder mit Zoe zusammenzukommen. Langsam wurde mir klar, wie viel sie mir eigentlich bedeutet hatte. Durch den Umstand, dass ich mittlerweile nicht mehr krankenversichert war, konnte ich mir auch kein Codein mehr verschreiben lassen. Plötzlich war ich so nah an einem drogenfreien Leben wie selten zuvor. Allerdings ging es mir auch seelisch so miserabel wie selten zuvor. Die große innere Leere begann, mich aufzufressen.

Eines Tages lernte ich Alfred kennen. Alfred hieß eigentlich gar nicht Alfred, aber alle nannten ihn so. Der Name passte irgendwie gut zu ihm. Er arbeitete in einer Kneipe namens *Trinkfass*, wohnte mit seinem langjährigen Kumpel Rüdiger in einer WG um die Ecke der Wohnung meiner Mutter und war über zehn Jahre älter als ich. Nach Feierabend nahm Alfred mich in seine Wohnung mit. Rüdiger war auch da, er war in meinem Alter. Wir rauchten ein paar Joints, tranken Bier und verstanden uns super. Sie waren auch Musiker, kannten allerdings außer Hasch keine anderen Drogen. Die nächste Zeit verbrachte ich häufig mit den beiden. Eines Nachts sagte ich:
»Scheiße, in einer Woche muss ich aus der Wohnung meiner Mutter raus.«
Wie aus der Pistole geschossen erwiderte Alfred:
»Zieh doch zu uns, wir haben hier sicher noch ein Plätzchen für dich frei.« Er schaute zu Rüdiger.
»Mir ist das im Prinzip egal«, meinte der nur dazu.
So zog ich drei Tage später dort ein.
Rüdiger erzählte fast nur von Frauen, Beziehungen und vom Ficken. Unsere Kommunikation basierte daher auch fast nur auf diesen Themen. Alfred saß meist nur grinsend dabei und hörte uns zu. Er hatte eine äußerst feminine Erscheinung. Nicht unbedingt vom äußeren Erscheinungsbild: Er war groß, schlank und hatte ein aknevernarbtes

Gesicht. Es war vielmehr seine mütterlich besorgte Art, die mich am Anfang denken ließ, er sei schwul, und ich wunderte mich, als ich erfuhr, dass er geschieden war.

Alfred lief fast den ganzen Tag mit einer Schürze herum, servierte uns aufwändig gekochte Mahlzeiten, hatte häufig den Staubsauger in der Hand, spülte das Geschirr, machte unsere Betten und was sonst noch so alles im Haushalt zu tun war. Nach getaner Arbeit setzte er sich dann zu uns, trank ein Bier, zog kurz am Joint und stellte immer dieselbe Frage:

»Und, meine Buben, geht's euch gut? Kann ich euch noch was bringen?«

Manchmal konnte ich mir bei dieser Frage das Lachen nicht mehr verkneifen.

Abends ging Alfred dann ins *Trinkfass* zum Bedienen. Schon nach wenigen Tagen fragte ich Rüdiger:

»Wie ist der denn drauf?«

»Och, der war schon immer so. An ihm ist 'ne Frau verloren gegangen.«

»Ist ja auch bequem, mit so jemandem zusammenzuwohnen«, antwortete ich.

Alfred übernahm immer mehr die Rolle in meinem Netzwerk, die Zoe vorher innehatte. Es war eine tragende Rolle, quasi die Hauptrolle. Nach der Trennung von Zoe war eine riesige Lücke in meinem Netz entstanden und hatte das ganze System heftig ins Wanken gebracht. Das war mit Sicherheit auch ein Grund, weshalb ich die letzten drei Monate langsam mit dem harten Stoff gemacht hatte:

Es war keiner mehr da, der mich auffing und unterstützte.

Als ich Alfred sagte, dass ich im Moment fast völlig pleite sei, meinte er, ich bräuchte erst Miete zu zahlen, wenn es mir finanziell besser ginge. Er kaufte mir Bier und füllte mir den Antrag auf Sozialhilfe aus, damit ich wieder krankenversichert war, während ich biertrinkend und kiffend auf der Couch lag und ihm diktierte. Er bezahlte das ganze Essen und *lieh* mir öfter ein paar Mark, wenn er genug Trinkgeld gemacht hatte. Er war die perfekte Frau, außer dass man keinen Sex mit ihr haben konnte. Aber dafür sorgte er auch: Er stellte mich im *Trinkfass*, in dem einige junge, hübsche Mädchen verkehrten, den richtigen vor.

Aus dem neu gemachten Nest heraus zog es mich langsam dorthin zurück, wo der härtere Stoff zu finden war.

Während der letzten Jahre, in denen ich mit Zoe in einer anderen Stadt gewohnt hatte, hatte sich hier, in der Stadt, in der ich aufgewachsen war, in der Stadt, in der meine Drogenkarriere begonnen hatte, einiges verändert. Ich war immer nur hierher gekommen, um einige Drogengeschäfte abzuwickeln, und traf mich in der Regel fast ausschließlich mit den gleichen Leuten. Jetzt, da ich jeden Tag hier war, begegneten mir immer mehr Leute, die ich von früher kannte. Viele von diesen Jungs waren mittlerweile auf Hero. Die meisten hatten schon jahrelang andere Drogen konsumiert und Heroin gemieden wie den Teufel. Viele hatten früher schlecht über mich geredet, weil ich das Zeug ab und zu nahm. Jetzt waren sie schlimmer von dem Stoff drauf als ich es jemals gewesen war. Manche brauchten kein Jahr, um alles für einen Schuss zu tun. Man sah ihnen ihr Leid regelrecht an. Sie versuchten, jeden abzulinken, der ihren Weg kreuzte. Ich traf ein Mädchen, mit dem ich einmal was gehabt hatte, nachdem sich Zoe zum ersten Mal von mir getrennt hatte. Sie hatte mir, nachdem wir miteinander geschlafen hatten, eine zweistündige Moralpredigt über meinen Drogenkonsum gehalten. Damals war sie bildhübsch, äußerst einfühlsam und sehr smart. Jetzt, fünf Jahre später, sah sie, gezeichnet von Heroin, aus wie ein Wrack. Sie laberte nur wirres Zeug und machte für jeden, der ihr zwanzig Mark gab, die Beine breit.

Mein Konsum steigerte sich auch wieder, hielt sich aber noch in Grenzen. Umso mehr abgefuckte Junkies mir begegneten, umso mehr Angst bekam ich, genauso draufzukommen. Heroin zog ich mir jetzt zum ersten Mal in meinem Leben durch die Nase oder rauchte es, aber das auch nur sehr selten. Codein besorgte ich mir zwar auch wieder regelmäßiger, aber es war lange nicht mehr so schlimm wie vorher. Allerdings nahm die Sauferei erheblich zu. Der Entzug klopfte daraufhin erneut vorsichtig an meine Tür. Besonders nach durchzechten Nächten mit hochprozentigen Getränken und gleichzeitigem Codeinkonsum ging es mir zwei, drei Tage beschissen. Ich machte es wie immer: Runterdosieren. Alfred log ich etwas von einer chronischen Magen-Darm-Geschichte vor, die mich seit einigen Jahren immer wieder heimsuchte. Er war so naiv, es zu glauben, und machte mir dann mit überbesorgter Miene Tee. In solchen Situationen pflegte er zu sagen:

»Mein armer kranker Bub, trink einen schönen heißen Kamillentee und du bist morgen wieder gesund.«

Eine fürsorgliche Mutter hätte das wohl auch nicht authentischer rüberbringen können. Rüdiger war fast nicht mehr in der Wohnung anzutreffen. Er hielt sich jetzt meist bei seiner neuen Freundin auf.

In der Drogenszene begann eine schwarze Serie zu starten. Die nächsten Monate kam fast schon in regelmäßigen Abständen irgendjemand zu mir und fragte:

»Weißt du schon, wer vorgestern an einer Überdosis draufgegangen ist?« – »Weißt du schon, wer sich gestern erhängt hat?« – »Weißt du schon, wer sich mit HIV infiziert hat?« – »Weißt du schon, wer im Krankenhaus auf der Intensivstation liegt?«

Manchmal wusste ich es schon, manchmal noch nicht, aber ich kannte all die Personen, die nicht mehr am Leben waren oder die sich gerade davon verabschiedeten.

Alleine in drei Monaten starben drei mir gut bekannte Leute aus der Szene. Wir veranstalteten für diejenige Person daraufhin immer einen Gedenkabend, der in einer exzessiven Drogenorgie endete. Keiner nahm die Vorfälle als mahnendes Beispiel. Es war schon zu etwas Normalem geworden. Wir waren alle zu Künstlern des Verdrängens verkommen.

Ich war noch keine siebenundzwanzig Jahre alt und der

Tod wohnte in meiner Nachbarschaft. Die meisten Toten waren, wenn überhaupt, nur wenige Jahre älter geworden, als ich selbst gerade war. Ich war noch keine siebenundzwanzig Jahre alt und bekam mehr Todesnachrichten als die Bewohner eines Altenheims.

Mir begegnete Patrick, er sah erschreckend aus. Als wir uns vor zehn Jahren auf einer Party bei einem Joint angefreundet hatten, war er ein Bild von einem jungen Mann gewesen. Er war damals durchtrainiert und gesund. Jetzt sah er aus wie eine wandelnde Leiche. Sein Gesicht war bis auf die Wangenknochen eingefallen, sein Körper abgemagert wie ein Skelett. Aus seinem bleichen Gesicht drückte sich eine grün-gelbliche Tönung. Die Augen wirkten ausdruckslos und müde. Er lebte seit einiger Zeit in einem Obdachlosenheim und hatte vor zwei Monaten versucht, sich umzubringen. Er war noch keine drei Jahre auf Heroin. Patrick quatschte mich mit nuschelnden, fast unverständlichen Worten an:

»Hab'n Gramm gutes Koks und bekomm's nicht los. Kann mit dem Zeug nix anfangen, brauch Heroin. Kannst du's für mich verticken?«

»Ja, glaub', das lässt sich machen«, entgegnete ich und wir gingen los.

Patrick ging langsam, ihm fielen während des Gehens immer wieder die Augen zu. Auf unserem wortlosen Weg bereitete mir seine Gegenwart ein immer unangenehmeres Gefühl. Nach erfolglosem Hin und Her, den Stoff zu verkaufen, machte ich ihm folgenden Vorschlag:

»Gib mir Zeit bis morgen, es ist jetzt noch viel zu früh, um die richtigen Leute zu treffen.«

Völlig apathisch willigte er ein. Wir verabredeten uns für den nächsten Mittag und er ging, ohne sich zu verabschieden. Ich war völlig verwundert. Patrick war normalerweise sehr link und übervorsichtig bei seinen Drogengeschäften. Er gab nie Stoff, ohne vorher Geld zu sehen, aus der Hand. Jetzt ließ er mich mit einem Gramm Koks auf der Straße zurück.

Am nächsten Mittag wartete ich fast zwei Stunden an der vereinbarten Stelle auf Patrick, er kam nicht. Mir war es auch nur gelungen, etwas von dem mittelmäßigen Kokain gegen genauso mittelmäßiges Heroin zu tauschen. Von beiden Pulvern zweigte ich mir jeweils eine kleine Portion ab.

Abends beschloss ich, Oli zu besuchen. Er war mittlerweile auch schon ziemlich scheiße drauf. Beim Heroin war es bei ihm das Gleiche wie bei mir: Manchmal nahm er welches, manchmal monatelang nicht und das schon über einige Jahre hinweg. Oli war aber mittlerweile von anderen Opiaten abhängig. Er nahm fast täglich Morphiumzäpfchen, die er ab und zu von *Dr.* Maler verschrieben bekam, oft seinem Vater abschwatzte oder sie ihm einfach klaute. Hatte er keine, nahm er zumindest viel Codein. Er soff auch exzessiv und war von Magengeschwüren und einer Fettleber befallen.

Oli öffnete mir die Tür. Er sah einigermaßen fit aus. Nach unserer Begrüßung legte ich gleich los:

»Kannst du dir vorstellen, Patrick, der alte Penner lässt mir ein Gramm Koks da und versetzt mich dann?«

»Kann ich mir vorstellen, weil Patrick tot ist. Er hat sich gestern in einem Scheißhaus den Goldenen gegeben. Hab's heute Mittag erfahren. Ich denke, das hat er mit Absicht getan«, sagte Oli, beinahe so, als sei Patrick nur vom Fahrrad gefallen.

Mir war Patricks Verhalten jetzt völlig klar und auch das beklemmende Gefühl, das er mir vermittelte. Er wollte den Deal wahrscheinlich nur machen, um seine tödliche Dosis zu erhöhen, um auf Nummer sicher zu gehen, dass der Tod ihn auch wirklich erreichte.

»Lass uns sein Erbe würdig verprassen. Du hast den Stoff doch noch?«, wollte Oli erwartungsvoll wissen.

»Was ist bloß aus uns geworden? Alle verrecken um uns herum und wir machen einfach weiter, bis es einen von uns trifft. Warum kann uns das keine Lehre sein? Warum können wir nicht endlich damit aufhören?«

»Weil wir süchtig sind, weil wir dazu geboren und verdammt sind. Born to lose. Verstehste? Keiner von uns beiden wird viel älter als dreißig werden. Das haben wir schon als Achtzehnjährige gesagt, falls du dich noch daran erinnern kannst?«, erwiderte Oli.

»Ich will leben, L-E-B-E-N! So wie andere das auch tun. Arbeiten, Familie und die ganze Scheiße.«

»Du bist dem Spießertum noch weiter entfernt als ich. Du wärst keine zwei Wochen glücklich mit deinem so genannten Leben. Wir können nur leben mit Stoff in der Blutbahn, das ist unser vorbestimmtes Schicksal. Lass uns also leben und pack endlich den Stoff aus!«

Es hatte keinen Sinn. Wir spritzten uns eine Ladung des weißen Lebenselixiers. Dann holte ich, zu Olis Entzücken, das Braune heraus. Wir konnten damit zwei große Portionen gewinnen. Es war schon einige Monate her, seit ich mir zum letzten Mal Heroin auf direktem Wege in die Vene geschossen hatte. Während der Vorbereitungszeremonie sprach ich beherzt zu meinem Drogenbruder:

»Weißt du noch, als du mir vor fast genau zehn Jahren meinen ersten Schuss gesetzt hast? Du hast damals gesagt, ich würde es früher oder später sowieso tun. Im Nachhinein muss ich dir sagen, du hattest vollkommen recht. Ich hätte es auf jeden Fall gemacht. Jetzt sage ich dir was, mit dem ich vollkommen Recht haben werde. Dies ist die letzte Nadel, die ich mir setze. Du warst beim ersten Mal dabei und hast die Ehre, den Abschluss mitzubekommen.«

»Das glaube ich dir nur, wenn du dir jetzt eine Überdosis drückst«, gab Oli grinsend zurück.

»Fuck you«, fiel mir darauf nur ein, und sein Grinsen steckte mich an.

Wir drückten fast gleichzeitig ab und tauchten ein in das Leben, in das Leben, von dem wir nichts mehr mitbekamen.

Die nächsten Monate soff ich wieder wie ein Loch, auch oft härtere Sachen. Die Entzugserscheinungen suchten mich nun häufiger heim denn je. Codein nahm ich fast ausschließlich nur noch, um den Entzug zu bekämpfen.

Der Teufelskreis zog mich immer tiefer in seinen Bann. Nadeln blieben allerdings bis dahin aus meinem Körper draußen.

Dann zog die komplette WG um. Wir zogen über die Kneipe *Trinkfass* in eine hundertvierzig Quadratmeter große Wohnung. Einen Stock unter uns wohnte die Pächterin Rita mit ihren Kindern und im Erdgeschoss war die Kneipe. Alfred hatte das Ganze organisiert. Mir war dieses Haus nicht fremd. Es war eine riesige Villa mit einem großen Grundstück, direkt vor der Hauptstraße, die in den nicht weit entfernten Stadtkern mündete. Ich war nur drei Häuser entfernt von dieser Villa aufgewachsen. Die Bahnschienen, an denen ich mein erstes Bier trank, als ich Cindy kennenlernte, lagen nur wenige Meter entfernt. Wir hatten als Kinder oft vor diesem Haus gespielt. Es war damals ein Hotel. Dann erhängte sich der Besitzer auf dem Dachboden. Die Frau, die das Hotel danach übernahm, erhängte sich ein paar Jahre später ebenfalls. Man munkelte damals, sogar an derselben Stelle. Unsere Nachbarn ermahnten uns oft, wir Kinder sollten nicht zu nahe an das Anwesen gehen, weil es verflucht sei. Der Reiz des Verbotenen lockte uns aber erst recht dahin. Ich konnte mich noch genau an das mystische Flair erinnern, das diese Villa ausstrahlte. Das Haus stand dann sehr lange leer, weil es keiner mehr mieten wollte.

Danach wurde aus dem Hotel ein getarntes Bordell, in dem immer wüste Schlägereien abgingen. Dann kam ein neuer Besitzer und es wurde zum Café umfunktioniert, bis dieses pleiteging. Jetzt befand sich das *Trinkfass* darin, das bis dahin ziemlich gut lief, weil es die einzige Rockkneipe mit Livemusik der Umgebung war. Als ich Alfred und Rüdiger die Historie dieses Anwesens schilderte, wollte Rüdiger die Story immer wieder hören. Alfred hingegen bekam totale Angst und hielt sich die Ohren zu.

An einem Samstagabend war dann der offizielle Einzug, der mit einer Einweihungsparty verbunden war. Jeder konnte einladen, wen er wollte. Auf der Party waren dann die wenigsten Gäste von mir. Dadurch wurde mir deutlich vor Augen gehalten, in was für einem Freundeskreis ich mich bewegte. Oli konnte nicht kommen, weil er an massiven Magenproblemen litt. Edi, mein alter Saufkumpane, lag mit Nierenversagen im Krankenhaus. Rudi war auf seiner ersten Therapie. Ein paar meiner Freunde saßen im Knast. Einige mieden mich und ein paar, die ich sehr gerne eingeladen hätte, weilten nicht mehr auf diesem Planeten.

Auf der Party kiffte ich wie blöd, soff eine Flasche Whisky, eine Flasche Wodka und unzählige Biere zum Nachspülen. Am nächsten Morgen weckte mich der Entzug, den ich nur mit erneutem Spirituosenkonsum und etwas Codein, nach über zweistündigem Toilettenaufenthalt, in den Griff bekam. Als ich dann endlich wieder erschöpft ins Bett fiel, merkte ich, dass jemand neben mir lag. Ich vermutete, es sei einer der Gäste, die hier übernachteten. Es war noch dunkel und mir war dieser Umstand scheißegal, also schlief ich erneut ein.

Irgendwann wachte ich auf. Es war jetzt hell und das Zimmer war leer. Mir ging es relativ gut, das Codein und der Schnaps vom Morgen wirkten noch und hielten mir die Krampfanfälle und den kalten Schweiß ganz gut vom Leib. Aus der Küche waren Stimmen und Lachen zu hören. Nach einem Bier ging ich zuerst ins Bad, duschte kurz und ging zurück ins Zimmer. Es fiel mir sehr schwer, mich an die Geschehnisse der vorherigen Nacht zu erinnern. Nach erfolglosem Grübeln lächelte mich in dem partygezeichneten Raum eine fast halbvolle Flasche Wodka an. Ich füllte sie mit abgestandenem Orangensaft auf, trank die Hälfte, drehte einen dicken Joint, zündete ihn an und ging in die belebte Küche. Dort saßen so an die zehn Partyüberlebende beim Sektfrühstück. Die meisten davon waren Freunde von Rüdiger oder Alfred, die mir nur flüchtig bekannt waren. Sie begrüßten mich. Ein niedliches, achtzehnjähriges Mädchen mit brünettem Haar und lebhaften grünen Augen begrüßte mich besonders herzlich. Sie gefiel mir auf Anhieb. Ich glaubte schleierhaft zu wissen, sie schon auf der Party gesehen zu haben oder vielleicht sogar mit ihr im Gespräch gewesen zu sein. Sie bot mir auf eine sehr nette Art einen Platz neben sich an. Mein Joint machte die Runde, aber nur zwei Leute zogen daran, meine hübsche Tischnachbarin gehörte nicht dazu. Ich fing an, sie anzubaggern:

»Wie heißt du denn?«

»Natascha«, antwortete sie, klopfte mir dabei auf die Schulter und fing an, sich kaputtzulachen.

Das tat sie bei fast jeder meiner Fragen und setzte sich dann irgendwann auf meinen Schoß.

Wie schräg ist die Tussi denn drauf? Die hat ja noch nicht mal am Joint gezogen. Vielleicht hat sie schon zu viel Sekt intus..., dachte ich bei mir.

Alfred, der die ganze Zeit die Gäste bediente, bekam das meiste von meiner Unterhaltung mit. Nach kurzer Zeit lockte mich Alfred unter einem Vorwand aus der Küche. In einem anderen Zimmer fragte er mich:

»Willst du die Kleine grad ernsthaft anmachen, oder verarscht du uns alle?«

»Wieso verarschen?«

Alfreds Grinsen wurde immer breiter.

»Ach, mein armer Bub, du musst ja wirklich einen absolut krassen Filmriss haben. Du hast mit der Kleinen die Nacht verbracht. Sie hat mit dir in einem Bett geschlafen.«

»Ich hab' was?! Erzähl mir sofort alles, was du mitbekommen hast.«

»Ihr habt ziemlich lange rumgeknutscht und dann hast du sie gebumst. Ich war nicht der Einzige, der das mitbekommen hat.«

Es entstanden keine konkreten Bilder oder brauchbaren Erinnerungen, so sehr ich mich auch bemühte. Es fing nur an, sich immer peinlicher anzufühlen.

Ich verhielt mich Natascha gegenüber jetzt so, als wäre mir unsere gemeinsame Nacht noch bei vollem Bewusstsein. Wir unterhielten uns noch über eine Stunde in der Küche, dabei wanderte mein Arm über ihre Schulter. Sie reagierte sehr angetan darauf und schmiegte sich an mich. Während die anderen Gäste so langsam Richtung Heimat gingen, gingen wir auf mein Zimmer, das Alfred mittlerweile geputzt und auch das Bett frisch überzogen hatte. Nachdem wir uns eine Zeit lang geküsst hatten, stellte ich ihr eine Frage, die mir schon die ganze Zeit auf den Lippen brannte:

»Hat dir die Nacht mit mir gefallen?«

»Oh ja, es war wunderschön«, war ihre Antwort, doch noch immer fehlte mir die Erinnerung daran.

Wir schliefen zusammen. Die Erinnerung, es schon einmal getan zu haben, blieb aus. Ihr Geruch, ihr Körper, ihr erotisches Verhalten waren mir völlig fremd.

Als Natascha am späten Abend ging und ich wie immer schon ziemlich breit war, kamen mir einzelne sehr unscharfe Bilder von der letzten Nacht zurück, aber dabei blieb es auch.

Nachdem ich Natascha wegen Unpässlichkeit zweimal versetzt hatte, sahen wir uns nur noch ab und an flüchtig. Dafür traf ich mich jetzt häufiger mit dem Blackout. Es kam jetzt immer häufiger vor, dass ich nicht mehr wusste, was in der Nacht zuvor passiert war. Manchmal schauten mich Leute böse an und ich wusste beim besten Willen nicht mehr, was ich gesagt oder getan hatte. Alfred erzählte mir öfter, was ich im *Trinkfass* für eine Show abgezogen hätte oder mit wem ich mich angelegt hätte. Mir fehlte oft jegliche Erinnerung daran. Mein Konsum fing immer intensiver an, mir das Gehirn zu zerfressen.

•

Auf meinem Weg nach unten zeigte mir die Sucht immer deutlicher, wo die Reise hingehen sollte. Die Endstation war der Tod. Seine Boten wurden mir durch das Sterben anderer gesandt. Mit jeder Stufe, die ich hinab schritt, kam er mir näher.

Bevor die Sucht mich dem Tod übergeben wollte, raubte sie mir nach meinen Gedanken, meiner Seele

143

und meinem Körper jetzt auch noch die Erinnerung. Die einzigen scharfen Erinnerungen, die sie mir noch ließ, waren die an die Zeit, wenn ich nicht genug von ihrem Blut trank: die Erinnerung an den Entzug, an die Schmerzen dabei, an das Leid und an die Angst zu sterben, die mich dabei begleiteten.

Sie hatte mich fast völlig ausgeplündert.

Das einzige, was mir noch blieb, war mein Wille, weiter leben zu wollen.

EIN AUSSICHTSLOSER KAMPF

Wir lebten jetzt seit wenigen Monaten in der neuen Wohnung.

Rüdiger war schon nach sechs Wochen ausgezogen. Er hatte sich eine Wohnung mit seiner Freundin genommen. An seiner Stelle zog ein jüngerer Sänger, der noch in der Lehre war, bei uns ein.

Mein Alkoholkonsum befand sich weiterhin in einem stabilen Hoch. Meine Entzugserscheinungen waren schon zu etwas Alltäglichem geworden, mal heftiger, mal nicht so stark, aber täglich.

Der Entzug weckte mich auf seine ganz spezielle Art. Es war so, als ob ein Lastwagen mit voller Geschwindigkeit auf mich zuraste. Im letzten Moment vor dem Aufprall schrak ich hoch.

Bist du am Leben oder tot?, war danach mein erster unvermeidlicher Gedanke.

Mein lauter, überschneller Herzschlag ließ mich erahnen, noch am Leben zu sein. Darauf folgten übermächtige Krampfanfälle, die meine Muskeln bis auf den letzten Millimeter zusammenzogen. Ein unkontrollierbares Zucken irgendwelcher Körperglieder setzte ein. Manchmal war der komplette Körper davon betroffen. Kalter, stinkender Schweiß überflutete mich. Meine zitternden Hände umfassten die Rotweinflasche, die ich mir jede Nacht neben das Bett stellte. Meine ebenfalls zitternden Lippen klammerten sich an ihr fest und ein gieriges Schlucken nach Linderung begann. Der Rotwein lief mir aus den Mundwinkeln heraus. Würgen setzte während des Saufens ein, ich ließ aber erst wieder von der Flasche ab, als die Hälfte in mir drinnen war. Zuckend im dunklen Zimmer, bei jedem kleinsten Geräusch aufschreckend, lag ich da und wartete mit unbeschreiblicher Sehnsucht darauf, dass meine Medizin ihre Wirkung zeigte. In dieser Zeit dachte ich:

Scheiße, du bist noch am Leben, weil ich wusste, dass

dies erst der Anfang war.

Nachdem die beruhigende Wirkung einsetzte, schnappte ich mir den Eimer, der genauso obligatorisch wie die Rotweinflasche neben meinem Bett stand, und kotzte alles, was ich vorher geschluckt hatte, hinein. Dann war der zweite Teil der Flasche dran, den ich um einiges länger in mir behalten konnte. Erst jetzt war ich in der Lage, aufzustehen, um den nächsten Teil der überlebenswichtigen Pflicht zu erfüllen. Die Krampfanfälle wurden nun durch brutalen Schwindel abgelöst. Mit einigen Dosen Bier ging ich auf die Gästetoilette, die in den Morgenstunden ganz alleine für mich reserviert war. Dort ging es weiter: eine halbe Dose Bier schlucken, rauskotzen, eine halbe Dose, rauskotzen... Ich war froh, wenn ich zwischendurch mal pinkeln konnte. Die Abstände zwischen Kotzen und Trinken vergrößerten sich immer mehr und der Schwindel reduzierte sich. Wenn eine komplette Dose dann über eine Viertelstunde in mir drin blieb, war es geschafft und das Schwindelgefühl verzog sich. Ich hatte meinen Körper wieder unter Kontrolle. So hing ich Morgen für Morgen über der Kloschüssel. Die ganze Prozedur dauerte von Anfang bis Ende so knapp zwei Stunden. Mir war klar, dass es ein aussichtsloser Kampf war, den ich da führte. Aber noch aussichtsloser erschien es mir, je wieder ein normales Leben führen zu können.

In unserer Wohnung verkehrten oft Typen, die ich noch nie zuvor gesehen hatte oder mich zumindest nicht daran erinnern konnte. Sie waren meist jünger. Irgendeiner meiner Mitbewohner hatte sie mitgebracht oder sie kamen einfach von der Kneipe nach oben und feierten Party. Keiner hatte mehr so richtig den Überblick, woher sie kamen. Sie waren manchmal schon nachmittags da. Ich ließ die Leute häufig in der großen Küche antreten und sammelte Geld für Bier. Der erste, der keines hatte, musste einkaufen gehen. Der Nächste, der pleite war, flog raus.

Gegen frühen Abend kam einer dieser ominösen Gäste zu mir ins Zimmer. Er stellte sich mit dem Namen Stefan vor und war noch sehr jung. Stefan schien ziemlichen Respekt vor mir zu haben und rutschte nervös auf der Couch hin und her. Schließlich fragte ich ihn:

»Was suchst du eigentlich hier, Kleiner?«

Unsicher begann er:

»Du kannst doch alles besorgen… ich brauch' mal gescheiten Stoff.«

»Was genau willst du?«

»Richtigen Stoff, Heroin«, antwortete er.

»Was willst du mit dem Zeug? Wie alt bist du überhaupt?«, wollte ich mit bösem Gesichtsausdruck von ihm wissen.

»Ich bin siebzehn und such' schon seit längerem nach dem Zeug. Will mal so richtig gut draufkommen.«

»Was willst du später mal werden, Junge?«

»Ich will mal so werden wie du. Von dir spricht jeder. Du gibst es dir jeden Tag, machst Musik, hast immer was zu ficken und arbeitest nie. Ja, das möchte ich auch, jeden Tag Party feiern und alle können mich am Arsch lecken«, antwortete er.

»WIE ICH? Dir haben die Leute wohl vergessen zu sagen, in was für einem Zustand ich jeden Morgen aufstehe. Geh in die Schule, mach 'ne Ausbildung oder was weiß ich. Als ich so alt war wie du, hab' ich mir die ersten Spritzen in den Arm gejagt. Es war der größte Fehler meines Lebens. Außerdem habe ich noch nie Heroin verkauft und du kleiner Wichser wärst der letzte, bei dem ich damit anfangen würde. Mach, dass du hier rauskommst!«, schrie ich.

Mein Herz fing an, Saltos zu schlagen. Ich wusste gar nicht, warum. Irgendwie erinnerte mich sein naives Verhalten an mein eigenes in dem Alter. Wahrscheinlich war das der Grund. Er schaute mich enttäuscht an und sprach mit beleidigtem Unterton:

»Dann besorge ich es mir halt von jemand anderen.«

Er verließ das Zimmer. Nach dem zweiten Bier kam mein Herz langsam wieder runter. Der Zorn aber blieb. *So wie ich will der kleine Penner mal werden,* waren die Worte, die meine Wut immer wieder aufs Neue schürten.

Es war unfassbar für mich, dass jemand versuchte, mir nachzueifern.

Ich ging in die Küche, da saß der Junge, noch sichtlich angepisst. Ich rief ihn in mein Zimmer.

»Wieviel Kohle hast du?«, fragte ich ihn.

»Hundertfünfzig«, antwortete er.

Ich zog meine Lederjacke an, stopfte sie wie üblich mit Bierdosen voll, ließ mir die Kohle geben und nahm ihn mit auf die Straße. Während des Gehens fragte er ungläubig:

»Besorgst du mir wirklich was?«

Von mir kam keine Antwort. Nach einer Viertelstunde kamen wir an einer Junkie-WG an. Es war die schlimmste Absteige, die mir überhaupt bekannt war. Nach einer Weile öffnete uns eine der Leichen, die dort hausten. Der Gestank von dem verschimmelten Geschirr in der Küche stand schon im Treppenhaus, konnte aber nicht den vermoderten Kotz- und Pissgeruch in der Wohnung übertrumpfen. Überall lagen stinkende, verpisste Matratzen rum. Sie waren wie die Wände mit Blut aus den Spritzen versaut. Den Boden überzog eine moderne Fleckenlandschaft. Von den fünf Typen, die sich dort aufhielten, war eigentlich nur einer ansprechbar. Die anderen vegetierten liegend oder sitzend vor sich hin. Stefan sah sehr mitgenommen aus. Ich zeigte auf eine Matratze und log Stefan an:

»Hier, diese Matratze ist noch frei, der Besitzer ist vor ein paar Tagen verreckt.«

Ich nahm sein Geld, bis auf zwanzig Mark, aus der Hose und sagte:

»Ich kaufe dir jetzt deinen tollen Stoff. Suche dir schon mal einen von deinen neuen Freunden, der ihn dir drückt.«

»Können wir das bitte vielleicht noch mal draußen besprechen?«, fragte Stefan.

Draußen meinte er kleinlaut:

»Was geht denn hier ab?«

»So wie die Jungs da drinnen wirst du enden. Das wird

dein Leben sein, wenn du mit der Scheiße anfängst. Früher oder später wirst du in so einem Drecksloch verrecken und mir wird das wohl auch nicht erspart bleiben.«
Ich hielt ihm sein Geld hin:
»Es ist deine Entscheidung.«
Er nahm das Geld wieder, bis auf zwanzig Mark, die ich einfach behielt. Er sollte noch sehen, dass man in der Szene niemandem trauen konnte, niemandem.

Manchmal sah ich Stefan noch; wenn er mich begrüßte und ich noch in dem Zustand war, in seine Augen zu sehen, sah ich dort die Angst. Die Angst vor dem Tod, der in dieser Wohnung hauste, in die ich ihn geführt hatte.

Die Sache mit Stefan gab mir etwas, von dem ich dachte, es wäre mir schon völlig abhandengekommen. Es gab mir seit langem das Gefühl, ausnahmsweise mal etwas richtig gemacht zu haben. Es machte mich sogar ein bisschen stolz. Noch mehr aber beschäftigte mich in den wenigen lichten Momenten, die mir noch geblieben waren, die Tatsache, dass ich zu jemandem gesagt hatte:

Es war der größte Fehler meines Lebens.

Dieser Satz kam aus der Tiefe meines Unterbewusstseins. Er hatte sich dort schon sehr lange versteckt und nutzte den Moment meiner Wut, um an die Oberfläche zu treten. Meine Selbstlüge schien sich selbst entlarvt zu haben.

Es war der größte Fehler meines Lebens.

Es war mir jedoch nicht möglich, die Uhr zurückzudrehen. Irgendwie fing ich aber plötzlich an, immer intensiver auf ein Wunder zu hoffen.

Es war Nachmittag. Nach einem heftigen Kampf am Morgen zog es mich zu Oli. Schon von weitem fiel mir ein schwarzer Wagen vor seinem Haus auf. Je näher das Haus rückte, umso deutlicher konnte man erkennen, dass es sich bei dem schwarzen Auto um einen Leichenwagen handelte. Ohne darüber nachzudenken, wechselte ich die Straßenseite. So wie immer, wenn ich etwas nicht sehen oder hören wollte, spielte sich in meinem Kopf automatisch irgendein Song ab:

Take me down to the paradise city, where the grass is green and the girls are pretty…
Dabei wurde jedes unbehagliche Gefühl, das aus der Tiefe kommen wollte, rigoros unterdrückt.

Nach planlosem Hin- und Herlaufen kam ich an der Kneipe vorbei, in der ich mit Oli bis vor ein paar Monaten noch öfter mal ein Bier trinken war. Ich ging hinein. Die Besitzerin der Kneipe begrüßte mich:
»Na du, auch mal wieder da? Wo hast du denn Oli gelassen?«
»Der ist zu Hause. Dem geht's gut«, war meine knappe Antwort.

Dabei lächelte ich überfreundlich, um meinen Worten mehr Wahrheitsgehalt zu geben. Nach einem Bier zog es mich wieder fort von der Kneipe. Ich ging nach Hause und machte dabei, ohne bewusst darüber nachzudenken, einen großen Bogen um Olis Haus.

Am nächsten Abend saß ich in meinem Zimmer. Seit gestern hatte sich eine ungewöhnliche Ruhe in mir breitgemacht. Dann klopfte es an der Türe. Uli kam herein, ein Freund von Oli. Wir kannten uns auch schon länger, waren aber eher Bekannte als Freunde. Deswegen war Uli auch zum ersten Mal in meiner Wohnung. Uli hatte vor Jahren auch regelmäßig Drogen genommen, war jetzt aber clean. Er machte einen geknickten Eindruck. Ich ließ ihn erst gar nicht zu Wort kommen und laberte ihn zu. Er merkte sehr schnell, dass ich nicht hören wollte, was er mir zu sagen hatte. Er fasste mich behutsam mit beiden Händen an der Schulter. In diesem Moment wusste ich, dass die Verdrängung verloren hatte. Ich wusste jetzt, das zu erfahren, was ich schon seit gestern Mittag wusste, als der schwarze Wagen vor Olis Wohnung von meinem Blick erfasst wurde. Uli fing mit beruhigender Stimme, in der ein nicht zu verbergender weinerlicher Unterton lag, an zu reden:
»Oli ist gestorben…«
Totenstille nahm den Raum ein, bis Uli nach ewigen Sekunden fortfuhr:»Ihr seid wie Brüder gewesen, deswe-

gen wollte ich dir diese schlimme Nachricht überbringen und dir beistehen. Ich kann dir nicht sagen, wie es passiert ist, ich kann dir nur sagen, dass er nicht mehr am Leben ist. Es tut mir schrecklich leid.« Die Worte bohrten sich wie ein stumpfes Messer in meine Brust.

Die Türe schloss sich mit aller Gewalt hinter mir. In einem anderen Zimmer, hinter zugeschlossener Tür, überflutete mich eine reißende Welle der Verzweiflung. Sie brach mit schluchzenden Tränen und unsäglichem Schmerz über mich herein, um mich in das endlose Meer der Trauer zu ziehen.

Das Wort *Brüder* brannte sich in meinem Kopf ein, immer und immer wieder. Nicht *gestorben*, auch nicht, dass er *nicht mehr am Leben* war, *Brüder* war das Wort, das mir die meisten Schmerzen zufügte.

Bilder schossen mir durch den Kopf, wie wir damals gemeinsam zur Arbeit fuhren, wie wir auf Trip Tränen lachten. Bilder lichteten sich, wie bei einer Diashow, im Sekundentakt in meinem Kopf ab. Unsere wilden Autofahrten erschienen genauso wie unsere Streitereien darüber, wer zuerst stirbt. Bilder einer über elfjährigen Freundschaft wurden herausgekramt. Jedes Bild bedeutete einen neuen Stich, eine neue blutende Wunde in meinem Herzen. *Wir waren wie Brüder.*

Ich verbrachte Stunden in diesem Zimmer und ging nur einmal heraus, um mir Alkohol zu holen.

Olis Tod zeigte mir, wo ich mich wirklich befand. An diesem Abend wurde mir klar, dass mein Tod auch nicht mehr lange auf sich warten lassen würde. Er begrüßte mich ja schon jeden Morgen.

Wie tief war ich gestürzt? Ich besaß nichts mehr. Alle Wertgegenstände waren verkauft. Meine Gitarren waren im Pfandhaus. Das Geld, das ich mir täglich beschaffen musste, ging dafür drauf, meinen Körper ruhigzustellen.

Wer war mir noch geblieben? Meine langjährige Lebensgefährtin hatte mich verlassen. Meine jüngere Schwester war vor wenigen Monaten nach Amerika gezogen. Ich hatte mich noch nicht einmal von ihr verabschiedet, weil ich mich schämte, ihr in meinem jämmerlichen Zustand gegenüberzutreten. Genauso schämte ich mich auch vor meiner Mutter. Es war mir schon sehr lange nicht mehr möglich, ihr in die Augen zu schauen. Ich ging höchstens noch zu ihr, wenn es mir gar nicht mehr möglich war, von irgendwo anders her Geld zu beschaffen. Die meisten meiner Freunde waren tot, im Knast oder schwer krank. Und nun hatte mich auch noch mein bester Freund verlassen. Die Trauer schlug um in Wut. Wut, weil er mich nicht mitgenommen hatte, wo auch immer er hingegangen war.

In dieser Nacht trank ich zwei Flaschen Wodka, kippte unkontrolliert Bier und Wein in mich und schluckte meinen ganzen Codeinvorrat.

Am darauffolgenden Morgen hielt sich der Entzug in Grenzen. Mein Körper war von dem vielen Stoff, der sich noch in meinem Körper befand, einigermaßen ruhiggestellt. Ich kotzte nur einmal und bemerkte dabei ein Pochen in meiner Hand. Ich war mit einer Zigarette eingeschlafen, sie hatte sich bis auf das Fleisch durch meine Finger gebrannt. Es war mir scheißegal, meine Gedanken kreisten nur darum, die Trauer zu betäuben, die langsam wieder von mir Besitz ergriff.

Mein Arzt schien mir die beste Möglichkeit zu sein, meinen Schmerz zu betäuben. Mein Bitten und Flehen, mir etwas zu verschreiben, zeigte bei ihm die gewünschte Wirkung. Er hatte Mitleid und verschrieb mir sogar ausnahmsweise ein höher dosiertes Präparat. Ich schluckte Codein, bettelte von Rudi zwei Nasen Heroin ab und soff bis zur Bewusstlosigkeit.

Am nächsten Morgen weckte mich der Turkey nicht alleine. Ein lautes Hämmern in meiner Hand, das bis zum Herz pochte, durchfuhr mich. Erneut war ich mit einer Kippe eingeschlafen. Sie hatte sich an derselben Stelle wie in der vergangenen Nacht durchgebrannt. Der provisorische Verband um meinen Finger hatte sich in schwarzen Fetzen in mein Fleisch eingebrannt. Durch die Opiate in meinem Blut konnte der Schmerz nicht richtig durchdringen. Er machte sich nur mit lautem Klopfen in meinem Körper bemerkbar.

Nachdem der Entzug einigermaßen zufrieden gestellt war, hielt ich es in diesem verfluchten Haus nicht mehr aus und ging.

Ich wusste nicht, wohin, und rief Zoe an, um ihr von Olis Tod zu berichten. Die schlimme Nachricht schockierte sie. Sie wusste wohl als einzige, wie es mir gerade ging, und bot mir an, zu ihr zu kommen.

Bei Zoe angekommen, empfing sie mich mit den Worten:

»Oh mein Gott, du siehst aus wie der Tod.«

Als sie meine Finger sah, rastete sie vollkommen aus:

»Du musst sofort zu einem Arzt.«

Der Zeigefinger ging gerade noch so. Der Ringfinger war doppelt so dick, violett, blau und eiterte schon ohne Ende. Bis abends hielt ich es aus, dann verlosch die Wirkung der Opiate vollkommen und der Schmerz wurde trotz Alkohol immer größer. Auf immer lauter werdendes Drängen von Zoe fuhren wir dann schließlich zu einem Notarzt. Dieser verband die Finger erst mal fachgerecht, nachdem er mir eine Tetanusspritze reingehauen hatte. Die Schmerzmittel, die er mir verschrieb, waren nicht gerade weltbewegend, aber immerhin.

Die nächsten drei Tage blieb ich bei Zoe. Der Entzug, den sie noch aus unserer Beziehung kannte, hatte sich zu so einer Größe entwickelt, dass sie jeden Morgen dachte, ich würde sterben. Sie konnte es nicht mehr ertragen und bat mich, zu gehen.

Als ich wieder in der Villa war, war mein Zimmer leergeräumt. Alfred richtete mir von Rita aus, dass mein Zimmer fristlos gekündigt sei. Sie fände es eine bodenlose Frechheit, dass ich ihr vier Monate Miete schuldig sei und meine ellenlange Rechnung in der Kneipe nicht bezahle.

»Ich regle das wieder, gib mir ein paar Tage Zeit. Ich lasse dich nicht hängen, mein Bub«, sagte Alfred und weinte fast dabei.

Für mein letztes Geld kaufte ich mir eine Flasche vom billigsten Schnaps und ein paar Bier. Ich lief nachts trinkend umher und suchte einen Platz zum Schlafen. Keiner öffnete mir die Tür. Irgendwann stand ich besoffen, klingelnd und ans Fenster klopfend vor Olis Haus. Ich hatte schon wieder verdrängt, dass er tot war.

Nach einer Stunde kam mir die letzte Idee: Edi. Er war schon seit längerer Zeit aus dem Krankenhaus zurück. Er würde mir bestimmt Unterschlupf gewähren, doch als ich bei ihm ankam, war er nicht zu Hause. Auf dem Weg zurück Richtung Stadt nahm ich die Abkürzung durch den Friedhof. Eigentlich wollte ich mich nur kurz ausruhen und schlief auf einer Friedhofsbank ein.

Höllische Entzugsschmerzen rissen mich am Morgen aus dem Schlaf. Die Tatsache, nur noch eine Dose Bier zu besitzen, und die Umstände, auf einem Friedhof zu sein, versuchten, mir den letzten Rest Lebenswillen zu rauben. Das Bier brachte so gut wie gar nichts. Zitternd und schwankend versuchte mein Körper, mich an einen rettenden Ort zu bringen. Klares Denken war nicht mehr möglich. Auf meinem Weg verließ mich mehrmals die Kraft. Die Leute, die gerade zur Arbeit gingen, wechselten bei meinem Anblick die Straßenseite. Schwindel und Krampfanfälle zwangen mich ein auf das andere Mal in die Knie.

Gib auf, gib endlich auf!, befahl mir eine bis ins Mark bohrende Stimme. *Gib auf, dein Weg ist hier zu Ende.*

Irgendetwas gab mir immer wieder Kraft, holte mich auf die Beine zurück und ließ mich meinen Weg weiter gehen, von dem ich noch nicht einmal das Ziel kannte.

Wie eine Fata Morgana erschien mir ein kleiner Tante-Emma-Laden an einer Ecke. Letzte Kräfte mobilisierten sich. Die alte Ladenbesitzerin baute gerade das Obst vor dem Geschäft auf. Sie stand mit dem Rücken zu mir. Ich ging in den Laden, ohne einen Pfennig Geld in der Tasche zu haben, direkt ans Schnapsregal. Schweißgebadet öffnete ich eine Flasche Korn und zog gut ein Viertel davon in mich rein. Würgen begann. Ich kniete mich auf den Boden, hielt mir Hals und Mund zu, flehend in meinen Gedanken:

Bitte lass es drinnen… Bitte, bitte, lass es wirken…

Ein heißer Schwall schoss vom Magen durch meinen Hals auf den Boden. Erneut gierte ich den pisswarmen Schnaps in mich hinein. Mit dem Würgen kämpfend, blieb er länger in mir, bis sich erneut ein heißer Strahl aus meinem Körper drückte. Dabei vernahm ich wie durch Nebel eine aufgeregte Stimme:

»Um Gottes Willen, was machen Sie da? Ich rufe die Polizei!«

Nicht in die Richtung schauend, wo die Stimme hergekommen war, trank ich mit aller Kraft, so viel mir möglich war. Auf den Ausgang zueilend, lief ich an der alten, entsetzten Ladenbesitzerin vorbei und sagte:

»Entschuldigung, ich bin krank, es tut mir leid.«

Sie hielt stumm den Telefonhörer in der Hand und ihre Augen füllten sich mit Mitleid.

Die nächsten zwei Tage und Nächte versteckte mich Alfred auf dem Dachboden der Villa, dort, wo sich schon zwei Leute erhängt hatten. Alfred brachte mir Bier, Wein und besorgte mir sogar ein paar Valium. Ich wusste, dass er es von seinem letzten Geld besorgt hatte. Die Kneipe stand kurz vor der Pleite. Rita hatte es fast geschafft, wie all die anderen Vorpächter bankrottzugehen. Alfred arbeitete nicht mehr täglich, nur noch so viel, dass er keine Miete bezahlen musste. Sonst lebte er von dem bescheidenen Trinkgeld, das er bekam.

Dann kam Alfred mit der erlösenden Nachricht:

»Du kannst wieder hier wohnen. Ich hab' die Alte überreden können. Dein Zimmer wird zwar an jemand anderen vermietet, aber du kannst mit in meinem Zimmer wohnen.«

Meine Matratze stand auf der gegenüberliegenden Seite von Alfreds Bett, so dass er mich immer im Auge behalten konnte, wenn es mir schlecht ging, so wie er es ausdrückte. Er stellte jede Nacht einen Liter Rotwein neben meine Schlafgelegenheit, kaufte mir, meist für sein letztes

Geld, Alkohol und kümmerte sich wirklich um mich. Er hatte furchtbare Angst, mich eines Tages tot im Bett vorzufinden. Wenn er selbst betrunken war, sagte er mir das auch.

Manchmal übernachtete irgendein Mädchen bei mir. Alfred kochte dann morgens Kaffee für sie, während ich auf der Toilette versuchte, meinen Körper wieder unter Kontrolle zu bekommen. Er drehte dann oft die Musik so laut, dass sie nicht die ganze Zeit mein Würgen mitbekam. Er log die Girls oft an und erzählte, ich hätte chronische Gastritis. Er log im Allgemeinen viel für mich. Manchmal fragte er:

»Wie hast du es gestern Nacht wieder geschafft, so eine kleine süße Maus abzuschleppen? Als ich dich das letzte Mal geseh'n hab, konntest du kaum noch deinen Namen aussprechen. Wie unterhältst du dich bloß mit denen? Wie bekommst du in diesem Zustand überhaupt noch einen hoch?«

Ich antwortete ihm meist:

»Frag mich jetzt nicht so schwere Sachen. Versuch's doch heute Abend noch mal, vielleicht kann ich mich dann wieder dran erinnern.«

Das war auch mein voller Ernst.

Monate vergingen. Mein Entzug tendierte jetzt sehr oft dazu, nicht nur morgens zu erscheinen, sondern nahm den ganzen Tag für sich ein.

Morgens war es immer noch am schlimmsten. Nachdem die Kotz- und Krampfanfälle aber vorbei waren, begleiteten mich immer noch Schwindelanfälle und Zittern. Ich musste jetzt pausenlos saufen. Dabei begleitete mich ständig eine schwere Müdigkeit, aber mein Körper lief dabei auf Hochtouren. Mein Blutdruck kam in schwindelerregende Höhen und gleichzeitig fielen mir die Augen zu. Ich war drei bis vier Stunden wach und soff, bis mich eine so starke Müdigkeit überfiel, dass ich, egal wo ich mich befand, einschlief. Nach zwei Stunden Schlaf weckte mich mein Körper, um seine Medizin zu fordern. Das ging vom frühen Morgen bis in den späten Abend. Saufen, Zusammenbrechen, Saufen, Zusammenbrechen...

Spät abends konnte ich dann länger wach bleiben und verließ zum ersten Mal das Haus. Opiate, meistens Codein, nahm ich nur noch, wenn der Entzug ganz schlimm war. Dann aber nur sehr geringe Mengen, weil ich wusste, es würde sonst am nächsten Tag unerträglich werden. Mein Körper war gefangen in einem Teufelskreis. Mit Mädchen lief dann langsam nichts mehr, weil sich mittlerweile alles um die Befriedigung meiner Entzugserscheinungen drehte. Außerdem hatte ich die meiste Zeit unheimliche Probleme, mich überhaupt noch verständlich zu machen. Während eines Satzes wusste ich plötzlich nicht mehr, um was es eigentlich ging. Meine Gedanken kreisten verwirrt umher.

Habe ich die erste Hälfte des Satzes gesagt oder nur gedacht? Will ich gerade etwas fragen oder gebe ich Antwort?

Dann fragte ich mich, ob ich das eben Gedachte vielleicht auch gerade gesagt hatte. So alle zehn Minuten fragte ich dann:

»Hey, um was geht's denn hier eigentlich?« und beschuldigte die Leute, nicht richtig bei der Sache zu sein.

Wenn Leute im Zimmer waren und einer es verließ, um pinkeln zu gehen, und derjenige zurückkam, fragte ich mich, ob er schon die ganze Zeit hier war oder gerade erst gekommen war. Vorsichtshalber begrüßte ich ihn.

Meine Blackouts häuften sich auch immer mehr. Einmal wachte ich im Treppenhaus ohne Schuhe auf und fand sie nie wieder. Ein anderes Mal wachte ich mit verpissten Hosen auf dem Badezimmerboden auf. Mein T-Shirt war zerrissen und mit Blut verschmiert, ohne Erinnerung daran, was geschehen war. Es war im Allgemeinen keine Seltenheit mehr, mit Verbrennungen, Schnitten oder anderen Verletzungen aufzuwachen. Die schwarzen Löcher in meinem Gehirn summierten sich unaufhörlich. In den wenigen lichten Momenten überkam mich oft eine Angst vor mir selbst.

Mein Netzwerk existierte nun auch nicht mehr. Es war fast vollkommen zerstört. Irgendetwas aus den Leuten herauszuholen, war nicht mehr möglich. Im Prinzip wollten sie ja auch immer etwas dafür, selbst wenn es nur vorgespielt war. Mir sah man jetzt aus hundert Metern Entfernung an, dass ich nichts mehr zu geben hatte. Meine Begabung, auf Leute einzugehen, war erloschen, mit ihr meine schauspielerischen Fähigkeiten. Alfred war der einzige, der meine Sucht noch am Leben hielt, und noch ein paar Leute, die was zu saufen mitbrachten, wenn sie zu Besuch kamen.

Die Selbstlüge war mittlerweile auch nicht mehr zu halten. Es gab keine Ausflüchte oder Verniedlichungen mehr. Die Schönrederei hatte sich aufgelöst. Es gab kein Verstecken mehr, weil es für jeden, auch für mich, unwiderruflich ersichtlich war.

Jeder, selbst ich, wusste, dass ich abhängig war. Abhängig mit Seele, Gedanken und Körper.

Jeder, selbst ich, wusste, dass wir bald aus der Villa raus mussten.

Jeder, selbst ich, wusste, dass ich bald auf der Straße landen würde.

Jeder, selbst ich, wusste, dass mein Leben nur noch an einem seidenen Faden hing.

•

Es war so weit, die letzten Stufen auf der Treppe in die Dunkelheit waren beschritten. Die Sucht war nun endlich bereit, mir das Ziel unserer langen Reise zu zeigen. Das Ziel war ein dunkles Kellerverlies, in dem sich mehrere Türen befanden. Auf jeder dieser Türen war ein Schild angebracht.
Die Sucht sagte mit hämischer Stimme:
Mein Freund, unsere Reise ist hier zu Ende. Du

warst ein folgsamer Begleiter, deswegen überlasse ich dir die freie Wahl. Suche dir deine Tür selbst aus, durch die du gehen willst. Ich verlasse dich jetzt, jetzt, da du meine Identität angenommen hast, jetzt, da du vollkommen eins mit mir geworden bist.

Eine tonnenschwere Stahltür verschloss sich dröhnend hinter der Treppe, von der ich gekommen war.

Meine Hoffnung hatte immer darin gelegen, die Treppe eines Tages zurückgehen zu können. Diese Hoffnung war in diesem Moment gestorben. Ich schlug auf die kalte Stahltür ein, keine Regung. Ich schrie verzweifelt nach der Sucht und flehte sie um Hilfe an, keine Regung.

Es herrschte Totenstille.

Ich ging auf die Türen zu, um die Schilder, die dort angebracht waren, zu lesen.

Auf dem ersten stand: Herzversagen, auf dem zweiten: Überdosis, auf dem dritten: Suizid. Es folgte ein Schild, auf dem Leberzirrhose stand.

Es waren noch viele weitere Türen vorhanden, aber ich traute mich nicht, weiterzulesen.

Zwischen den Türen, die den Tod bedeuteten, saß ich kauernd und angstvoll, mit der Gewissheit, dass sich bald eine öffnen würde.

Mir war kalt und mein einziger verbliebener Wunsch war, wieder dort zu sein, wo alles begann. Dort, wo die Treppe ihren Anfang hatte. Dort, wo ich die erste Stufe nahm. Ich würde es kein zweites Mal tun, aber dieser Weg war mir für immer durch ein unüberwindliches Hindernis verschlossen.

Mir war kalt und mein letzter Wunsch fing an, sich aufzulösen.

AM FENSTER

Mit achtundzwanzig Jahren hatten meine Entzugserscheinungen wieder einen neuen Höhepunkt erreicht. Mehr als vier Stunden Schlaf am Stück waren kaum mehr möglich, dann forderte mein Körper gnadenlos sein Lebenselixier. Schlief ich doch länger, so gestaltete es sich als äußerst schwierig, meinen Körper wenigstens einigermaßen unter Kontrolle zu bekommen. Aus dem Liter Rotwein am Morgen waren jetzt zwei geworden. In den zweiten schüttete ich zusätzlich irgendeinen billigen Flachmann rein. Zusätzlich musste ich mir tagsüber mindestens fünfzehn halbe Liter Bier reinschütten, um mir wenigstens einigermaßen den Entzug vom Hals zu halten. Abends trank ich dann alles, was ich kriegen konnte.

Mir war es nur noch selten möglich, länger als eine Stunde aktiv an einem Gespräch teilzunehmen. Alle vier Stunden, ob Tag oder Nacht, legte sich ein Schalter in mir um und ich brach ab.

Uhrzeiten gab es in meinem Leben nicht mehr. War es noch hell draußen, war es eben Tag. Was für eine Uhrzeit wir ungefähr hatten, wusste ich noch nicht einmal annähernd. Genauso war es, wenn es dunkel war, dann war es eben Nacht. Die einzige Zeit, für die ich noch so einigermaßen ein Gefühl hatte, war die während meiner morgendlichen Kotzorgien, bei denen mittlerweile Blut mit herauskam.

Ich wurde vierundzwanzig Stunden von Panikattacken mit Schweißausbrüchen und unbeschreiblicher Todesangst gejagt. Sie waren unberechenbar und überfielen mich wie aus dem Nichts. Irgendein Organ schmerzte immer. Mein Herz machte, was es wollte. Schnell, langsam, schnell, langsam... Manchmal war Blut in meinem Mund. Es kam vom Magen. Meine Zähne glichen einer Ruine. Mein Gesicht war vom Alkohol aufgequollen. Das Aussehen, auf das ich immer so viel Wert gelegt hatte, hatte keinen Wert mehr. Einmal in der Woche duschte ich noch, wenn es eine gute Woche war, zweimal. Ich schaute nicht mehr in den Spiegel, weil ich die Person darin nicht erkannte. Ich hatte sogar Angst vor ihr.

Codein nahm ich nur noch, wenn der Entzug mit Alkohol gar nicht mehr zu bekämpfen war oder wenn ich wenigstens für eine kurze Zeit meinem jämmerlichen Zustand entfliehen wollte. Es war der einzige Stoff, der mich noch ein bisschen ruhigstellte. Am nächsten Tag war dann aber alles umso schlimmer. Mein Körper verlangte dann schreiend nach dem Opiat und ich musste mit Schnaps oder im schlimmsten Fall mit neuem Opiat seine Schreie dämpfen. Der Teufelskreislauf war nun endgültig geschlossen. Er schloss sich immer enger um mich, um mich eines Tages in seinem Nichts verschwinden zu lassen.

Aufputschmittel konnte ich schon lange keine mehr nehmen. Für was auch, bei einem Ruhepuls von etwa 120 Schlägen pro Minute war das auch nicht mehr nötig. Hätte ich irgendetwas Aufputschendes genommen, wäre ich wohl direkt dabei draufgegangen. Obwohl ich von einer ständigen Müdigkeit befallen war, drehte mein Blutdruck so hoch wie eine Rennmaschine.

Es war sehr schwer geworden, überhaupt noch an das Geld für Alkohol und Drogen zu kommen. Irgendwie gelang es mir aber immer.

In meinem alten Zimmer wohnte jetzt ein 18-jähriger Italiener, der kein Wort Deutsch konnte. Er arbeitete schwarz auf einer Baustelle. Wir hatten oft richtig gute Gespräche. Wenn Alfred dann dazu kam und mir zum hundertsten Mal erklärte, dass mein Gegenüber kein Wort verstünde, war das Gespräch dann meist beendet.

Wir hatten noch einen weiteren neuen Mitbewohner. Er hieß Gary. Gary war ein Hund, ein riesiger, pechschwarz glänzender chinesischer Shar-Pei, ein Faltenhund, dessen Falten aber nur im Gesicht lagen. Rita hatte ihn für ihre Kinder besorgt. Als die Familie bemerkte, dass der Hund auch *Fressen* und *Gassi gehen* muss und auf kein einziges Kommando reagierte, war es schnell mit der Freude vorbei.

Gary war etwa neun Monate alt und hatte schon drei Besitzer gehabt. So gestört war er auch. Er hatte auch eine komische Angewohnheit: Er bellte nie.

Sein erster Besitzer war ein Alkoholiker, deswegen war wohl meine lallende Stimme die, auf die er wenigstens einigermaßen hörte. Als ich ihn in den Abendstunden verloren ums Haus schleichen sah, konnte ich nicht anders und nahm ihn mit in unsere Wohnung. Alfred hatte Angst vor ihm, weil er so groß war und nicht hörte, aber er willigte dann doch ein, ihn als unseren neuen Zimmerbewohner anzunehmen. Jetzt unterhielt ich mich sehr oft mit Gary. Wobei ich immer wusste, dass er ein Hund war. Er schien mir der einzige zu sein, der verstand, was in mir vorging.

Als die Dämmerung hereinbrach, ging ich mit Gary Gassi. Wir gingen meist an dieselbe Stelle. Sie lag in der Nähe einer größeren Straße, dort war es aber trotzdem meist menschenleer. Ich setzte mich oft auf einen kleinen Hügel ins Gras, trank Bier und rauchte einen Joint. Tagsüber ging Alfred mit dem Hund ängstlich Gassi.

Mir ging es schon den ganzen Tag sehr schlecht. Das Saufen fiel mir an diesem Tag extrem schwer. Ich hatte am Nachmittag Blut im Mund gehabt. Mein ganzer Körper pochte, als bestünde er nur aus einem Herz. Hämmernde Kopfschmerzen machten mir zu schaffen. Ich wollte an diesem Abend noch nicht einmal einen Joint rauchen. Als wir fast die Stelle erreicht hatten, an der wir immer Rast machten, überfiel mich ein übermächtiger Schwindel. Blut schoss in Strömen aus meiner Nase, lief über meinen Mund, tropfte T-Shirt, Hose und Schuhe voll, bis ich schließlich das Bewusstsein verlor.

Als ich wieder einigermaßen zu mir kam, registrierte ich nur, dass Alfred und Hannes mich links und rechts abstützten und Richtung Villa schleppten.

Nachdem die Ohnmacht eingesetzt hatte, war Gary auf die Straße gerannt. Hannes war gerade mit dem Fahrrad vorbeigefahren, weil er zu unserer Wohnung wollte. Er war ein neuer Kumpel, der uns häufig zu dieser Uhrzeit besuchte. Hannes hätte Gary gar nicht bemerkt, wenn dieser ihm nicht nachgebellt hätte. Es war das erste Mal, dass jemand diesen Hund überhaupt hatte bellen hören. Gary hatte dann Hannes zu mir geführt. Dieser war mit dem Fahrrad zu Alfred gefahren und hatte ihn zu Hilfe geholt.

Nun lag ich auf meiner Matratze. Selbst Trinken war mir nicht mehr möglich.

»Jetzt hab ich die Schnauze voll. Ich rufe einen Krankenwagen«, meinte Alfred sichtlich erregt.

Ich versuchte, es ihm auszureden:

»Keinen Krankenwagen, ruf' meinen Arzt an.«

Es war schon fast acht Uhr am Abend. *Dr.* Maler war zu dieser Uhrzeit oft noch in seiner Praxis anzutreffen.

»Okay, aber wenn er nicht mehr da ist, rufe ich einen Krankenwagen«, meinte Alfred mit entschlossener Stimme und ging runter in die Kneipe, um zu telefonieren.

Der *Arzt* war noch da und stand eine halbe Stunde später vor meinem Bett. Er untersuchte mich notdürftig und gab mir dann irgendein Mittel. Es half sogar sehr schnell. *Dr.* Maler bestellte mich für den nächsten Nachmittag in seine Praxis.

Eigentlich ging ich nur zum Arzt, um noch etwas von seinem tollen Mittel zu bekommen, von dem ich noch nicht einmal wusste, wie es hieß. *Dr.* Maler checkte mich von Kopf bis Fuß durch, machte ein EKG und alles, was so dazugehört. Das Blutabnehmen gestaltete sich als sehr schwierig: Mein Blut wollte nicht aus der Vene. Als es dann schließlich kam, war es eine dickflüssige, zähe Masse, die umgehend anfing, zu gerinnen, nachdem sie in der Spritze war.

Nach über einer Stunde fing mein Körper an, nach Alkohol zu verlangen. Ich sagte dann, dass es jetzt reiche und ich so langsam gehen müsse. Er stellte mir noch ein Rezept aus und sagte:

»Diese Medikamente bitte nicht in Verbindung mit Alkohol nehmen.«

Langsam fragte ich mich, wo dieser *Arzt* seine Zulas-

163

sung gewonnen hatte. Sein Behandlungszimmer stank durch meine Alkoholfahne wie in einer Kneipe. Er verschrieb mir ein Blutdruckmittel und ein Schmerzmittel in Zäpfchenform. Nach drei Tagen solle ich wieder zu ihm kommen.

Die Medikamente waren sehr gut und hielten mir sogar die Entzugserscheinungen einigermaßen vom Leib, aber saufen musste ich trotzdem noch dazu.

Nach einer Woche waren die Medikamente aufgebraucht und ich erschien vier Tage verspätet, besoffen, bei *Dr.* Maler. Er saß mit einer sehr ernsten Miene vor mir und begann zu sprechen:

»Ihr gesundheitlicher Zustand ist sehr besorgniserregend. Ich sage es Ihnen ganz offen: Wenn Sie nicht sofort etwas unternehmen, werden Sie höchstens noch ein paar Monate am Leben sein.«

Er erzählte etwas von extrem überhöhten Leberwerten. Eigentlich ließ er kein Organ aus. Als er dann auf mein Herz einging, spielte sich wieder ein Lied in meinem Kopf ein, oder besser gesagt: mehrere. Jeder Song wurde nur angespielt, um dann plötzlich in einen anderen überzuwechseln.

Er hatte erst wieder meine Aufmerksamkeit, als er sagte:

»Ich muss Sie in ein Krankenhaus einweisen. Ich kann die Verantwortung nicht mehr übernehmen.«

Es gestaltete sich als schwierig, dass er mir überhaupt noch etwas verschrieb. Erst als ich ihm versprach, nach einer Woche ins Krankenhaus zu gehen, ließ er sich erweichen.

Als er auf seinem Rezeptblock rumkritzelte, wurde mir die ganze Paradoxie, in der ich mich befand, bewusst. Dieser *Arzt* verschrieb vielen seiner Patienten Schmerz-, Aufputsch- und Schlafmittel. Er verschrieb Opiate wie Hustenbonbons und nun sagte er, er könne die Verantwortung nicht mehr übernehmen.

Die Nachricht über meine nicht mehr allzu hohe Lebenserwartung schockte mich eigentlich nicht sonderlich.

Im Prinzip wurde mir nur das bestätigt, was mir sowieso schon die ganze Zeit klar war. Die Aussage des Arztes gab mir während meines morgendlichen Kampfes über der Kloschüssel sogar Beruhigung. Wenn es richtig schlimm wurde, sagte ich mir immer häufiger:
Halt noch ein bisschen durch, du hast es ja bald geschafft.
Mir wurde alles scheißegal. Mein Leben schien mir nichts mehr wert zu sein. Wenn ich abends meinen Höhepunkt erreichte und etwas aktiver wurde, ging ich nicht mehr auf die Toilette, um zu urinieren. Dazu stellte ich mich auf unsere Fensterbank im dritten Stock und pinkelte hinunter, ob Leute zuschauten oder nicht. Ich hielt mich dabei nirgends fest und mein schwankender Körper drohte jede Sekunde, von der schmalen Fensterbank nach unten zu stürzen. Vielen Leuten war dieser Nervenkitzel zu stark und sie gingen, wenn ich damit anfing.

Wenn ich gegen Abend Alkohol oder Codein besorgen war, hielt ich mich an kein Ampelzeichen. Ich sah, ob es rot oder grün war, aber es interessierte mich herzlich wenig. Egal wie stark die Straße befahren war, egal was für eine Farbe die Ampel zeigte, ich ging, ohne zu schauen, drüber. Oft wurde mein Überqueren von lautem Hupen und Vogelzeigen begleitet. Ich hob daraufhin meinen Mittelfinger in die Luft und ging weiter. Diese Aktionen waren bald an der Tagesordnung.

Ich war abends in der Wohnung unterwegs und suchte nach Alkoholverstecken. Diese Verstecke legte ich schon über viele Jahre an. In jeder Wohnung, in der ich wohnte, hatte ich meine Bunker für schlechte Zeiten angelegt. In letzter Zeit konnte ich mich aber häufiger nicht erinnern, wo sie waren, oder dass ich überhaupt ein neues Versteck angelegt hatte. Wenn es dann knapp wurde und die Suche begann, wurde ich auch immer fündig. Ich fand Bier, Wein und Schnaps, wenn sich die Suche intensivierte, auch Codein, irgendwelche Tabletten und Hasch. Es war die einzige Freude, die mir noch geblieben war. Jedes Mal nach einem Fund überkamen mich Erleichterung und Freude über meinen gefundenen Reichtum. Es war wie bei einem Goldgräber, den von seinem Sieb aus ein paar kleine Goldklümpchen anblitzten.

Es war später Abend und es klopfte an der Tür. Ich war einigermaßen gut drauf und öffnete. Silke stand vor mir. Wir kannten uns nicht sehr gut. Sie studierte und verkehrte hin und wieder mit ihren Leuten im *Trinkfass*. Die meisten aus ihrer Clique konnten mich nicht wirklich leiden, sie waren fast alle Studenten, die hin und wieder kifften. Wenn sie nichts zu rauchen für das Wochenende auftreiben konnten, kamen sie gelegentlich zu mir. Sie wurden dann kräftig beschissen. Silke und ich mochten uns weniger. Sie war vierundzwanzig, groß und blond, was ich normalerweise sehr anziehend fand. Aber ihre Einstellung und die Art, wie sie sich gab, fand ich weniger ansprechend. Wir gingen uns aus dem Weg, aber da sie mit Alfred befreundet war, klappte das nicht immer. Sie redete auch oft schlecht über mich und meinen Lebenswandel. Daher fragte ich auf eine eher schroffe Art:
»Was willst du denn hier?«
Ihr Kopf war auffällig zum Boden geneigt. Sie fing an zu schluchzen und nuschelte mit weinerlicher Stimme:
»Ist Alfred da?«
»Nee, weiß nicht, wo der ist. Was ist mit dir los?
Nun begann sie, heftig zu weinen, und stotterte:
»M-m-mein Opa ist ge-gestorben.«
Mir fiel plötzlich mein Vater ein, meine ganzen Freunde, die nicht mehr am Leben waren, insbesondere Oli. Sie hatte auf einmal etwas gemeinsam mit mir. Ich nahm sie kurz in den Arm und bat sie in die Wohnung.
Wir redeten zwei Stunden, oder besser gesagt, sie redete fast die ganze Zeit und es fiel mir sehr schwer, ihr zu folgen.
Alfred war immer noch nicht zu Hause und wir beschlossen, an einen See in der Nähe zu fahren. Wir verbrachten die ganze Nacht dort, es blieb aber alles in einem

freundschaftlichen Rahmen. Die nächsten Tage sahen wir uns jeden Abend, bis in die frühen Morgenstunden.

Silke hatte immer Geld und bezahlte mir meine ganze Sauferei. Sie meinte häufig, ich hätte Ähnlichkeit mit ihrem Opa. Diese Aussage rief mir immer ins Gedächtnis, selbst bald nicht mehr am Leben zu sein.

Wir hatten die Nacht wieder am See verbracht und in ihrem Kombi übernachtet. Es war schon hell. Ich kotzte schon seit einer Stunde ins Wasser. Um schneller meinen Affen loszuwerden, wechselte ich vom Wein direkt zum Whisky. Als es wieder ging, legte ich mich zurück ins Auto, um noch etwas auszuruhen. Irgendwie schliefen wir dann miteinander. Während wir Sex hatten, fing mein Körper wieder an, nach Alkohol zu schreien, aber ich machte weiter und beeilte mich, bevor der Entzug anfing, zu heftig zu werden. Als ich fertig war, schnappte ich mir direkt die letzte halbe Flasche Wein und trank den kleinen Rest Whisky, der sich noch in der Flasche befand. Es reichte aber nicht aus. Die körperliche Anstrengung zuvor machte mir zusätzlich zu schaffen. Silke bekam Angst, als sie mein fahles, verschwitztes Gesicht mit tiefschwarzen Augenringen registrierte. Die Worte schossen ihr aufgeregt aus dem Mund:

»Du zitterst ja überall, wir fahren sofort ins Krankenhaus.«

»Das sind nur Entzugserscheinungen. Ich brauche jetzt dringend Alkohol, egal in welcher Form«, gab ich schon fast selbstverständlich zurück.

Wir fuhren dann zu ihr nach Hause. Silke lebte in der Eigentumswohnung ihrer Mutter. Die Mutter wohnte aber aus beruflichen Gründen in einer weiter entfernten Stadt und war daher nicht oft da. Die Bar war reichlich gefüllt. Zwei Tage blieb ich dort, dann kam Silkes Mutter:

Jetzt ist die schöne Zeit vorbei, war mein erster Gedanke. Es war erst früher Nachmittag, dementsprechend scheiße sah ich noch aus. Die Mutter bekam auch erst mal einen Schreck bei meinem Anblick, aber wir unterhielten uns dann eigentlich ganz gut, obwohl ich öfter mal den

Faden verlor. Dabei trank ich ununterbrochen Weinschorle und rauchte eine Kippe nach der anderen. Wir duzten uns schnell. Als Silke aus dem Wohnzimmer ging, sagte ihre Mutter:

»Du scheinst Silke gerade sehr zur Seite zu stehen. Sie hatte ihren Großvater über alles geliebt. Du kannst jederzeit hierher zu Besuch kommen.«

Nachdem sie mich einige Zeit gemustert hatte, fügte sie noch hinzu:

»Ich glaube, du trinkst ein bisschen viel, vielleicht solltest du damit ein wenig kürzertreten.«

Ich wechselte das Thema.

Die nächsten Wochen verbrachte ich fast ausschließlich bei Silke. Ich gewöhnte mich daran, wieder eine normale Mahlzeit pro Tag zu mir zu nehmen, meist am späten Abend. Es war auch immer Salat oder irgendetwas anderes Gesundes dabei. Allerdings kostete der ganze Ess- und Verdauungsprozess viel Energie. Ich musste danach immer ziemlich viel nachschütten, um wieder einigermaßen *normal* draufzukommen.

Obwohl Silke jetzt meine feste Freundin war, hatten wir so gut wie keinen Sex. Es kostete mich einfach zu viel Kraft. Uns verband etwas anderes: Sie hatte jemanden, um den sie sich kümmern konnte, und war nicht alleine.

Ich wiederum hauste in einer schönen Wohnung und sie gab mir Geld für meinen Konsum. Silke fuhr mich überall mit dem Auto hin und kochte. Sie nahm neben ihrem Studium einen Nebenjob in einer Kneipe an, um wenigstens einen Teil meiner Medizin zu finanzieren.

Es kam auch häufig zu heftigen Auseinandersetzungen, aber sie schmiss mich nie raus.

Mir ging es gesundheitlich etwas besser. Die Regelmäßigkeit bei Silke tat mir gut. Manchmal konnte ich sogar sehr deutlich meinen Alkoholkonsum reduzieren, aber immer nur für einen kurzen Zeitraum. Codein bekam ich nur noch selten verschrieben und musste nun häufiger welches kaufen, also nahm ich es auch nicht mehr so oft.

Oli war nun seit fast genau einem Jahr tot. Ein paar

Musiker und ich veranstalteten im *Trinkfass* ein Gedenkkonzert, an dem nur Lieder der *Rolling Stones* gespielt werden sollten. Es war Olis und meine absolute Lieblingsband gewesen. Ich hatte mich da ziemlich reingekniet. Die zwanzig besten Musiker aus der Stadt hatten zugesagt. Ich sollte sieben Lieder spielen, fünf etwas schwerere und zwei einfache Songs, die ich schon spielen konnte. Einige Tage vor dem Konzert, bei der Generalprobe, musste ich mir eingestehen, nur die zwei einfachen spielen zu können. Ich war nicht mehr in der Lage, etwas Neues in meinem Gehirn abzuspeichern.

Am Abend des Konzertes gönnte ich mir eine fette Line Heroin. Ich war den ganzen Tag am Überlegen, ob ich es mir nicht drücken sollte, tat es dann aber nicht.

Das Konzert lief hervorragend. Nach einer Stunde spielte ich ganz passabel meinen ersten Song, obwohl ich schon gut zu war. Eine halbe Stunde später sollte ich dann den nächsten spielen. Wieder auf der Bühne, haute ich gleich in die Saiten. Die Band war zuerst etwas verwirrt, spielte dann aber gut mit. Als mich später einer der Musiker fragte, warum ich den gleichen Song noch einmal gespielt hätte, gerieten wir in Streit. Erst beim fünften Zeugen gab ich nach. Ich hatte zweimal das gleiche Lied gespielt und hätte schwören können, es waren verschiedene.

Die Kneipe gab es kurz nach dem Konzert nicht mehr. Rita hatte sich auf Nimmerwiedersehen in einer Nacht- und Nebelaktion aus der Stadt gemacht. Alfred und die anderen Mitbewohner verteilten sich in alle Himmelsrichtungen. Ich war nur noch ein letztes Mal in dem Haus, um die Kellertür aufzubrechen, zwei Kisten Wein und was sich sonst noch trinken oder zu Geld machen ließ, mitgehen zu lassen. Als ich zum letzten Mal in unserer Wohnung stand, war diese schon komplett ausgeräumt. Komplett, bis auf meine Hinterlassenschaft:

Es standen Berge von Müllsäcken, gefüllt mit leeren Flaschen und Dosen, herum. Die Müllberge, die mich schon seit vielen, vielen Jahren verfolgten, hatten sich auch hier eingefunden. Meine Selbstlüge flammte bei diesem Anblick sofort wieder auf.

»Wir haben hier ganz schön einen weggesoffen«, meinte ich zu Silke, obwohl mir hätte klar sein müssen, dass das *Wir* zu achtzig Prozent aus *Ich* bestand.

Die nächsten Monate wohnte ich weiter bei Silke. Die anfängliche Besserung war mittlerweile ins Gegenteil umgeschlagen. Essen war wieder zur Seltenheit geworden. Es gab jetzt keine Sekunde mehr ohne Entzugserscheinungen. Den Tag verbrachte ich im stockdunklen Zimmer, trinkend, im Bett. Ich lebte in einer Lethargie, die einer Mischung aus Wachsein und Schlaf glich, obwohl es wiederum nichts von beidem war. Mir erschienen ständig irgendwelche teuflischen Fratzen, die nach mir griffen und mich in die Tiefe ziehen wollten. Stimmen verfolgten mich. Mir war bewusst, dass diese Stimmen Einbildung waren und ich sie irgendwo noch kontrollieren konnte, aber die Angst wuchs, dies einmal nicht mehr zu können. Die Rufe wurden von Mal zu Mal lauter und brüllten:

Heute stirbst du… Jetzt bist du dran…

Die Todesangst, an die ich mich nie gewöhnen konnte, hatte permanente Anwesenheit. Ich betete oft, endlich sterben zu dürfen. Kam der Tod dann und forderte mich auf, mitzugehen, winselte ich darum, weiterleben zu dürfen, wenigstens diesen einen Tag noch. Eine Zerrissenheit zwischen Leben und Tod spaltete mich.

Ich kotzte gerade die ganze Flüssigkeit, die ich kurz vorher zu mir genommen hatte, in den Eimer, der neben mir stand. Plötzlich wurde mir schwarz vor Augen. Mein Bewusstsein schwand. Ich fiel aus dem Bett und knallte mit dem Mund auf den Eimer. Als ich nach einiger Zeit wieder zu mir kam, lag ich mit dem Kopf in dem Eimer. Alles war mit Blut von der Platzwunde an meiner Lippe versaut. Blut und die anderen Flüssigkeiten, die sich in dem Eimer befanden, verklebten mir das Gesicht. In solchen Situationen bettelte ich um den Tod. Ich weinte und bat um Erlösung. Fing dann mein Körper an zu zucken, mein Herz an zu rasen, fingen die Stimmen an, mich zum

Sterben einzuladen, während mein Körper unerbittlich nach seinem Stoff kreischte, trank ich. Ich trank und bettelte, am Leben bleiben zu dürfen, wenigstens diesen einen Tag noch.

Abends, wenn es dämmerte, fuhr mich Silke dann kurz vor Ladenschluss in den Supermarkt, um Alkohol zu kaufen. Das war auch die Zeit, in der ich am besten ansprechbar war und am klarsten denken konnte. Manchmal fuhr sie auch alleine. Dann, wenn es mir für zwei oder drei Tage überhaupt nicht möglich war, die Finsternis in dem Zimmer zu verlassen. Ich fing an, das Licht der Sonne zu hassen, es tat mir weh.

Es war um die Zeit meines neunundzwanzigsten Geburtstages. Etwa siebzehn Jahre zuvor hatte ich mein erstes Bier getrunken, etwa fünfzehn Jahre zuvor meinen ersten Joint geraucht, etwa zwölf Jahre zuvor die erste Line Koks gezogen. Kurze Zeit danach berührte die erste Nadel meine Armbeuge. Etwa vier Jahre zuvor hatte ich die ersten schweren Entzugserscheinungen. Etwa zwei Jahre zuvor starb mein bester Freund.

An diesem Morgen war alles anders. Der Entzug quälte mich an diesem Morgen nicht so stark wie sonst. Die Stimmen in meinem Kopf waren verstummt. Die dämonischen Bilder wurden nicht eingeblendet. Es war noch etwas anders:

Licht der Sonne drang ins Zimmer. Ich dachte zuerst, tot zu sein, die Erlösung erlangt zu haben. Dann merkte ich, dass nur der Rollladen oben war. Ein halber Liter Wein floss in mich. Das Warten vor dem Kotzeimer war vergeblich, es blieb alles in mir. Ich trank den Rest und er blieb auch in mir. Ich wollte den Rollladen schließen und bemerkte schon bei den ersten Schritten, dass mich eine ungewohnte Kraft trug. Der Schwindel, das Zittern und die Schweißausbrüche hielten sich ungewöhnlich in Grenzen. Meine Hand berührte den Rollladengurt. Ein Strahl der Sonne berührte mein Gesicht. Ich konnte die Berührung nicht hassen, es war wie ein zärtliches Streicheln.

Mir fiel dabei meine Mutter ein. Seit ich denken konnte, erzählte sie mir an jedem meiner Geburtstage, wie schön das Wetter am Tag meiner Geburt gewesen war, wie die Sonnenstrahlen auf ihr Krankenhausbett fielen. Die Stimme meiner Mutter drang zu mir vor und erzählte mir diese Geschichte, die so alt war wie ich, noch einmal.

So wie heute muss der Tag meiner Geburt gewesen sein, dachte ich dabei bei mir.

Ich zündete mir eine Zigarette an und öffnete das Fenster. Die Sonne war zu dieser Jahreszeit noch nicht warm. Ich konnte jedoch ihre Energie in meinem Gesicht spüren. Seit sehr langer Zeit überkamen mich zum ersten Mal wieder positive Gedanken und Gefühle. Die guten Dinge, die ich in meinem Leben getan hatte, drängten sich immer mehr in den Fokus. Ich dachte, es gäbe nicht viel Gutes in meinem Leben, aber jetzt hatte ich das Gefühl, ich hatte es nur nie sehen wollen. Ich hatte als Kind immer geteilt, Schwächere beschützt und war immer bereit, zu helfen, auch noch später. Ich hatte diese Eigenschaften aber als Schwäche abgetan und wollte auch nie darüber reden. Jetzt war mir nach Reden zumute. Jetzt, da es fast zu spät war und keiner mehr da war, der zuhörte.

Die Strahlen der Sonne verstärkten sich, das Zimmer wurde von ihnen durchflutet. Ein Vogel setzte sich etwa einen Meter vor mir auf eine Stange. Er hüpfte nervös hin und her. Ich zündete mir noch eine an und begann, dem Vogel von meiner guten Seite zu erzählen. Er flog nicht weg, was mir ein Zeichen von Bestätigung gab. Es waren fast zwei Stunden vergangen, der Entzug kam langsam wieder zurück. Ich schloss das Fenster und der Vogel flog davon. Den Rollladen ließ ich offen. Ich trank eine Flasche Wein, die mir etwas Beruhigung gab, und dachte:

Jetzt konntest du zwei Stunden am Stück klar denken, ohne den Faden zu verlieren. Du musstest nicht verkrampft nach Worten suchen. Du hast dir sogar die Uhrzeit merken können, als du auf die Uhr geschaut hast. Und diese Zeit nutzt du, um einem Vogel zu erzählen, was für ein toller Mensch du bist. Es geht wohl wirklich langsam dem Ende zu.

Es begann jedoch, sich etwas in mir zu manifestieren. So etwas wie *Hoffnung* keimte heran. Der Keim wuchs langsam zu einer Blüte, die sich öffnete. Die Blüte war der Entschluss. Aus einem winzigen Keim der Hoffnung entstand eine Entscheidung. Die Entscheidung, *älter zu werden als dreißig.* Die Entscheidung, *aufzuhören.*

Noch am selben Nachmittag war ich so überzeugt davon, es zu schaffen, wie noch nie in meinem Leben zuvor. Ein paar Sonnenstrahlen und ein kleiner bunter Vogel gaben mir plötzlich das Gefühl, nicht alleine auf dieser Welt zu sein. Mir war sehr wohl bewusst, an was ich mich da klammerte, und mir war egal, ob ich jetzt vielleicht ganz verrückt geworden war. Ich sah diesen Morgen als Zeichen, als Chance, als meine allerletzte Chance, am Leben zu bleiben, und die Bereitschaft steigerte sich, diese zu nutzen. Es war mir vollkommen schleierhaft, wie es funktionieren sollte. Irgendwie machte ich mir auch gar keine richtigen Gedanken darüber. Ich fing an, einfach nur zu vertrauen. Kam irgendein Zweifel, fing irgendein Organ an zu schmerzen oder mein Herz an, wie verrückt auf mich einzuhämmern, sagte ich mir:

Vertraue dir, du schaffst es!

An diesem Tag war alles anders. Ich trank ungewöhnlich wenig und fühlte mich ungewöhnlich wohl. Als Silke nach Hause kam, merkte sie es sofort.

Am Abend kamen ein paar von Silkes Freunden. Ausnahmslos keiner von ihnen konnte verstehen, dass sie mit mir zusammen war. Ich konnte das auch nicht.

Ihre Freunde redeten wie üblich über ihre tollen Karrieren und was sie später einmal machen wollten. Jeder gab seinen Senf dazu. Ich war der einzige, der dazu noch nichts gesagt hatte. Jeder wollte jeden übertrumpfen, die Typen gingen mir schon richtig auf den Sack. Manchmal guckte mich einer von denen dumm von der Seite an, weil er genau wusste, ich konnte da nicht mitreden. Als Silke das merkte, wollte sie das Thema wechseln, aber ich stoppte sie. Es war schon vieles in mir gestorben; mein

Drang, der Beste sein zu wollen, der mir schon so viele Unannehmlichkeiten bereitet hatte, war aber noch lebendig und legte mir die Worte in den Mund:

»Wisst ihr Super-Yuppies, was ich später mal machen werde? Ich werde erst mal clean und schreibe dann einen Nummer-eins-Hit.«

Keiner traute sich, dagegen zu reden. Ich verließ das Wohnzimmer, ging ans Schlafzimmerfenster, öffnete es und drehte einen Joint. Nach kurzer Zeit kam Silke dazu. Während ich die Tüte zog, fragte sie:

»Hast du das eben ernst gemeint? Das mit dem Aufhören meine ich?«

»Klar, sieh aus dem Fenster, da draußen war heute jemand, der mir gesagt hat, dass ich das schaffen werde. Ich muss es nur ganz alleine tun. Ich und die guten Eigenschaften, die mir bei meiner Geburt geschenkt wurden.«

Silke starrte grübelnd aus dem Fenster und versuchte, zu verstehen, was ich gerade gesagt hatte.

Ich hatte es ausgesprochen. Der Drang, der Beste sein zu wollen, tat mir dieses Mal einen Gefallen und entlockte mir die Worte, die tief in mir schlummerten:

Clean werden!

Der nächste Tag war so, als hätte es gestern nicht gegeben. Der Todeskampf hatte wieder begonnen. Die darauf folgenden Tage waren auch nicht besser.

Silke kam eines Abends und gab mir eine Liste mit Telefonnummern:

»Hier, ruf da an, es sind Nummern von Drogenberatungsstellen. Ich habe schon einige angerufen, aber die haben gesagt, du müsstest das selbst tun.«

»Musst du immer und ewig die Kontrolle über alles haben? Glaubst du, ich kann das nicht selbst? Außerdem habe ich dir gesagt, ich will das selbst machen!«, schoss es verärgert aus mir heraus.

Silke verließ beleidigt das Zimmer.

Die nächsten Tage versuchte ich, mich herunterzudosieren, um meinen Kopf etwas klarer zu bekommen. Es gelang mir nur mäßig. Der Plan, aufzuhören, gab mir aber irgendwie die Kraft, nicht aufzugeben.

Vertraue dir, du schaffst es!, wiederholte ich immer und immer wieder in meinen Gedanken.

Nach ungefähr zwei Wochen öffnete ich gegen elf Uhr morgens den Rollladen einen Spalt. Es hatte gerade angefangen, dass der Alkohol in mir blieb. Die Sonne hatte sich heute wieder aus ihrem Versteck gewagt. Die letzten zwei Wochen hatte es nur geregnet. Ich nahm es als Zeichen an, schnappte mir die Liste mit den Telefonnummern und ging zum Telefon. Die Liste bereitete mir ein unangenehmes Gefühl.

Du musst es alleine tun, von Anfang an alleine, sagte mir meine innere Stimme.

Ich suchte aus dem Telefonbuch eine Nummer, die nicht auf der Liste stand. Silke hatte ganze Arbeit geleistet. Es gestaltete sich als äußerst schwierig, aber ich fand eine. Nach einer Dose Bier auf Ex begannen meine zittrigen Hände, die Nummer zu wählen.

»Drogenberatungsstelle *Caritas*, Mayer«, meldete sich eine angenehme Männerstimme. Nachdem ich mich vorgestellt hatte, kam ich gleich zur Sache:

»Ich brauche dringend ihre Hilfe...«

Herr Mayer stellte mir einige Fragen, die ich für diese Uhrzeit ziemlich gut aufnehmen und einigermaßen beantworten konnte. Er gab mir den schnellstmöglichen Termin. In eineinhalb Wochen, um halb elf morgens, sollten wir unser erstes Gespräch haben.

Die nächsten zehn Tage trank ich nur so viel, wie nötig war, um meinem schreienden Körper das Maul zu stopfen. Codein war ganz von der Liste gestrichen. Es lag mir sehr viel daran, einigermaßen ansprechbar bei meinem Termin zu erscheinen. Es lag auch schon Monate zurück, dass ich vor Einbruch der Dämmerung das Haus verlassen hatte. Diese zehn Tage ging es mir grauenhaft, aber die neue Hoffnung, doch noch den Absprung zu schaffen, gab mir irgendwie Zuversicht.

Als der Tag gekommen war, ging es mir besonders schlecht. Seit kurz nach sechs Uhr am Morgen versuchte ich, des Entzugs Herr zu werden. Es gelang mir nur bedingt. Silke fuhr mich zum Termin. Obwohl meine Augen durch eine dicke schwarze Sonnenbrille geschützt waren, tat mir das Tageslicht weh. Mein Körper war vollkommen verkrampft. Schweiß floss aus jeder Pore meines Körpers. Eine starke Müdigkeit benebelte meinen Geist stetig. Die ganze Sache drohte zu scheitern. Die Worte, *lass uns umdrehen*, lagen mir die ganze Zeit auf den Lippen und kamen mir vor wie eine Erlösung, aber ich sprach sie nicht aus.

Vor der Eingangstür gaben mir eine Dose Bier und ein Fläschchen Jägermeister die letzte Hoffnung, doch noch die ganze Sache gut über die Bühne zu kriegen. Es war wie ein Tropfen auf den heißen Stein. Als Silke dann noch sagte, sie wolle bei dem Gespräch dabei sein, wehrte ich mich noch nicht einmal dagegen. Eigentlich war es meine Sache…

Der Typ war sehr nett, so etwa Mitte dreißig, etwas schmächtig mit Brille. Er erkannte gleich, was mit mir los war. Ich erzählte ihm in ein paar Minuten von meiner Drogenkarriere und von meinem momentanen Konsum. Dabei untertrieb ich wie gewohnt, um ein besseres Bild von mir abzugeben. Irgendwie merkte er es. Er war ein Profi und schilderte mir bis ins Detail meinen Zustand, schilderte mir meinen täglichen Kampf, mit einer Genauigkeit, dass ich glaubte, er würde mir öfter dabei zuschauen. Seine Aussagen gaben mir ungeheures Vertrauen. Zum ersten Mal seit langer Zeit fühlte ich mich verstanden. Mein Vertrauen in diesen Mann wuchs von Minute zu Minute.

Dann fing er wieder an, Fragen zu stellen. Nach zwanzig Minuten war dann meine Energie aufgebraucht. Es fiel mir immer schwerer, seinen Worten zu folgen, bis sie nur noch zerfahren im Hintergrund zu hören waren. Diese Tatsache merkte er auch sofort.

»Ich glaube, das genügt für heute. Bringen Sie sich das nächste Mal etwas zu trinken mit. Das ist okay für mich, ich weiß, dass Sie das brauchen. Ihr ganzer Organismus ist mittlerweile darauf eingestellt. Versuchen Sie in nächster

Zeit nicht, zu reduzieren oder irgendwelche anderen Experimente zu machen, das ist lebensgefährlich«, sagte er, und es war mir klar, mich in guten Händen zu befinden.

Er sagte Silke, wir bräuchten noch ein paar Termine, eine Untersuchung beim Arzt dieser Einrichtung und hätten noch einige andere Formalitäten zu erledigen. Danach würde einer Langzeittherapie nichts mehr im Wege stehen. Es würde aber mit Sicherheit noch einige Monate dauern, bis ein Platz frei würde. Silke solle mir das alles ausrichten, wenn ich wieder ansprechbar wäre.

Auf der Heimfahrt hielten wir beim nächsten Supermarkt, um mir eine Flasche Whisky zu holen. Silke setzte mich zu Hause ab und fuhr zur Uni.

Am frühen Abend kaufte ich noch günstig eine etwas größere Menge Codein, die aus einem Apothekeneinbruch stammte.

In den nächsten Wochen folgten einige Gespräche mit Herrn Mayer. Da ich vor jedem dieser Termine Codein und massig Hochprozentiges zu mir nahm, war ich sehr aufnahmefähig. Silke war jedes Mal anwesend, bis Herr Mayer sagte, er würde auch gerne einmal alleine mit mir sprechen. Er sprach mir aus der Seele.

Wir trafen uns zweimal alleine. Diese Gespräche waren dann auch die besten.

Es folgte die Untersuchung beim Arzt. Herr Mayer begleitete mich dabei. Er hatte den Termin für sieben Uhr abends angesetzt, weil ich da am besten drauf war.

Dieser Arzt war auch sehr nett. Er hatte sich mit den Unterlagen von Herrn Mayer auf mich vorbereitet. Nach einer Stunde öffnete ich eine Flasche Jägermeister. Als er endlich fertig war, sagte er:

»Ich muss noch ein paar Sachen auswerten, aber eines kann ich Ihnen jetzt schon sagen: Sie müssen so schnell wie möglich zu einer Entgiftung. Normalerweise steht eine Entgiftung erst direkt vor einer Therapie an.«

Er redete kurz mit Herrn Mayer und kam dann erneut zu mir, um fortzufahren:

»Ihr Drogenberater hat mir gesagt, ich kann offen mit

Ihnen sprechen. Wenn Ihr Körper nicht so schnell wie möglich entgiftet wird, habe ich die Befürchtung, Sie werden es bis zu Ihrer Therapie nicht überleben. Es ist ein Wunder, dass Sie überhaupt noch am Leben sind. Mein Vorschlag ist: Sie machen eine Entgiftung, dann versuchen Sie, so lange wie es geht, sauber zu bleiben. In der Regel werden die meisten in spätestens drei Wochen wieder rückfällig. Nach Ihrem Rückfall versuchen Sie dann, Ihren Konsum so gut einzuschränken wie möglich. Dann entgiften Sie Ihren Körper wieder. Wahrscheinlich müssen Sie bis zu Ihrer Therapie einige Male ins Krankenhaus zum Entgiften, aber Ihr Körper hat somit wenigstens mal Zeit, durchzuatmen.«

Im Treppenhaus redete ich noch fünf Minuten mit meinem Drogenberater und willigte dann ein, ins Krankenhaus zu gehen.

Es gestaltete sich als äußerst schwierig, einen Entgiftungsplatz ohne eine direkt darauffolgende Therapie zu bekommen. Herr Mayer setzte alle Hebel in Bewegung. Zunächst ohne Erfolg. Nach zwei Wochen rief er mich an:

»Gute Nachrichten: Ich habe einen Platz im Krankenhaus bekommen. Es ist zwar keine Suchtstation, aber früher wurde dort einmal entgiftet. Einige Ärzte kennen sich noch damit aus. Ich kenne den Chef der Klinik und habe ihm von Ihrer Lage erzählt und er macht eine Ausnahme.«

Seine Worte schenkten mir keine Freude. Im Gegenteil, sie lösten panische Ängste in mir aus. Die seelischen wie die körperlichen Schmerzen des Entzugs waren zu einem Teil von mir geworden. Ich hatte aber immer ein Mittel gehabt, um sie zu bekämpfen. Jetzt sollte ich mich ihnen nackt gegenüberstellen, ohne mich zur Wehr setzen zu dürfen. Es schien mir unvorstellbar. Deshalb fragte ich sehr ängstlich nach:

»Werde ich starke Schmerzen haben?«

»Nein, Sie bekommen ein Mittel namens Distraneurin. Es dämmt die Entzugssymptome fast vollständig ein. In zwei Wochen kann es losgehen. Es ist alles abgesprochen. Sie müssen nur noch Ihr Okay geben.«

Trotz der Aussicht auf eine einigermaßen schmerzfreie Behandlung fing mein Verstand an, sich heftig dagegen zu wehren, meine Einwilligung zu geben. Die Sucht hinderte mich mit all ihrer Macht, denn es könnte ihr Ende bedeuten. Doch dann setzte sich wieder für einen Augenblick der Wille, zu überleben, durch und ich nutzte ihn:
»Okay, ich tu's.«
Jetzt war es vollbracht. Wir verabschiedeten uns, aber sofort war der Zwiespalt wieder zur Stelle. Seit ich meinen Entschluss, aufzuhören, gefasst hatte, waren mir nie Zweifel gekommen. Denn das alles kam mir immer meilenweit entfernt vor. Jetzt, da die Zeit gekommen war, kam auch der Zweifel. Zweifel und Angst wuchsen zu einem mächtigen Berg an, einem unbezwingbaren Berg, direkt vor meinen Füßen.

Vertraue dir, du schaffst das schon, sagte ich zu mir und begann, nun auch zum ersten Mal, an diesen Worten zu zweifeln.

Die nächsten zwei Wochen schüttete und schluckte ich alles in mich hinein, was ging. Ich kaufte mir noch einmal Heroin. Im Stillen wuchs der Wunsch nach einem Ausweg, einem Ausweg, die ganze Sache zu umgehen. Der Wunsch wurde immer größer. Mit seinem Größerwerden bekam er einen Namen. Sein Name war: *Tod*.

Ohne es auszusprechen, ohne bewusst darüber nachzudenken, ohne es vorsätzlich tun zu wollen, wuchs die Todessehnsucht. Einmal schaffte ich es, an einem Tag anderthalb Flaschen Whisky, eine Flasche Wodka und literweise Bier und Wein in mich laufen zu lassen. Dazu nahm ich Codein und Beruhigungsmittel. Daraufhin hatte ich nach Jahren wieder mehr als zehn Stunden am Stück geschlafen. Es war nicht der ewige Schlaf. Als mein Körper schreiend erwachte, als ich zuckend, verpisst und schweißgebadet auf dem Küchenboden lag, wusste ich: Ich war noch am Leben.

•

Ich befand mich noch immer im dunklen Kellerverlies. Die Türen, hinter denen sich der Tod befand, warteten darauf, geöffnet zu werden. Ich wusste, eine Türe würde sich bald von selbst öffnen, falls ich es nicht tun würde. Ich tat es nicht. Manchmal bewegten sich quietschend die Türklinken nach unten. Ich lief verirrt umher, um ihnen zu entfliehen, verzweifelt, nach einem Ausweg suchend. Es war eiskalt und finster. Ich setzte mich, um mich meinem Schicksal zu ergeben.

Da erschien es: ein, gelbliches, kaum wahrzunehmendes kleines Licht. Es blieb für kurze Zeit über mir stehen, um sich dann langsam weiterzubewegen.

Mein letztes Fünkchen Hoffnung ließ mich ihm folgen. Es führte mich zu einer winzigen Tür. Sie war versteckt in der dunkelsten Ecke. Auf dieser Tür war kein Schild angebracht. Das kleine Licht verharrte vor der kleinen Tür. Ich vertraute und öffnete angstvoll die Türe. Es war ein schmaler Pfad zu erkennen, dessen Untergrund aus messerscharfen Scherben bestand. Der Pfad war umgeben von nadelspitzen Dornenbüschen.

Das Licht hatte eine Stimme. Sie war weder männlich noch weiblich, weder die eines Erwachsenen noch die eines Kindes. Es war die wärmste Stimme, die jemals in mein Innerstes vorgedrungen war. Sie sprach:

»Dies ist der Weg, den du gehen musst. Er ist entstanden aus allen Flaschen, die du jemals getrunken hast, er besteht aus Millionen von Scherben. Die Dornen sind entstanden aus allen Nadeln, die jemals in deine Venen eingetaucht sind. Es ist der schmerzhafteste Weg, den du dir vorstellen kannst, aber es ist *dein Weg. Du hast dir diesen Weg selbst erschaffen. Es ist dein Weg; wenn du ihn überwindest, überwindest du dich selbst.«*

Das winzige Licht wurde heller und immer heller, bis es den ganzen Raum durchflutete. Es zeigte mir die Länge des Weges. Er schien endlos lang und unüberwindbar. In weiter Ferne am Horizont befand sich eine weitere Türe, auf der ein Schild angebracht war.

Die Helligkeit des Lichts verließ den Raum. Es verwandelte sich in seine Ursprungsform zurück, um an die Türe auf der anderen Seite zu schweben. Zart umfuhr es dort die Buchstaben, die sich auf dem Schild der Türe befanden. Zuerst konnte ich es nicht erkennen, aber immer und immer wieder zeichnete das kleine, gelbliche Licht mit der von Wärme erfüllten Stimme die Buchstaben nach. Der Name auf dem Schild wurde immer deutlicher, jeder einzelne Buchstabe war jetzt zu erkennen:

F R E I H E I T

Es war die Türe zur Freiheit. Ich überwand die Angst. Das Licht gab mir Hoffnung und Kraft. Selbst wenn ich auf diesem Weg sterben würde, hätte es sich gelohnt. Ich wäre auf dem Weg zurück, auf dem Weg in die Freiheit gestorben.

ROTE LINIEN - ENTGIFTUNG

Im Mai 1995 war es dann so weit: Entgiftung. Silke fuhr mich ins Krankenhaus. Ich hatte in der Nacht bis zur Besinnungslosigkeit gesoffen. An diesem Morgen war ich schon vor sechs Uhr wach gewesen. Seit ein paar Tagen hatte ich keine Opiate mehr genommen, dafür aber viel hochprozentigen Alk gesoffen. Ich hatte mir extra für diesen Morgen Codein aufgehoben. Dummerweise nahm ich es zu früh, weil ich danach noch einmal kotzen musste und somit die ganze Beruhigung in der Kloschüssel schwamm. So etwas war mir schon häufiger passiert, aber da hatte ich immer noch etwas zum Nachschmeißen. Heute, an diesem wichtigen Tag, waren meine Vorräte aufgebraucht. Eigentlich hatte ich vorgehabt, es erst kurz vorm Krankenhaus zu nehmen. Es war mir sehr wichtig, so wenig Schmerzen wie möglich zu ertragen, bis ich im Krankenhaus meine Medikamente bekommen sollte. Ich hatte dann direkt mit harten Sachen weitergesoffen, um wenigstens halbwegs *normal* im Krankenhaus anzutreten. Es wirkte auch bis dahin ganz gut.

Als Wegzehrung nahm ich noch zwei Liter von meinem Lieblingsrotwein mit. Einen davon trank ich während der Fahrt. Mein Gefühl war trotz allem eher fröhlich gestimmt, fast so, als ginge es auf einen Wochenendtrip. Die Verdrängung war einmal mehr in den Vordergrund gerückt. Meine Leichtfüßigkeit weckte Missstimmung bei Silke, die wohl dachte, ich verkenne den Ernst der Lage, was ich auch ohne Zweifel tat.

Am Ziel angekommen, wurde der zweite Liter geöffnet, die Gier wurde auf einmal riesengroß. Nach dreimaligem Ansetzen war die Flasche leer. Wir gingen zur Anmeldung. Danach ging es zur Aufnahme. Mir war es immer noch angenehm zumute.

Zwei Ärzte kamen jetzt rein. Einer begrüßte mich und fragte:

»Sind Sie nüchtern?«

»Ja!«, entgegnete ich lallend.

Der Raum musste schon erfüllt vom Gestank meiner Alkoholfahne gewesen sein.

»Wann bekomme ich die Medikamente?«, fragte ich.

Er ging gar nicht richtig darauf ein und sagte so etwas wie:

Erst Untersuchung und Formulare ausfüllen.

Die Untersuchung, Blutdruck messen und die ganzen Sachen gingen sehr schnell, bis das Blutabnehmen dran war. Er fand, was mir klar war, keine Vene. Ich laberte ihn überheblich an:

»Soll ich das nicht lieber machen? Ich kenne meine Venen besser.«

Der Arzt schaute jetzt grimmiger und stocherte wortlos weiter in meinem Arm herum. Plötzlich quoll ein dunkelroter, fast schon schwarzer, zähflüssiger Saft langsam in die Kanüle. Der Doktor meinte:

»Ihr Blut fängt schon an zu gerinnen, das kommt normalerweise nur bei Personen mit Alkoholvergiftung vor.«

»Normal«, erwiderte ich.

Danach Formulare ausfüllen. Es war, glaube ich, das vierte Mal in den letzten Wochen. Bei jedem Ausfüllen schrieb ich etwas anderes. Ich log und neigte stark zur Untertreibung, was meine bisherige Suchtkarriere betraf. Manchmal wusste ich es auch gar nicht mehr. Das Wichtigste war, vor denen, die das lasen, nicht zu schlecht dazustehen.

Dann ließen sie mich erst mal über eine Stunde in dem Raum warten. Silke war immer noch dabei. Jetzt schwand so langsam meine gute Stimmung. Schlechte Gedanken wie:

Warum hast du dir nicht ein paar kleine Jägermeister zur Überbrückung mitgenommen, du Idiot?, oder *warum hast du das Codein nicht erst heute Morgen genommen, so wie du es vorhattest?*

Mit jedem dieser Gedanken stieg meine Bereitschaft, wieder zu gehen.

Als dann endlich die Tür aufging und einer der Weißkittel eintrat, fragte ich schon etwas fordernder:

»Wann bekomme ich endlich meine versprochenen Medikamente?«

Er antwortete nur:

»Die Dosis muss noch errechnet werden. Sie werden jetzt erst mal auf Ihrer Station eingewiesen.«

Wir gingen los: Arzt, Pfleger, Silke und ich. Je weiter wir uns vom Eingang entfernten, umso deutlicher wurde mir meine Situation. Die gute Laune Stimmung war jetzt vollkommen verflogen. Schwindelgefühl stieg auf. Der erste kalte Schweiß machte sich über Brust, Rücken und Handflächen breit. Besonders im Fahrstuhl schnürte ein drückendes Beklemmungsgefühl meine Innereien ein. Wir waren plötzlich nicht mehr zu viert, ein alter Bekannter hatte sich zu uns gesellt: der Entzug.

Auf der Station wurde mir erklärt, dass dies keine Suchtstation mehr sei, sondern eine Notaufnahme, und ich der einzige Entgiftungspatient sei.

Vor jedem Ausgang, jeder Tür und jeder neuen Station war auf dem Boden mit rotem Klebeband eine Linie gezogen. Sie sagten, dass diese rote Markierung früher eine Grenze für die Süchtigen gewesen war und wer diese Grenze auch nur mit einem Fuß übertrat, flog sofort raus. Dies galt jetzt ganz alleine für mich. Mindestens drei Schwestern erklärten mir das und wollten jedes Mal etwas anderes unterschrieben haben. Meine Reaktion war immer dieselbe, und zwar die Frage, wann ich endlich mein Medikament bekäme. Ich wurde jedes Mal auf *bald* vertröstet, was mir wenigstens etwas Hoffnung gab.

Es waren fast drei Stunden seit meinem Ankommen vergangen.

Silke musste jetzt gehen und hatte Angst, ich würde abhauen, nachdem sie gegangen war. Total abgenervt versicherte ich ihr, zu bleiben, und war froh, als sie endlich verschwunden war.

Nun saß ich da, draußen im Krankenhausflur auf einer

Holzbank. Auf mein Bett durfte ich noch nicht. Der Entzug hatte schon total die Oberhand gewonnen. Überall kalter Schweiß. Das Zittern hatte sich schon über den ganzen Körper ausgebreitet. Jedes Mal, wenn ein Kranker über den Flur schlich, einer mit dem Rollstuhl oder im Bett an mir vorbeigefahren wurde, wuchs meine Todesangst. Dieser Ort *Notaufnahme* machte seinem Namen alle Ehre. Eine altbekannte Stimme in meinem Kopf wurde immer lauter:

Du wirst sterben! Warum bist Du Verräter hierhergekommen? Du wirst verrecken, wie alle hier! Du kannst mir nicht entfliehen!

Stinkender Schweiß trat aus allen Poren.

Angst. Tod. Angst. Sterben. Unendliche Angst.

Hielt ich die Augen geöffnet, kamen mir die verdammten roten Linien entgegen. Schloss ich sie, hörte ich diese unbarmherzige Stimme, die kaum noch zu kontrollieren war.

Mit allerletztem Willen rappelte ich mich hoch und ging mit zitterndem Körper auf einen Arzt zu.

»Ich will jetzt sofort die verdammten Medikamente!«

Wütend, voller Verzweiflung, forderte ich zum letzten Mal, was mein Körper so dringend brauchte: Stoff.

Sie ließen mich jetzt wenigstens auf mein Bett und ich bekam so ungefähr das fünfte Mal Blutdruck gemessen.

Es waren noch zwei andere im Zimmer, einer so in meinem Alter und ein Opa Mitte siebzig. Ich war aber zu beschäftigt mit meinen Entzugserscheinungen, um sie richtig zu registrieren. Mein behandelnder Arzt kam und sagte, ich würde in den nächsten zehn Minuten die Medikamente bekommen.

Es waren mittlerweile über vier Stunden seit der Aufnahme vergangen. Keine Ahnung, wann ich das letzte Mal über einen so langen Zeitraum ohne Stoff ausgekommen war. Es kam mir vor wie eine Ewigkeit. Ich war nun dem totalen Zusammenbruch sehr, sehr nahe. Überall übelriechender Schweiß, Zittern am ganzen Körper, Panikattacken, Herzrasen, Todesangst, das Gefühl für Zeit und Raum war nicht mehr existent. Alles begann, sich auf einer anderen Ebene abzuspielen.

Plötzlich kam sie: eine Krankenschwester mittleren Alters, ein kleines Tablett in den Händen, auf dem sich ein Tellerchen mit einigen Kapseln und ein Becher Wasser befanden. Ein letztes Gefühl aus Hoffnung und Erleichterung entstand. Die Schwester hatte einen höheren Status als der Weihnachtsmann oder als ein Erlöser bei mir erlangt. Für mehr als eine Stunde hatte ich kein Wort mehr sagen können, nun kam eines krampfhaft über meine Lippen:

»Danke!«

Sie wollte mir noch etwas über die Einnahme des Medikaments sagen, aber dazu kam es nicht mehr. Die Gier und der Schmerz waren zu groß, um noch irgendjemandem zuzuhören. Meine Hand griff schnell und zitternd nach der Rettung. Nichts und niemand hätte mir in diesem Moment auch nur eine der Kapseln entreißen können. Alle wanderten auf einmal in meinen Mund. Eine Stimme im Hintergrund, die erschrocken sagte:»Eine nach der anderen!«, ignorierte ich völlig.

Zittrig schnappte ich mir das Wasser. Bevor es an meinem Mund war, war die Hälfte über Tablett, Boden und Kleidung verschüttet. Nach zweimaligem kräftigem Schlucken war alles unten.

Ich legte mich auf das Bett und wartete auf die Wirkung. Allein die Gewissheit, etwas genommen zu haben, gab mir etwas Erleichterung. Nachdem so etwa zehn Minuten vergangen waren, fragte ich mich, ob das Zeug überhaupt wirke und ob ich vielleicht nicht besser wieder gehen solle. Der Kampf des Medikaments Distraneurin gegen den Entzug war nun in vollem Gange. Ein alter Kampf, mit einer neuen Waffe.

Minuten später war die Schlacht vorbei. Distraneurin hatte die Herrschaft über meinen Körper gewonnen. Ein wohliges Gefühl breitete sich aus. Schmerz und Angst kapitulierten. Ich fing an, mich in diesem verdammten Krankenhaus wohlzufühlen.

Dann meldete sich mein Suchtdenken in seiner vollen

Größe zurück. Gedanken wie:
Mit dem Zeug wirst du nie wieder einen Turkey haben, oder *du kannst saufen und Drogen nehmen, so viel du willst. Wenn es dir scheiße geht, nimmst du einfach ein paar von diesen Dingern.* Meine Sucht beraubte mich schleichend und unmerklich der Bereitschaft, für immer aufzuhören. Ein neues Wundermittel präsentierte sich meinem Leben und es war wie jedes Mal, wenn ich eine neue Droge kennenlernte: perfekt.

Einige Zeit später setzte sich mein behandelnder Arzt zu mir ans Bett, und wieder wurden Blutdruck und Puls gemessen. Er erklärte mir, ich bekäme ab jetzt alle zwei Stunden dieses Medikament, auch nachts, und würde dann immer weiter herunterdosiert werden, bis zum völligen Absetzen des Präparats. Er meinte noch, es sei die höchste Dosis, die er überhaupt verabreichen dürfe. Jetzt konnte nichts mehr schiefgehen und mein gutes Feeling vom Morgen hatte sich wieder eingefunden. Das einzige, was jetzt noch fehlte, war eine Zigarette. Aber ich durfte ja diese roten Linien nicht überschreiten.

Der Abend verlief bestens. In regelmäßigem Abstand kam eine Schwester mit meinem neuen Lebenselixier. Eine Nurse gefiel mir besonders gut, und ich fing in meiner neuen Hochform an, ein wenig mit ihr zu flirten. Ich konnte mich an keinen Tag erinnern, an dem es mir so gut gegangen war wie heute. Sogar so etwas wie Hungergefühl, das ich schon seit langer Zeit nicht mehr gekannt hatte, entwickelte sich ein wenig. Als dann Silke kam, ich unterhielt mittlerweile meine beiden Zimmergenossen, erschrak sie fast darüber, wie gut es mir ging. Ich erzählte, dass bald ein neues Leben beginnen würde und ich deswegen so gut drauf wäre. In meiner Euphorie redete ich wie ein Wasserfall über meine Pläne, meinen eisernen Willen und darüber, was die Zukunft so alles bringen würde, aber keine Silbe von der guten Wirkung des Distraneurins. Als sie mich schließlich danach fragte, log ich natürlich:

»Es geht so, habe es mir besser vorgestellt.«

Ich weiß nicht, ob sie mir geglaubt hat. Ich weiß noch nicht mal, ob mir in den letzten Jahren meiner Sucht überhaupt noch irgendjemand etwas geglaubt hatte.

Die folgende Nacht verlief gut. Der darauffolgende Morgen noch besser. Es war der erste Morgen seit Jahren, an dem ich nicht kotzen musste, der erste Morgen ohne stinkenden Schweiß- oder Pissgeruch, der erste Morgen ohne Zittern, Herzattacken, Krampfanfälle und Kreislaufzusammenbrüche, der erste Morgen ohne Angst davor, zu sterben. Als mir dann der Arzt persönlich das Medikament ans Bett brachte, war es auch der erste Morgen ohne Angst davor, nicht an genügend Stoff zu kommen. Der Doktor fragte:

»Na, wie geht es uns denn heute?«

»Blendend«, antwortete ich.

Den Tag verbrachte ich damit, möglichst viele Dinge unter meine Kontrolle zu bekommen, so wie immer. Die Fernbedienung für den Fernseher war schon am frühen Vormittag die meine.

Ich checkte ab, was draußen so los war auf dieser Station. Die roten Linien interessierten mich besonders und ich stellte fest, wie klein mein Terrain eigentlich war. Auf dem Flur saßen einige alte bleiche Männer und es wurden viele in den OP gefahren oder kamen von dort zurück. Manchen sah man förmlich an, dass sie es nicht mehr so arg lange machen würden. Die neu Eingelieferten erkannte man an der Angst in ihren Augen. Viele von ihnen waren nachts mit Herzbeschwerden eingeliefert worden und wussten nun überhaupt nicht, was mit ihnen los war. Ich ging jedem, so gut ich konnte, aus dem Weg.

Den Schwestern, die mich schon mit Distra versorgt hatten, begegnete ich wiederum auf eine sehr nette und höfliche Art. Besonders bei Tanja, mit der ich schon am Tag zuvor ein wenig geflirtet hatte, hielt ich mich länger auf und suchte ihre Nähe.

Am nächsten Tag bekam ich dann etwas weniger von

dem Distraneurin, was meinen Zustand aber nicht merklich beeinflusste. In dieser Nacht schlief ich zwar etwas unruhiger, mir ging es aber immer noch ganz gut.

Am Morgen frühstückte ich sogar wieder ein wenig und wartete, was der Tag bringen sollte.

Als Visite war, sagte mein Doc:

»Sie werden ab heute Nachmittag weiter herunterdosiert.«

Mir ging das alles ein bisschen schnell, aber ich blieb ruhig.

In der darauffolgenden Nacht schlief ich schon nicht mehr so ruhig. Der Entzug hielt sich aber noch in Grenzen.

Am nächsten Morgen ahnte ich schon, dass die Dosis bis zur nächsten Verabreichung nicht ausreichen würde. Das Hungergefühl, das sich langsam zu entwickeln begonnen hatte, war weg und alleine der Gedanke daran, etwas zu essen, erzeugte totalen Ekel.

Bald darauf machte ich mich mit meiner Lieblingskrankenschwester auf den Weg zur Hauptuntersuchung, die den ganzen Vormittag dauern sollte. In ihrem Beisein durfte ich die roten Linien überqueren.

In ihrer Gegenwart fühlte ich mich jetzt, im Gegensatz zu der Zeit davor, richtig abgefuckt, wie ein wertloses Stück Scheiße. Das Minderwertigkeitsgefühl, das ich seit über siebzehn Jahren mit Alkohol und Drogen betäubt hatte, brach wie immer als erstes durch.

EKG, Röntgen, Ultraschall und die ganzen Sachen nahmen eine Weile in Anspruch und eine starke innere Unruhe, mit leichtem Schwindelgefühl, machte sich bemerkbar. Ich schaute mich überall, wo wir hinkamen, nach einer Uhr um und jedes Mal, wenn ich eine sah, war mir zum Heulen zumute. Die Zeit schien stillzustehen.

Der Schwindel war jetzt schon heftiger und eine dünne Schicht aus kaltem Schweiß umhüllte mich. Nachdem ich Tanja die vergangene Stunde mindestens zehn Mal nach der Uhrzeit gefragt hatte, hatte ich nun eine andere Frage:

»Kannst Du mir gleich mein Distra besorgen? Mir geht

es nicht gut.«

Sie fühlte meinen Puls und sagte:

»Ich kümmere mich sofort darum.«

Nachdem sie das Zeug gebracht hatte und es unten war, wartete ich im Bett auf die Wirkung.

So erging es mir den Rest vom Tag: Minuten zählen bis zur nächsten Dosis. Besuch ertrug ich nur sehr widerwillig, besonders Silke ging mir auf die Nerven. Bei meinen Zimmergenossen ging es mir ähnlich. Der Alte fragte ständig, ob er die Fernbedienung haben könne, und der jüngere, Klaus, der wegen Fieber eingeliefert worden war, das nicht mehr runterging, erzählte die ganze Zeit, dass er erst mal ein paar Schorle trinken gehe, wenn er hier raus sei.

Die Nacht war genauso beschissen, ich fand kaum Schlaf. Am Morgen war ich wie gerädert, beschloss aber, da durchzugehen und mit niemandem darüber zu reden. Ich wollte nur noch raus von hier. Das ständige Blutdruck- und Pulsmessen kotzte mich auch immer mehr an. Besonders die Frage, wie es mir gehe.

»Gut«, war jedes Mal die Antwort, manchmal sogar mit einem erzwungenen Lächeln.

Nach dem nächsten Herunterdosieren reichte die Menge noch nicht einmal für die Hälfte der Zeit. Als dann abends die nächste Ration kam, war mir völlig klar: Es würde diese Nacht Riesenprobleme geben. Der Alte bekam seine Fernbedienung, Klaus forderte ich auf, sein Maul zu halten. Ich war sehr aggressiv. Die Vorahnung, es würde bald etwas sehr Schreckliches passieren, bereitete mir ungeheure Furcht. Ich schlief ein.

~

Ich liege auf dem Krankenhausflur, ganz alleine, ganz nackt in Embryostellung, kalte, hohe weiße Wände, steriler Krankenhausboden, grelles Neonlicht, Totenstille, um mich herum die roten Linien, sie kommen auf mich zu, ganz langsam und behutsam wie Schlangen, die sich an ihr Opfer heranpirschen, lähmende Angst ..., Hilflosigkeit

..., sie kommen näher, näher, immer näher, eine berührt mich schon fast.

Ich will schreien, aber eine der roten Linien wickelt sich blitzschnell um meinen Hals und drückt erbarmungslos zu, die nächste schnürt sich um das Handgelenk, um das andere, um die Fußgelenke, um die Taille, rotes Klebeband schneidet sich in mein Fleisch, Blut, überall Blut, Entsetzen, will schreien, Blut kommt aus dem Mund, will weinen, dunkelrote Tränen laufen über mein Gesicht ...

Ich spürte einen Druck an der Schulter, er wurde fester, irgendwas wollte mich von hier wegziehen. Ich schrak hoch.

»Wo bin ich?«

»Im Krankenhaus«, sagte eine Stimme.

Es war Klaus.

»Soll ich die Nachtschwester rufen? Du schreist und schlägst um dich, ich mach mir Sorgen«, fragte er.

Er drückte mir ein Handtuch in die Hand. Zitternd rieb ich es übers Gesicht und registrierte langsam, dass ich mir kein Blut, sondern Schweiß abwischte. Mein Bett war eine einzige Schweißlache. Die Decke, das Kopfkissen, mein T-Shirt waren durchtränkt davon. Schwindel, Furcht und Übelkeit beherrschten meinen Körper.

Jetzt war die Zeit gekommen, etwas zu unternehmen. Ich zog mich um und quälte mich raus Richtung Stationszimmer. Als ich auf dem Flur stand und die erste rote Markierung sah, schaffte ich es gerade noch so auf die Toilette und kotzte die nächsten zehn Minuten.

Am Stationszimmer angekommen stellte ich fest: keiner da. Es war mitten in der Nacht, vor mir der Giftschrank, gefüllt mit all dem, was mein Geist und Körper dringend brauchten. Es wäre nicht das erste Schloss gewesen, das ich knackte. Der Entschluss festigte sich, die Gier überkam mich. Noch mal checkte ich aus, ob keiner in der Nähe war. Wie einen großen Magneten zog es mich an den Schrank, meine Hände berührten ihn fast schon. Plötzlich Schritte im Flur. Schnell setzte ich mich auf einen Stuhl.

Die Nachtschwester betrat das Zimmer und erschrak bei meinem Anblick.

»Wie sehen Sie denn aus?«

Sofort fühlte sie meinen Puls.

»Medikamente, ich brauche dringend was, bitte«, flehte ich sie an.

Sie rief direkt den diensthabenden Arzt an. Der hatte wohl keine Lust rüberzukommen, und erteilte ihr die Erlaubnis, mir etwas zu geben.

»Hier, nehmen Sie erst einmal die«, sagte sie.

Sie gab mir ein paar Kapseln der Erlösung und meinte noch:

»Wenn es nicht besser wird, bekommen Sie noch mal zwei.«

Erleichterung. Sie überzog das Bett frisch. Mir wurde etwas wohler. Dann wieder Blutdruck messen und sie ging. Mein Zustand hatte sich stabilisiert und ich wollte um jeden Preis diesen Zustand beibehalten. Ich ging noch einmal raus, um mir die zwei anderen Kapseln zu besorgen. Kurze Zeit später hatte ich sie und schlief durch bis zum nächsten Morgen.

Als ich aufwachte, ging es mir schon wieder nicht so gut. Der Albtraum von vergangener Nacht und die Aktion danach arbeiteten noch immer in meinem Kopf. Der Entzug meldete sich auch langsam wieder an. Nach der Einnahme meiner Morgendosis fühlte ich mich nur etwa eine Stunde einigermaßen wohl.

Es kam ein Neuer ins Zimmer, so um die 50. Er hatte an diesem Morgen einen leichten Herzinfarkt gehabt und war dafür ganz lustig drauf. Mein Herz machte mir auch gerade Sorgen, es schlug mal wieder sehr unregelmäßig. Ich ging zweimal kotzen, mir ging es danach jedes Mal schlechter, besonders die beruhigende Wirkung des Alkohols nach dem Erbrechen fehlte mir sehr. Der Entzug übernahm jetzt wieder völlig das Kommando. Nichts war möglich, weder liegen, sitzen, stehen, laufen, schlafen noch wach bleiben, nichts. Es kam mir hundert Mal unerträglicher vor als zu Hause, an diesem Ort, an dem Krankheit und Sterben an der Tagesordnung waren. Kalter Schweiß trat aus jeder Pore. Das unkontrollierte Zittern war zurück und die Stimme meldete sich wieder.

Du wirst hier verrecken.

Ich versuchte, dagegenzuhalten:

»Ich überlebe die Scheiße hier.«

So ging es eine Ewigkeit hin und her:

Sterben...

»Leben...«

Sterben...

»Leben...«

Kurz vor dem Mittagessen war wie immer Visite. Der Arzt wollte erst zu dem Neuen; als er mich aber sah, änderte er seinen Plan. Er wollte meinen Puls fühlen. Meine Arme waren so verkrampft, dass sie kaum noch zu bewegen waren. Dann hob er die Decke, um meine Beine zu fühlen. Sie waren starr und kalt wie bei einer Leiche.

»Warum haben Sie niemanden gerufen?«, fragte er laut mit einer besorgten und verständnislosen Stimme.

Weil ich hier raus will, wollte ich antworten, aber es ging nicht mehr. Der ganze Raum war auf mich fokussiert.

Der Doktor sagte etwas Unverständliches zu einem der Assistenzärzte, der daraufhin das Zimmer verließ. Als er zurückkam, hatte er ein braunes Glas mit Distraneurin dabei. Mein Arzt nahm es entgegen und gab mir erst mal einige davon. Als er sah, dass ich große Probleme hatte, sie zu greifen, legte er mir eine nach der anderen in den Mund. Von dem Wasser, das er mir dazu einflößen wollte, lief der größte Teil daneben. Als er dann fertig war mit der Visite, kam er zu mir.

»Wir müssen noch mal ganz von vorne anfangen und Sie dann langsamer herunterdosieren. Sie müssen sich nächstes Mal sofort melden, wenn Entzugserscheinungen auftreten. Was sie da machen, ist lebensgefährlich«, meinte er.

Ich war wieder etwas klarer, aber meine volle Aufmerksamkeit konnte ich ihm nicht geben. Ein junger blonder Arzt schaute mich die ganze Zeit sehr nachdenklich an. Unsere Blicke trafen sich einige Male. Er hatte eine besondere Ausstrahlung und ich wollte wissen, über was er gerade nachdachte. Sie verließen den Raum.

Die Droge zeigte ihre Wirkung, aber mir ging es sehr erbärmlich.

Nochmal von vorne, du kannst nicht einmal richtig entgiften, dachte ich. *Nochmal alles von vorne...*

Ich wollte nur noch nach Hause, bis mir einfiel, dass ich gar keins mehr hatte.

Du Versager, hier ist Endstation, war mein einziger Gedanke.

Die Stimme hatte Recht. Das komplette Vorhaben, alle guten Vorsätze, bis zum letzten Fünkchen Hoffnung, lösten sich auf. Alles verschwand hinter einer dicken, undurchdringlichen Nebelwand.

Es entstand ein neuer Gedanke. Ich wollte bis zur nächsten Dosis warten, dann abhauen, irgendwie Geld beschaffen, nach Frankfurt fahren, genug Heroin kaufen und mir eine Überdosis drücken, so aus dem Leben gehen wie einige meiner Freunde. Ich fing an, sie zu beneiden, weil sie es schon geschafft hatten. Die Zeit zum Aufgeben war angebrochen. Mir spielte sich mein Leben wie ein Film vor den Augen ab. Die Szenen ähnelten sich: Fallen, Aufstehen, Fallen, Aufstehen... Die Entscheidung, liegen zu bleiben, entwickelte sich zu einer Art neuen Freiheit, neuen Hoffnung, der ultimativen Erlösung.

Tanja betrat das Zimmer, weckte mich aus meinem Halbschlaf und sagte lächelnd:

»Essen.«

Auf einem Tellerchen sah ich meinen Stoff. Sie wollte wohl einen kleinen Scherz machen. Ich war es gar nicht mehr gewohnt, in so kurzen Abständen das Zeug zu bekommen. Zum ersten Mal schluckte ich die Dinger ganz langsam, eine nach der anderen, und stellte fest, dass diese Droge sehr schnell ihren Reiz verloren hatte. In meinen Gedanken hatten jetzt nur wenige Worte Priorität:

Frankfurt, Heroin, Überdosis, weg von hier.

Plötzlich öffnete sich die Tür. Der blonde junge Arzt

betrat mit meiner Krankenakte in der Hand das Zimmer. Er kam zu mir und bat auf eine sehr höfliche Art:

»Darf ich mich kurz setzen?«

»Ja, bitte.«

Er legte gleich los:

»Ich habe mich mit Ihrem Fall beschäftigt. Nach Ihrer langen Suchtkarriere und der Vielzahl an Drogen, die Sie schon genommen haben, ist es für mich keineswegs überraschend, dass Sie so schnell von dem Distraneurin abhängig sind. Da hat eine Suchtverlagerung stattgefunden. Bei reinen Alkoholikern klappt das meist reibungslos. Sie sind jedoch ein *Polytoxikomane*. Ihrem Körper und Ihrer Psyche ist es egal, was Sie nehmen, Hauptsache, Sie sind beruhigt und vollgepumpt mit irgendeiner Droge.«

Er machte eine längere Pause und blätterte konzentriert in meiner Krankenakte. Dann schaute er mich wieder an und fuhr fort:

»Ich will Sie nicht ganz entmutigen, aber nächstes Mal wird es wohl auch wieder Probleme geben. Selbst wenn alles gut geht, denke ich, Ihre Abstinenz wird nicht sehr lange Bestand haben. Dies ist keine Suchtstation mehr. Deswegen kann sich niemand so richtig mit einem Suchtkranken auseinandersetzen. Ihr Suchtberater hat sich sehr für Sie eingesetzt, sonst wären Sie erst gar nicht hier aufgenommen worden, und das wäre wahrscheinlich auch besser so gewesen. Jetzt, da Sie aber hier sind, sollten Sie auch alle Möglichkeiten in Betracht ziehen. Mit Möglichkeiten meine ich, es gibt noch eine Alternative zum medikamentösen Entzug: kalter Entzug.«

Bei den Worten *Kalter Entzug* fuhr es mir durch Mark und Bein. Ich wusste, was da auf mich zukommen würde, oder glaubte zumindest, es zu wissen. Nur sehr wenige körperlich Abhängige würden sich darauf einlassen. Bei dieser Tortur sind schon so einige draufgegangen, aber mir war es nicht danach, sofort nein zu sagen. Ich war jetzt hochkonzentriert und überlegte sehr genau, was ich als Nächstes sagen würde. Nach einer Weile fragte ich ihn:

»Was würden Sie an meiner Stelle tun?«

Er spürte, dass ich ihn ernst nahm, rückte mit seinem Stuhl näher an mein Bett und redete weiter:

»Ich habe mich in meinem Studium eine Zeit lang intensiv mit Sucht beschäftigt und einige Monate auf einer Suchtstation gearbeitet, das ist aber auch schon alles. Die medikamentöse Entgiftung ist der bequemere Weg, weil man sehr wenig von den Entzugsstrapazen mitbekommt, was im Nachhinein die Entscheidung erleichtert, wieder zur Flasche oder zu Drogen zu greifen. An den kalten Entzug werden Sie sich Ihr Leben lang erinnern. Es ist ein Leidensweg, ein sehr qualvoller. Die Chance, dass Sie es nicht überleben, ist in Ihrem Fall nicht gerade klein. Ihr Gehirn kann geschädigt werden. In dem fortgeschrittenen Stadium, in dem Sie sich befinden, ist die Möglichkeit sehr groß, in ein Delirium zu fallen. Aber wenn Sie alles unbeschadet überstehen sollten, ist die Wahrscheinlichkeit, danach länger abstinent zu bleiben, um ein Vielfaches größer. Ich möchte Ihnen zu gar nichts raten, das müssen Sie mit sich ausmachen. Um aber Ihre Frage zu beantworten: Ich persönlich würde den kalten Entzug wählen.«

Gedanken schossen durch meinen Kopf:

Ob du hier verreckst oder auf einem verschissenen Klo in Frankfurt, ist ja wohl egal. Wofür bist du hierher gekommen? Um aufzuhören! Um aufzuhören, um für immer mit der ganzen Scheiße aufzuhören! Nutze deine Möglichkeiten nur noch einmal, noch einmal, nutze diese Option nur noch ein einziges Mal.

Der Arzt stand auf. – *Noch einmal.* – Er ging Richtung Tür. – *Nur noch einmal.* – Er berührte die Tür. – *Nur noch ein letztes Mal.* – Er öffnete die Tür. Ich setzte mich aufrecht und sagte mit entschlossener Stimme:

»Einmal, ich tue es. Kalter Entzug, genau einmal.«

Der junge Arzt schloss die Tür, kam zurück, schaute mich an und fragte:

»Sind Sie sich sicher?«

»Ja.«

Er sagte, er würde alles in die Wege leiten, und fragte, ob er die nächste Lieferung meines Medikaments gleich abbestellen solle oder ob ich noch eine Dosis wolle. Mein Entschluss stand endgültig fest.

»Ich fange sofort damit an«, waren meine Worte.

Nach und nach meldete sich die Vorahnung zurück, es würde bald etwas Schreckliches passieren. Dieses Mal konnte ich sie schon etwas besser deuten.

Der blonde Doktor setzte sich einige Zeit später wieder an mein Bett, legte einige Formulare auf die Decke und meinte mit hilfsbereitem Unterton:

»Wir müssen das alles noch ausfüllen.«

Gott sei Dank half er mir dieses Mal dabei. Ich sagte auch noch, dass ich in den folgenden Tagen keinen Besucher sehen wolle. Ausnahmslos. Er versicherte mir, dass keiner zu mir vorgelassen würde.

Am späten Nachmittag war dann alles unter Dach und Fach. Ich schloss die Augen und schnallte mich innerlich an. Ich versuchte, mich anzufeuern, so gut es ging: *Du schaffst das! Du kommst gesund hier raus! Vertraue dir!*

Das ging eine gute Zeit so, bis ich einen, mir nicht fremden, stechenden Schmerz in der Herzgegend verspürte. Der Entzug meldete sich an. Mir blieb nichts anderes übrig, als auf ihn zu warten; ohne Gegenmittel, ohne geeignete Waffe sollte ich jetzt gegen ihn kämpfen. Ich fühlte mich hilflos und nackt. Das einzige, was mir geblieben war, war mein Wille, der bis jetzt allerdings nie der stärkste gewesen war.

Die Dunkelheit kam auf, nicht nur draußen. Alles Helle und Positive in mir ergriff die Flucht und wurde durch Finsternis und Angst ersetzt. Angst davor, einzuschlafen, Angst zu träumen, Angst vor den Schmerzen, Angst zu leben und noch größere Angst davor, zu sterben. Mein Körper verkrampfte zusehends. Zittern, Schweiß, Hitze, Kälte, Herzrasen, Herzstillstand, alle Organe drohten zu explodieren, dann wieder sekundenlange Betäubung. Die

Extreme wechselten sich im Minutentakt ab, nur die Angst hatte kontinuierlichen Bestand. Der körperliche Zustand war sehr schlimm, was aber noch schlimmer war, war die Psyche. In meinem Kopf lief ein unglaublicher Horror ab, schreckliche Fratzen entstanden in Millisekunden aus dem Nichts und zerschnitten mich mit ihren Krallen. Die Szenen wechselten blitzschnell. Nichts kündigte sich vorher an. Überall erbärmliches Schreien, höllisches Gelächter, Leichenberge, verweste Tierkadaver, alles blutverschmiert. Manchmal sah ich das Szenario als Zuschauer, manchmal war ich der Hauptdarsteller. Immer, wenn eine dieser Kreaturen meinen nackten, blutüberströmten Körper an den Haaren in ein schwarzes Loch zerren wollte, schreckte ich nach einiger Zeit hoch. Zeit-, Ort- und Raumempfinden waren nicht mehr existent. Das Gefühl von Wachsein oder Schlafen gab es nicht mehr. War ich schon tot oder noch am Leben? Ich befand mich irgendwo zwischen den Welten, aber nicht mehr an einem bestimmten Ort. Manchmal, wenn der Entzug voll auf mich einhämmerte, spürte ich wenigstens noch die vertrauten Schmerzen in meinem Körper. Der Schmerz, den ich jahrelang bekämpft hatte, wurde so etwas wie mein Verbündeter, oder gab mir zumindest ein Anzeichen dafür, noch am Leben zu sein.

Die Nacht war vorbei. Ich hörte Stimmen, weit weg und dann wieder so nah, dass es mir in den Ohren weh tat. Die Schwestern wollten ihr morgendliches Blutdruckmessen durchführen. Sie schafften es nicht. Ich lag da wie eine Figur aus Marmor, versteinert, kalt und leblos. Sie versuchten, mir eine Infusionsnadel zu setzen. Die Nadel wuchs auf die Größe eines Auspuffrohrs an. Panik! Mein zu Stein gewordener Körper explodierte in tausend Stücke. Ich tat nur noch unkontrollierte Dinge. Dann verlor ich das Bewusstsein.

Ich tauchte in ein Meer aus Finsternis ein und sollte hier die nächsten 48 Stunden verbringen. Weit ab von jeglichen Gefühlen, Wahrnehmungen und Leben. Alles, was hier existierte, war schwarze Stille.

Meine Augen öffneten sich wie in Zeitlupe. Alles schien fremd, das Bett, der Raum, die Leute, das Licht, die Geräusche, selbst mein eigener Körper. War das hier das Jenseits oder das Leben? Durst! Das Bedürfnis zu trinken war das einzige Lebenszeichen. Kein Gefühl von Schmerz, kein Gefühl von Leid oder Hoffnung, nur unerträglicher Durst. Ich versuchte, etwas zu sagen, es ging nicht. Mein Körper war wie ausgetrocknet, besonders die Kehle und der Mund.

Nach endloser Zeit kam eine Schwester und sprach mich an. Ich konnte weder verstehen noch sprechen. Sie hielt mir einen Becher mit Strohhalm an den Mund. Nach langen Versuchen schaffte ich es doch, ein wenig Wasser in mich zu saugen. Danach zog wieder eine Wolke der Dunkelheit über mein Bewusstsein.

Nach dem zweiten Zumirkommen registrierte ich schon mehr von meiner Umgebung. Mit jeder Wahrnehmung nahm auch die Angst wieder zu. Rechts hing ich an einem Tropf und der linke Arm war mit irgendwelchen elektronischen Gerätschaften verbunden, die leise Pieptöne von sich gaben und digitale Lichtzeichen und Zahlen aufleuchten ließen. Ich kannte das aus Filmen, die aber alle nicht gut endeten. Zuerst dachte ich an einen Autounfall. Nach langer Zeit des Überlegens dämmerte mir der wahre Grund meines Aufenthalts.

Nach einiger Zeit kam ein Arzt und fragte nach meinem Namen. Es dauerte, aber er fiel mir ein. Er zeigte mir fünf Finger. Nach einer Weile konnte ich ihm die richtige Zahl nennen. Nun nahm er drei Finger. Es dauerte, doch ich konnte ihm wieder die richtige Zahl sagen. Der Arzt fragte, wo ich mich befände. Ich wusste es gleich, aber diese Antwort dauerte am längsten:

»Im Krankenhaus.«

Danach überkam mich ein Schlaf der Erschöpfung, ich fing an zu träumen:

~

Ich befinde mich auf einer wunderschönen saftigen Wiese,

mit wunderschönen, bunten Blumen. Der Himmel ist azurblau, es duftet nach Frühling. Schmetterlinge und Bienen ziehen ihre Kreise. Vögel singen und die Sonne wärmt meinen Körper. Ich bin gesund, das Glück spiegelt sich in meinem Gesicht wider. Es erfüllt mich mit wahrer Freude, die Gegend zu erkunden. Es fängt leicht an zu regnen. Der milde Schauer ist angenehm. Die Tropfen ändern ihre Farbe langsam in ein sehr schönes, helles Rosa. Der Himmel verdunkelt sich, der Niederschlag wird stärker. Die Farbe des Regens ändert sich mit seinem Stärkerwerden: rötlich, noch rötlicher, rot, blutrot. Der angenehme Duft hat sich in den Geruch von Blut verwandelt. Ein Sturm peitscht über die Wiese. Faustgroße, blutrote Hagelbälle zerstören jegliches Leben. Kein Vogel, kein Insekt, keine Pflanze wird verschont. Das teuflische Unwetter beginnt, mich zu jagen. Ich spüre die dumpfen Schläge des Hagels auf meinem Kopf. Knochen brechen, der scharfe Wind schneidet wie Rasierklingen in meine Haut. Plötzlich, wie aus dem Nichts, löst sich der Sturm auf. Ich schaue von oben auf die blutgetränkte Wiese. Nichts hat überlebt, auch ich nicht.

Solche Träume verfolgten mich die nächste Zeit, bei Tag und auch bei Nacht. Am Anfang vergingen keine fünf Minuten ohne diese Horrorszenarien. Nur ein kurzes Augenschließen genügte, um ein grausiges Blutbad entstehen zu lassen. Mir kam jegliches Zeitgefühl abhanden. Oft wusste ich nicht, wo ich mich befand. Ich sah Filme, in denen ich ein Baby, ein Kind, ein Jugendlicher oder ein Erwachsener war. Alle endeten in einem Blutbad. Oft hörte ich diese teuflische Stimme, mit noch teuflischerem Gelächter. Sie war nun nicht mehr zu kontrollieren.

Ich trank unbeschreiblich viel Wasser, Liter um Liter. Jedes Mal, wenn ich eine halbe Flasche auf einmal trank, meldete meine Psyche meinem Körper:

Er hat Alkohol getrunken.

So wie früher, wenn ich es wirklich tat. Dann setzte auch tatsächlich eine beruhigende Wirkung ein und die

Bilder verschwanden. Diese Zeit nutzte ich, um mir gedanklich immer wieder meinen Namen zu sagen, ein kurzes Gespräch zu führen und mich mit Wasser zu versorgen. Der Schwindel flog aber nach relativ kurzer Zeit auf. Die finstere Armee formierte sich neu und schlug wieder zu. Manchmal kotzte ich das Wasser wieder aus, um neuen Platz zu schaffen. Ich bunkerte überall, wo es ging, Wasserflaschen, so wie davor noch Alkohol und Drogen. Im Endeffekt verhielt ich mich genau wie früher. Im Endeffekt kannte ich auch gar kein anderes Verhalten mehr. Ich redete mit keinem Menschen darüber, lebte zu dieser Zeit in einer absoluten Isolation. Mein Wesen und die Wesen, die mich vernichten wollten, waren meine Welt. Minute um Minute: Gewalt, Blut, Todesangst, Verfolgung, Hass und Horror. Es fand ein pausenloser Krieg statt.

Manchmal kam auch wieder Besuch, den ich zum größten Teil gar nicht richtig wahrnahm.

Nach ein paar Tagen gab es dann Phasen, in denen die schlimmen Bilder für gute zwei Stunden nicht mehr erschienen. Jetzt merkte ich zwar deutlicher die körperlichen Beschwerden, das war aber in diesem Moment noch das kleinere Übel. Die Erscheinungen waren jetzt auch oft nicht mehr so intensiv. Als einmal eine Hand aus dem Fernseher schnellte, um mich am Hals zu packen, musste ich sogar lachen. Dieses Lachen war das Erste, das wirklich von mir, aus meinem Herzen, kam. Dieses Lachen bewegte mich dazu, zu handeln, aktiver und intensiver an diesem Krieg teilzunehmen, mich mehr zur Wehr zu setzen. Mir wurde zum ersten Mal richtig klar, dass die ganzen Erscheinungen nicht real waren. Ich sagte mir:

*Es ist **dein** Krieg, **du** hast ihn erschaffen, also steht es auch in **deiner** Macht, den Sieger zu bestimmen.*

Eine Faust bildete sich unter der Bettdecke. In Gedanken wetzte ich die Messer.

Dunkelheit brach ein. Die Nacht fing langsam an, Gestalt anzunehmen, die Zeit, in der die düsteren Visionen und Albträume am schlimmsten waren. Diese Nacht wurde ich wieder von einem der Träume heimgesucht. Als ich schweißgebadet hochschreckte, verhielt ich mich gefasster als sonst. Ich schloss die Augen, um in den Traum zurückzukehren, ihn zu wiederholen. Als eine dieser Kreaturen deutlich vor mir stand, zückte ich in meiner Fantasie eine Axt und zerschlug ihr mit aller Kraft den Schädel. Dies wiederholte ich die nächsten Tage und Nächte. Ich ging dabei mit krasser Brutalität vor. Manchmal war deren Blut rot, manchmal grün oder gelb, manchmal flüssig, manchmal wie Gelee. Es fing sogar an, mir Freude zu bereiten. Am Anfang dachte ich, ich tue das nur bewusst, bis ich merkte, dass ich dies mittlerweile auch im Traum tat. Manchmal schmerzte mir nach dem Aufwachen der komplette rechte Arm, etwa so, als hätte ich Holz gehackt. Es befreite mich. Die Angst, die Augen zu schließen, löste sich langsam auf. Die Bilder verschwanden immer mehr und verloren an Intensität. Ich nahm ihnen Stück für Stück die Macht über mich.

Je mehr die blutigen Szenen aus meinem Kopf verschwanden, umso mehr richtete sich meine Aufmerksamkeit auf meinen Körper. Mir wurde immer klarer, dass mein Leben nur noch an einem seidenen Faden hing. Mit Sicherheit hatte ich das auch schon vor meiner Einlieferung ins Krankenhaus gewusst, in dieser Situation war mir jedoch jegliche Art von Verdrängung genommen. Jetzt bekam ich die Rechnung meiner langjährigen Suchtkarriere präsentiert. Schwarz auf Weiß. Sie war sehr hoch und ich wusste nicht, ob ich sie jemals bezahlen konnte.

Die Angst hatte sich verwandelt. Das Einzige, was gleich blieb, war, dass sie permanent da war.

Angst davor, an einem Herzinfarkt zu sterben. Angst, der Magen bräche durch. Angst, die Leber versage. Angst, der Kreislauf versage vollkommen. Angst vor dem Jetzt. Angst vor der Zukunft. Angst vor diesem Ort. Angst davor, zu sterben.

An einem Vormittag machte der Professor persönlich Visite. Als er an mein Bett kam, fing er an, die Ergebnisse meiner Hauptuntersuchung vorzulesen. Das war das letzte, was ich gebrauchen konnte. Nachdem ich das Wort *Fettleber* gehört hatte, verschloss ich mich dem völlig, spielte Musik von den *Doors* in meinem Kopf ab. Als mir das zu unpassend erschien, stellte ich mir vor, wie es wäre, Sex mit der blonden Ärztin zu haben, die neben ihm stand. *Nicht zuhören, bloß nicht zuhören*, sagte ich mir, bis er endlich fertig war. Meine erste Frage danach war:

»Wann komme ich hier raus?«

»Ihr Zustand ist noch völlig instabil, es wird noch ein paar Tage dauern.«

»Was? Ein paar Tage?«, schrie ich.

»Besprechen Sie alles Weitere mit Ihrem behandelnden Arzt. Ich habe keine Zeit, mit Ihnen zu diskutieren«, waren seine letzten Worte.

Ich ging zur Toilette. Obwohl es nur einige Meter waren, kam mir der Weg dorthin wie immer unerreichbar lange vor. Ein merkwürdig unbekanntes Gefühl begleitete mich, so als ob irgendetwas aus mir heraus wollte. Es entstand ein ungeheurer Druck in mir. Auf dem Klo angekommen, war mir gar nicht mehr nach Pinkeln zumute. Ich schloss die Tür. Der Druck wuchs stetig an. Schwindel und elektrisiertes Zittern beherrschten mich. Mir lief etwas Warmes in den Mund, aus meiner Nase strömte Blut. Der Druck und das Bluten wurden immer stärker. Es lief herunter bis zum Hals. Mir schwanden die Sinne und ich wurde ohnmächtig.

Nach einer mir unbekannten Zeit kam ich wieder zu mir. Der Geschmack in meinem Mund war von Blut dominiert. Auf schwachen Beinen öffnete ich die Tür und schaute in den Spiegel. Mein Gesicht war total mit dunkelrotem Blut verschmiert, mein T-Shirt auch. Ich empfand bei diesem Anblick einfach gar nichts. Alles war plötzlich anders. Der enorme Druck hatte sich vollkommen aufgelöst. Das einzige, was ich verspürte, war eine unendliche Leere. Kein Gefühl war mehr vorhanden. Nicht einmal die Angst, mein ständiger Begleiter, war zu spüren. Es kam mir so vor, als hätte meine Seele meinen

Körper nun endgültig verlassen. Mechanisch wusch ich das Blut aus meinem Gesicht, schloss den Reißverschluss meiner Trainingsjacke, öffnete die Tür und ging kalt wie ein Zombie zurück auf mein Zimmer.

So ging es mir ab diesem Zeitpunkt ausnahmslos. Keine Emotion regte sich mehr in mir. Angst, Schmerz, Leiden, Hoffnung, Motivation, negative wie positive Gefühle waren ausgelöscht. Ich war unfähig, ganze Sätze zu bilden. Wenn ich überhaupt etwas von mir gab, dann nur einzelne Worte.

Aber irgendetwas Vertrautes, zu mir Gehörendes begleitete mich ständig. Wenn ich saß, saß es neben mir. Wenn ich auf dem Bett lag, lag es bei mir. Wenn ich lief, begleitete es mich. Immer in einem wohl dosierten Abstand. Mein Geist hatte sich scheinbar noch nicht vollkommen dazu entschlossen, sein heruntergekommenes Haus zu verlassen.

Nach ein paar Tagen kam dann einer der Ärzte zu mir. Er schaute in das Krankenblatt. Dann schaute er mich an, fühlte meinen Puls und fing an zu lächeln.

»Wir können es nun verantworten, Sie übermorgen zu entlassen«, sagte er.

Er wartete wohl auf eine freudige Reaktion von mir, die aber komplett ausblieb. Vor einigen Tagen hätte ich noch einen Freudentanz veranstaltet, aber ich spürte einfach nichts. Mir war egal, wo ich mich befand oder was mit mir passierte. Er ging und ich starrte weiter in die Leere.

Am nächsten Morgen blieb ich lange im Bett liegen. Es schien mir, als hätte mein ständiger Begleiter in der Nacht den Abstand zwischen uns verringert. Dies gab mir keine Gefühlsregungen. Meine Gedanken wurden aber klarer. Ich spürte auch meinen Körper mehr als in den Tagen davor.

Am späten Vormittag ging ich zur Toilette. Mein Wasserkonsum hatte sich an diesem Tag wieder ziemlich gesteigert. Eigentlich wollte ich pinkeln, als ich aber die Kloschüssel sah, war es schon passiert: Ein Schwall war aus mir herausgeschossen. Ich fiel auf die Knie, mein Magen zog sich zusammen und ich kotzte minutenlang. Es tat gut, weil ich mich spürte. Angst kam auf, wieder Blut zu kotzen, aber auch das tat gut, weil ich etwas fühlte.

Nachdem alles vorbei war, wurde mir bewusst, wie abgefuckt mein ganzes Leben war, aber auch das tat gut.

Ich war noch sehr weit entfernt von mir, mein Geist stand noch immer außerhalb meines Körpers, aber es entwickelte sich Hoffnung, weil zumindest die Angst zurückgekehrt war.

Je weiter der Tag voranschritt, umso spürbarer machten sich die körperlichen Leiden bemerkbar. Die Angst, nicht zu überleben, manifestierte sich schleichend wieder in mir. Auch die Tatsache, am nächsten Tag entlassen zu werden, verarbeitete sich zunehmend in meinem Bewusstsein.

Die Nacht war eine Mischung aus Albträumen, Panikattacken und festem Schlaf.

Es war vor sechs Uhr morgens, noch dunkel draußen und genau dieselbe Uhrzeit wie an dem Morgen, an dem der ganze Horrortrip begonnen hatte. Es lag alles so weit zurück, wie in einem anderen Leben, obwohl gerade erst zwei Wochen vergangen waren.

Furcht überkam mich, nackte Angst davor, wieder in dieses Leben zurückzukehren.

Ich bekam noch einmal Puls und Blutdruck gemessen. Es war halb zehn Uhr morgens, ich saß auf dem gemachten Bett, die Entlassungspapiere waren unterschrieben und in einigen Minuten sollte ich abgeholt werden.

Suche dir ein Ziel, irgendeine Motivation, waren meine Gedanken.

Das Bemühen, etwas Positives zu finden, endete ausschließlich in negativen Gedanken.

Keine Arbeit, in meinem körperlichen Zustand könnte ich so schnell auch keine ausüben, und wenn es mal so weit wäre... ich hatte keine Ausbildung, keine Zeugnisse, war nie in meinem Leben einer richtigen Arbeit nach-gegangen. Kein Geld, nur Schulden, Leute, denen ich aus dem Weg gehen musste. Keine eigene Wohnung, kein Auto, noch nicht einmal einen Führerschein. Kein Bank-konto, keine Freunde, gar nichts.

Das Einzige, das ich noch besitze, das wirklich mir gehört, sind meine Tätowierungen, dachte ich bei mir, und es bildete sich ein leichtes Lächeln, weil ich doch noch etwas gefunden hatte.

Die Gedanken verschwanden.

Der nächste Schweißausbruch meldete sich an. Mein Kreislauf war wieder kurz vor einem Zusammenbruch. Der Kampf dagegen begann aufs Neue.

Angst zu sterben dominierte mein Denken. Ich trank eine Flasche Wasser und kämpfte dann dagegen an, es wieder rauszukotzen.

Silke kam. Wir liefen Richtung Stationstür. Jetzt merk-te ich erst, wie langsam ich nur gehen konnte. Neben ihr ging ich wie ein gebrechlicher Opa. Sie musste öfter ste-hen bleiben, bis wir wieder auf gleicher Höhe waren. Als wir kurz vor der roten Markierung waren, hielt mich ir-gendetwas zurück, wie eine unsichtbare Hand. Mein Geist schien mir so nahe zu sein wie schon lange nicht mehr. Er war noch nicht in mir, aber wir berührten uns. Es schien, als wolle er Kontakt mit meinem Körper aufnehmen, es noch einmal versuchen. Meine Gedanken waren jetzt sehr klar und hatten sich total auf die rote Linie fokussiert. Das ganze Trauma, das ich hier durchlebte, die Welten und Ebenen, in denen ich mich befand, der Schmerz, das Leid, die Hoffnung und der Beistand, alles vereinte sich zu einer Einheit, einem neuen Gefühl. Aus diesem Gefühl entstand eine Motivation, die Motivation, nach der ich noch vor wenigen Minuten vergebens gesucht hatte.

Ich überquerte die rote Linie mit einem Schritt, ganz bewusst, ohne sie zu berühren. Mein Ziel stand fest:

Nie wieder begebe ich mich an solch einen Ort wie diesen hier.

Ich sprach es laut aus. Silke schaute mich nur wortlos

an.

Wir fuhren los. Alles war anders als noch vor zwei Wochen. Meine Wahrnehmung hatte sich extrem verändert. Die Farben waren nicht mehr dieselben, selbst der Asphalt hatte ein anderes Grau. Die Bewegungen der Leute schienen sich verändert zu haben. Die Geräusche, Silkes Stimme, das Auto, in dem wir fuhren. Alles kam mir intensiver und klarer vor, aber auch wieder ganz weit weg von mir. Undefinierbar. Obwohl kein Sonnenstrahl in Sicht war, bedeckte eine dunkle Sonnenbrille meine Augen. Das Tageslicht war noch immer mein Feind. Es tat mir noch immer sehr weh.

Mein Herz schlug plötzlich wieder sehr unregelmäßig. Mein Kreislauf sackte ein. Schwindel und Übelkeit kehrten zurück, mein Horizont wurde von einem dunkelgrauen Schleier umhüllt.

Wir fuhren weiter und das Einzige, was mich am Leben hielt, war die Angst zu sterben.

•

Ich ging den ersten Schritt. Eine fingerlange, scharfe Scherbe durchdrang mit feurigem Schmerz meinen Fuß. Warmes Blut sprudelte aus ihm heraus. Ich ging weiter. Spitze Nadeln drangen in meinen Körper: Sie bohrten sich durch Beine, Genitalien, Bauch, Brust, Hals und Augen. Die Schmerzen wurden unerträglich, aber ich ging weiter.

Die Sucht war zurückgekehrt. Sie stand an der kleinen Tür, durch die ich gekommen war, und konnte mir nicht folgen, weil es mein Weg war, auf dem ich ging. Dieser Weg war unpassierbar für sie. Sie hatte einen fatalen Fehler begangen, den sie jetzt zutiefst bereute. Sie hatte mich alleine gelassen, mich zu früh auf ihrer Todesliste notiert.

Die Sucht versuchte, mich mit herzlicher Stimme zurückzuholen, und bot mir ihre besten Drogen an. Es war sinnlos. Immer größere Wut erfüllte ihre Stimme. Sie forderte nun. Sie befahl mir, sofort zurückzukommen, bis sie nur noch voller Hohn schrie. Sie schickte mir all ihre Flüche, hetzte all ihre dämonischen Gesellen auf mich.

Ich ging weiter.

Mein Gesicht war zerfetzt und blutüberströmt. Es war mir nicht mehr möglich, das kleine rettende Licht zu sehen. Aber ich spürte es tief in mir. Ich wusste jetzt, es war schon immer in mir gewesen, seit dem Tag meiner Geburt.

Meine Kräfte verließen mich. Die Schmerzen waren nicht mehr zu ertragen. Ein Schleier der Finsternis legte sich über mich, um mich von meinen Qualen zu befreien.

Das Licht zog mich in meiner Ohnmacht weiter, weiter über den dornigen und messerscharfen Pfad meiner Vergangenheit. Den tödlichen Pfad, den ich mir selbst erschaffen hatte.

Als ich wieder zu mir kam, konnte ich wieder, wie durch einen Schleier, sehen. Mein Kopf neigte sich Richtung Tür, von der ich gekommen war. Die Scherben waren blutverschmiert. Von den Nadeln des Dornenbuschs tropften Blutperlen. Aber der größte Teil der Strecke war zurückgelegt. Die Sucht stand immer noch wartend da. Ich wusste nun, sie würde dort ewig auf mich warten.

*Mein Blick richtete sich wieder auf die Türe, auf der **Freiheit** stand. Sie war jetzt greifbar nahe.*

Ich öffnete sie mit allerletzter Kraft. Unerträglich grelles Licht brach wie eine tosende Welle über mich herein. Das helle Licht ließ mich erblinden.

Seit siebzehn Jahren hatte ich mich in Dunkelheit

befunden, die Jahr um Jahr finsterer wurde. Die Welt des Lichts war mir völlig fremd geworden. Ich kannte sie nur noch vage aus meiner Kindheit. Mir war die Fähigkeit, mich in dieser Welt zurechtzufinden, von der Sucht geraubt worden. Hilflos tauchte ich jetzt in diese Welt ein.

Ich war blind, aber noch am Leben. Ich wusste, hier würde alles von Neuem beginnen. Ich wusste, es würde lange dauern. Ich wusste, alles wieder neu erlernen zu müssen. Es machte mir Angst, aber ich war überzeugt davon, eines Tages wieder sehen zu können.

DANACH

Die erste Zeit nach der Entgiftung war grauenhaft. Ich dachte, mein Körper würde sich nie wieder erholen. Kreislaufzusammenbrüche und Panikattacken überfielen mich ständig. Jedes Organ schmerzte. Die Schmerzen lösten sich gegenseitig ab, als ob sie sich abgesprochen hätten. Wie in einem Riesenrad. Jeder Schmerz hatte seinen Höhepunkt und klang dann ab, nur um von einem anderen abgelöst zu werden. Jedes Mal hatte ich das Gefühl, ich würde daran sterben, was eine erneute Panikattacke zur Folge hatte. So ging das die ersten Wochen permanent. Nach einer Weile stellten sich dann auch ab und zu schmerzfreie Momente ein. Während dieser Momente befielen mich dann ungeheure Zukunftsängste. Mir wurde immer klarer, wie versaut mein Leben war. Selbst wenn sich mein gesundheitlicher Zustand eines Tages bessern würde, hätte ich dem Leben nichts mehr zu bieten. Außer Drogen in mich reinpumpen, saufen wie ein Loch, lügen und andere Leute über den Tisch ziehen konnte ich eigentlich nichts.

Irgendwann ging ich dann einmal auf die Straße, um mir die Beine zu vertreten. Bei dem ersten Auto, das an mir auf der kleinen Dorfstraße vorbeifuhr, überkam mich so eine fürchterliche Angst, dass ich sofort zurück in die Wohnung rannte und die schlimmste Panikattacke bekam, seit ich aus dem Krankenhaus zurück war. Aber ich versuchte es weiter und lief jeden Tag ein Stückchen mehr. Es waren nur wenige Meter, doch jeder Schritt war ein kleines Erfolgserlebnis. Ich fühlte mich in die Zeit zurückversetzt, in der ich Fahrrad fahren lernte und mich über jeden Meter freute, an dem ich nicht auf die Schnauze geflogen war. Es kam mir so vor, als würde mir jeder dieser kleinen Erfolge auch ein kleines bisschen Heilung für meinen Körper bringen. Es gab mir jedes Mal ein klein wenig neue Energie.

Mit dieser Energie kam aber auch das Verlangen zurück. Das Verlangen nach irgendwelchen Drogen, die mir Beruhigung geben würden, besonders nach Codein und Alkohol. Manchmal auch nach Heroin, weil ich ganz genau wusste, es würde mir die absolute Beruhigung schenken. Ich wusste, Drogen und Alkohol würden mich vergessen lassen, wo ich mich gerade befand. Ich befand mich in einer neuen Welt, zu der ich mich in keiner Weise zugehörig fühlte. Das Schlimmste aber war, dass ich die Legitimation hatte, in meine alte heimische Welt zurückzukehren. Silke sagte mir jeden Tag, dass sie eigentlich nur darauf warte, dass ich rückfällig werde. Sie sagte, ihre Mutter habe auch gesagt, sie solle jeden Tag damit rechnen. Sie hatten wohl mittlerweile eine kleine Sammlung an Suchtbüchern gelesen. Herr Mayer, mein Drogenberater, hatte mir schon zu Anfang gesagt, es wäre schon ein großer Erfolg, wenn ich es drei Wochen clean schaffen würde. Der Arzt von der Drogenberatungsstelle hatte das Gleiche gesagt. Diese Zeit hatte ich überschritten und jeden Tag kam der Gedanke:

Du darfst, es gehört zum Plan.

Irgendwie hatte ich das Gefühl, die Leute warteten nur auf meinen Rückfall. Aber da waren zwei Dinge, die mich davon abhielten: die Erinnerung an das Krankenhaus und an das Versprechen, das ich mir selbst gegeben hatte, nie wieder dorthin zurückzukehren.

Von all den Meeren, Flüssen und Seen an Motivation, die es auf dieser Erde gab, war nur ein einziges Tröpfchen für mich übrig geblieben. Dieser Tropfen war alles, was ich noch besaß, und niemand konnte ihn mir wegnehmen, außer ich mir selbst. Diesen Tropfen wollte ich nicht fallen lassen, nicht im Sand verrinnen lassen, weil ich mir sicher war, es würde meinen Tod bedeuten. Also sagte ich mir jeden Morgen aufs Neue:

Halte diesen Tag durch. Scheiß auf den Plan, den irgendwelche Leute für dich gemacht haben. Mache dir deinen eigenen Plan. Du hast vielleicht nicht mehr viel, aber du hast noch deinen Willen. Das reicht, um dir einen eigenen Plan machen zu können. Scheiß drauf, was mor-

gen ist, und gib einen Scheiß drauf, was übermorgen ist.
Dein Plan für heute ist: Halte diesen Tag durch.
Und so vergingen die Tage. Irgendwann schaffte ich es dann, so ungefähr für zwei Stunden das Haus zu verlassen. Ich ging auch regelmäßig zu Herrn Mayer. Wir führten die meisten Gespräche alleine. Meine Therapie war jetzt auch genehmigt. Sie sollte zwölf Monate dauern und im Oktober beginnen. Nun war es Ende Juli und ich war schon sieben Wochen clean. Herr Mayer war der einzige, dem ich mich anvertraute. Er war auch sichtlich stolz auf mein Durchhaltevermögen und freute sich jedes Mal, wenn wir uns sahen.

Mein gesundheitlicher Zustand besserte sich zwar nur sehr langsam, aber er besserte sich. Mit jeder Besserung wuchs allerdings auch der Suchtdruck und entwickelte sich nun häufiger zu einem unbändigen Begehren. Ich drehte mir dann, so alle zwei Tage, etwas Hasch in die Zigarette und rauchte sie abends, wenn ich es gar nicht mehr aushielt. Hasch war noch nie unbedingt meine Droge gewesen. Das Zeug gehörte einfach dazu, so wie Zigarettenrauchen. Deswegen gab es mir auch keine richtige Befriedigung. Es beruhigte aber ein wenig. Mir wurde immer klarer: Wenn nicht bald etwas passieren würde, würde es nicht mehr lange dauern, bis ich wieder zur Flasche greifen würde. Ich wusste immer deutlicher, dass ich kurz davor stand. Der Geist fing an, mich zu jagen, so wie er es in meiner cleanen Zeit noch nie getan hatte. Er verfolgte mich in meinen Träumen, wo er es Bier regnen ließ. Einmal träumte ich, ich trinke aus einer Wasserflasche, und während des Trinkens verwandelte sich das Wasser in Bier. Als ich aufwachte, dachte ich, ich sei rückfällig geworden.

An einem Mittag blätterte ich in einer Zeitschrift, bis ich auf eine komplette Seite mit Bierwerbung stieß. Ein perlend kühles Glas. Sofort entwickelte sich eine ungeheure Lust. Ich konnte die braune Flüssigkeit schon förmlich schmecken. Als ich die Zeitschrift schon zuschlagen wollte, hielt mich irgendetwas davon ab. Ich starrte mir fast eine Stunde das Bierglas an. Es war mir nicht klar, warum ich mir so etwas Abgefahrenes antat. Nachdem ich das Heft aber endlich weggelegt hatte, war auch das Verlangen zum größten Teil verschwunden.

Solche Dinge tat ich mir von da an öfter an. Zuerst wie von einer unsichtbaren Macht gesteuert, dann sehr bewusst. Es entwickelte sich ein richtiger Sport daraus. Eine Disziplin hieß Schnapsregallaufen. Ich ging in den Supermarkt um die Ecke und lief das Spirituosenregal auf und ab. Manchmal nahm ich mir auch eine Flasche Hochprozentiges und las mir das Etikett durch. Ich stellte mich fast zwei Stunden vor ein riesiges Bierwerbeplakat und starrte es an. Es steigerte sich immer mehr. Ich ging in eine Kneipe und schaute für eine Stunde den Leuten beim Saufen zu. Dann ging ich eines Nachmittags in die Kneipe, in der ich zum letzten Mal gesoffen hatte, und traf dort sogar einige alte Saufkumpanen. Ich saß zwei Stunden mit ihnen zusammen. Sie tranken alkoholische Getränke, ich Apfelsaft. Ich ging zu meinem alten Dealer in Weiß, Dr. Maler, und er verschrieb mir, ohne mit der Wimper zu zucken, Codein. Danach warf ich es in einen Mülleimer. Nach jeder dieser Aktionen verschwand das Verlangen.

Mir stellte sich immer häufiger die Frage:
Wo ist deine Grenze?

Mir wurde der Name des Weges, den ich da ging, immer klarer.

Er hieß: *Konfrontation.* Ich drehte den Spieß um. Der Geist mit Namen Sucht, der mich die ganze Zeit jagte und mir Angst einflößte, wurde nun von mir gejagt, denn wenn ich ihn berührte, verschwand er.

Herr Mayer war der einzige, dem ich von meinen Aktionen berichtete. Er sagte dann immer so etwas wie:

Normal ist das zwar nicht, aber wenn das Ihr Weg ist, dann gehen Sie ihn. Es ist sowieso phänomenal, dass Sie noch nicht rückfällig geworden sind. Wie Sie das letztendlich anstellen, ist da eher zweitrangig.

Dass ich mir hin und wieder einen kleinen Joint reinzog, erzählte ich ihm allerdings nicht.

Was mir auch immer klarer wurde, war, dass ich nirgendwo mehr hingehörte. Die alten Jungs, die ich jetzt zu Konfrontationszwecken wieder traf, gaben mir nicht mehr das Gefühl, zu ihnen zu gehören, weil ich nicht mehr dasselbe tat wie sie. Ihnen gegenüber kam ich mir manchmal sogar vor wie ein Verräter. Die so genannten *normalen* Leute wussten, woher ich kam, und gaben mir auch nicht das Gefühl, zu ihnen zu gehören.

Ich kam mir vor wie ein Fremder, der in eine Heimat zurückwollte, die er nicht kannte. Meine einzige Bestimmung schien zu sein, einen Geist zu jagen. Würde ich damit aufhören, würde er wieder anfangen, mich zu jagen. Das geschah irgendwo in einer Grauzone zwischen zwei Welten.

Im Oktober trat ich dann die Therapie an. Zwei Wochen zuvor begann ich, mehr zu kiffen. Das Gefühl, auf Therapie zu gehen, wurde mir immer unbehaglicher. Als meine Augen dann das Gebäude erblickten, kam es mir vor, als ginge ich in den Knast.

Aus den zwölf Monaten wurde dann noch nicht einmal einer. Ich brach ab. Alle Patienten kamen aus der Entgiftung. Ich war der Einzige, der von zu Hause kam. Es wurde gepredigt:

Meide deine alten Freunde, gehe nicht zurück in die Szene, meide Orte, an denen Alkohol getrunken wird. Meide, meide, meide...

Genau das Gegenteil war meine Art, das Ganze in Angriff zu nehmen. Es war für viele Leute bestimmt okay und sehr wichtig, solche Vermeidungsstrategien nach der Therapie anzuwenden, und die Therapeuten hatten mit Sicherheit schon vielen Süchtigen die Tür zu einem neuen Leben geöffnet, aber ich hatte nie das Gefühl, es wäre mein Weg, der dort beschrieben wurde. Meine Gesundheit war immer noch angeschlagen, besonders Kreislauf und Magen, und es hätte mir sicherlich gutgetan, alleine deswegen dort zu bleiben. Meine Pläne waren aber anderer

Natur: Arbeit, Führerschein, auf eigenen Beinen stehen und dies so schnell wie möglich.

Zurück zu Hause führte mich mein erster Weg zu Herrn Mayer.

»Ich habe mir das bei Ihnen schon fast gedacht. Ich traue Ihnen sogar zu, dass Sie den Weg aus der Sucht aus eigener Kraft schaffen. Es gibt Menschen, denen das gelungen ist. Ich kann Sie ab jetzt allerdings nicht mehr begleiten. Meine Aufgabe ist es, Süchtige bis zur Therapie zu führen und sie dort ab und an noch zu besuchen. Sie machen keine Therapie mehr, also ist unser gemeinsamer Weg hier zu Ende«, sagte er.

Er meinte noch, dass Lebensgemeinschaften oft auseinander gingen, wenn der Süchtige wieder auf eigenen Beinen stünde und sich verändern würde. Wenn der eine Teil nicht mehr helfen kann und sich ungebraucht fühlt, würde das oft zu Konflikten führen. Es sollte noch etwas dauern, bis ich begriff, was er damit meinte. Ich verabschiedete mich und bedankte mich für alles. Diesem Mann begegnet zu sein, war ein großes Glück. Es war das letzte Mal, dass wir uns sahen. Ich ging raus in die Kälte. Das Gefühl, alleine auf der Welt zu sein, vergrößerte sich.

Ich fing an, mir mit irgendwelchen Gelegenheitsarbeiten wie Gartenzäune streichen, Rasen mähen und beim Renovieren helfen Geld zu verdienen, und meldete mich für den Autoführerschein an.

Mit Silke gab es ständig Streitereien. Je selbständiger ich agierte, umso mehr versuchte sie, mir reinzureden. Sie vertraute mir keinen Millimeter. Bei diesen Auseinandersetzungen beleidigte ich sie mit Absicht, so wie ich es früher getan hatte, wenn ich besoffen war und unter Drogen stand. Danach entschuldigte ich mich immer wieder, weil ich wusste, dass ich ohne sie aufgeschmissen war. Ich fühlte mich immer eingeengter, aber ich log und gab ihr Liebesschwüre und sagte, dass ich für immer mit ihr zusammenbleiben wolle. Mir war aber sonnenklar, dass ich bei der nächstbesten Gelegenheit das Weite suchen würde.

Meine Fahrstunden waren der reinste Horror. Es fiel

mir schwer, mich zehn Minuten am Stück zu konzentrieren. Ich verließ öfter schweißgebadet das Auto. Meinem Fahrlehrer ging es auch nicht viel besser. Ich dachte meist: *Es ist viel zu früh, was du da tust.*

Mit meiner jüngeren Schwester Lexi hatte ich nun wieder mehr Kontakt. Ich schämte mich aber immer noch sehr vor ihr und noch mehr vor meiner Mutter, zu der ich deswegen ständig eine große Distanz zu wahren versuchte.

Ich lebte alleine in meiner Welt, jagte den Geist, machte während der Fahrstunden die Straßen unsicher, spielte Gitarre und fing wieder an zu träumen, den Traum, mit dem mein Leid begonnen hatte. Den Traum von Ruhm und Bewunderung, in dem mir die Leute den roten Teppich vor den Füßen ausrollten, um mir zu zeigen, dass ich etwas ganz Besonderes bin.

Irgendwann fing ich dann an, mich auch außerhalb meiner Träume so zu verhalten. Ich forderte immer mehr Bewunderung ein, für meine Abstinenz, für mein Aussehen, für meine Musik und für alles, was mir sonst noch so einfiel. Ich versuchte, eine makellose Person darzustellen, eine makellose Person, deren Fundament aus Unsicherheit und Selbstzweifel bestand. Ich träumte denselben Traum, mit dem alles begonnen hatte, für den ich meine Seele verkauft hatte und fast mit meinem Leben bezahlt hätte, und merkte es nicht.

Im Mai 1996, fast genau ein Jahr nachdem ich aus der Entgiftung entlassen worden war, bestand ich die Führerscheinprüfung. Mir ging es gesundheitlich jetzt schon so gut, dass ich überzeugt davon war, acht Stunden am Stück arbeiten zu können. Einen Monat später schnappte ich mir das Telefonbuch, suchte dann per Zufall den Namen einer bekannten Großhandelsfirma heraus, rief dort an und bekam prompt ein Vorstellungsgespräch. Da mir die Vorgehensweise eines solchen Ablaufs fast völlig fremd war, saß ich erst einmal hilflos vor dem Personalfragebogen.

Was schreibst du da jetzt rein, ohne Lebenslauf und Berufserfahrung? Irgendwann ging ich damit zu einer Personalmitarbeiterin und sagte, dass ich aus bestimmten Gründen den Bogen nicht ausfüllen könne und es beim Vorstellungsgespräch erklären würde. Sie schaute mich etwas verdutzt an, führte mich dann aber doch in ein Büro. Dort saß ich nun, alleine, ohne zu wissen, was ich überhaupt sagen würde. Mir war klar, dass ich lügen würde. Lügen war ja das, was ich am besten konnte. Nach kurzer Zeit traten zwei Männer ein. Einer stellte sich als Betriebsleiter, der andere als Abteilungsleiter vor. Der Betriebsleiter schaute auf meinen Personalbogen, auf dem mein Name, meine Anschrift, mein Schulabschluss und meine Bundeswehrzeit standen, und sagte:

»Das Wichtigste scheinen Sie vergessen zu haben.«

Ich weiß nicht, warum ich es sagte, und ich hätte niemals gedacht, dass ich es sagen würde, aber irgendwie schoss es unwillkürlich aus mir heraus:

»Ich bin Alkoholiker und seit einem Jahr trocken. Ich habe ein neues Leben begonnen, habe den Führerschein gemacht und jetzt suche ich Arbeit. Wenn Sie wollen, arbeite ich den ersten Monat umsonst, um Ihnen zu beweisen, wie motiviert und einsatzbereit ich bin.«

Die Chefs schauten sich erst mal ziemlich überrascht an. Dann erklärten sie mir, ich müsse bei dieser Arbeit Gabelstapler fahren, Regale auffüllen, der Kundschaft zeigen, wo die Ware stünde und immer nett und freundlich zu den Kunden sein. Ich erzählte ihnen von meiner ersten Ausbildung als Einzelhandelskaufmann und versicherte, dass ich das mit dem Gabelstaplerfahren auch in kürzester Zeit hinbekommen würde.

Nachmittags klingelte das Telefon und sie sagten, ich könne am Montag anfangen und bekäme zunächst einmal einen Vertrag über ein halbes Jahr.

Die Wahrheit! Ich hatte zum ersten Mal etwas mit der Wahrheit erreicht. Mit der Wahrheit: *Ich bin Alkoholiker.* Es war so wirkungsvoll und so genial einfach, dass ich es von da ab immer so handhabe, wenn es um meinen Lebenslauf ging. Das mit den Drogen erwähnte ich erst zu einem späteren Zeitpunkt, wenn ich es überhaupt tat. In den anderen Bereichen log ich allerdings weiter und versuchte ständig, die Leute zu verarschen, um mir den größtmöglichen Gewinn unter den Nagel zu reißen. Ich agierte in einer neuen Welt mit den Mitteln und Verhaltensweisen der alten. Es war ein über viele Jahre erlernter Mechanismus, der mich so etwas tun ließ. Deswegen war es das Normalste für mich, und mir war ein schlechtes Gewissen völlig fremd.

In meinem neuen Job gab es keine Probleme. Zu den Kollegen und Vorgesetzten entwickelte sich gleich zu Beginn ein gutes Verhältnis. Die Arbeitsabläufe hatte ich schnell begriffen. Das Einzige, was mir etwas Schwierigkeiten bereitete, waren die Unterhaltungen, die die Kollegen führten. Mit den Themen Familie, Autos, Urlaubsziele und was auf der Welt gerade so passierte hatte ich mich in meinem Leben noch nie auseinandergesetzt. Ich stellte aber schnell fest, wenn man morgens die größte deutsche Boulevardzeitung las, so wie es alle anderen auch taten, konnte man bei einem Großteil der Gespräche mitreden.

Nach einem Monat Arbeiten verließ ich Silke und zog zu einer anderen Frau, die ich bei der Arbeit kennengelernt hatte.

Gesundheitlich ging es mir einigermaßen gut. Abgesehen von leichten Kreislaufproblemen und einem empfindlichen Magen war soweit alles okay. Es war wie ein Wunder, ein Wunder, das sich zu den anderen Wundern, die mir widerfuhren, gesellte. Das große Wunder, noch am Leben zu sein, nicht an einer Überdosis, Alkoholvergiftung, Leberzirrhose, Herzinfarkt oder sonst etwas gestorben zu sein, wie viele meiner Weggefährten. Das Wunder, mich nicht mit HIV infiziert zu haben. Das Wunder, noch im Besitz meiner geistigen Fähigkeiten zu sein und auch sonst an keinem anderen irreparablen gesundheitlichen Schaden zu leiden. Das Wunder, noch nicht rückfällig geworden zu sein.

Ich achtete diese Wunder nicht, sondern sah sie als etwas völlig Normales an. Etwas ganz Normales, weil das Gefühl, etwas ganz Besonderes zu sein, immer mehr von mir Besitz ergriff und mir nichts von größerer Bedeutung schien, als dass es jeder Mensch erfahren sollte.

Es war mittlerweile keine Seltenheit mehr, dass ich bis zu sechzehn Stunden am Tag arbeitete. Jeder Nebenjob oder Schwarzarbeit wurde angenommen. Mein Schuldenberg wurde dadurch immer kleiner. Ich ließ mir meine Zähne machen und fing im Allgemeinen damit an, mehr auf mein Äußeres zu achten.

Ich trinke keinen Alkohol wurde zu meinem Leitspruch. Jeder, der mich kennenlernte, bekam ihn bei der erstbesten Gelegenheit aufgesagt. Wenn ich dann kurz und knapp erzählte, warum, reagierten die meisten Leute sehr positiv darauf. Manche konnten gar nichts damit anfangen und wechselten das Thema, und ganz, ganz selten sagte jemand etwas Negatives wie:

»Ein Mann, der kein Bier trinkt, ist doch kein Mann.«

Um schnellstmöglich wieder aus der Situation zu kommen, machte ich einen dummen Witz daraus und antwortete:

»Gib mir deine Frau für eine Nacht und sie wird dir am nächsten Morgen sagen, wer von uns beiden ein richtiger Mann ist.«

Obwohl es nur selten vorkam, verletzte es mich schon, aber später erkannte ich, dass diese Menschen selbst ein Alkoholproblem oder im Allgemeinen Probleme mit sich selbst hatten. Meine Arbeitskollegen, mit denen ich ab und zu in eine Kneipe ging, gewöhnten sich schnell daran, dass ich nur Alkoholfreies trank, und sie tranken meist weniger, als sie es sonst zu tun pflegten. Wenn doch mal einer besoffen war und mir auf die Nerven ging, fuhr ich nach Hause.

Auf einer Feier hielt mir einmal ein Besoffener mehrmals ein Glas Schnaps unter die Nase und forderte mich ständig auf, mit ihm etwas zu trinken. Nach einer leichten Ohrfeige, die er von mir bekam, war dieses Problem auch gelöst. So etwas kam aber nur einmal vor. Ich hatte die Sucht im Griff. Scheinbar im Griff.

Nachdem ein Jahr vergangen war, trennte ich mich von meiner Freundin. Ich hatte seit einiger Zeit wieder Kontakt mit Zoe aufgenommen und sie besorgte mir ein Zimmer in der WG, in der sie gerade wohnte.

Nach zwei Jahren Abstinenz waren meine Schulden überschaubarer geworden und es war nur noch eine Frage der Zeit, bis sie ganz abbezahlt waren. Somit schraubte ich mein Arbeitspensum auf etwa neun Stunden pro Tag zurück.

Ich fing wieder an, mehr Gitarre zu spielen, und bekam sehr schnell guten Zuspruch dafür. Ein alter Traum erwachte zu neuem Leben, der Traum, ein weltberühmter Rockstar zu werden. Die Vision, die mich seit meinem elften Lebensjahr begleitete, kehrte in einer Dimension zurück, so groß und selbstherrlich wie nie zuvor. Alles war jetzt darauf ausgerichtet. Ich spielte Stunden am Stück Gitarre, manchmal bis mir die Finger bluteten.

Die Erfolgsgeilheit wuchs mit jedem kleinen Erfolg unaufhörlich an. Ich komponierte Song um Song, um sie mit meiner gerade aktuellen Band einzuspielen. Dabei ging ich so egoistisch und bestimmend vor, dass es immer im Streit endete und nichts Zählbares dabei herauskam.

So wie dem Erfolg jagte ich jetzt auch den Frauen hinterher. Alle paar Wochen war eine andere die Auserkorene. Sie sahen alle sehr gut aus. Ich suchte sie mir aber nie selbst aus. Wenn mehrere Typen sagten: »Mit der würde ich sofort ins Bett gehen« oder Ähnliches, war die Jagd eröffnet.

Irgendwie kam ich fast immer zu meinem Ziel. Dann musste mich die Frau bewundern, die Typen, die auf sie abfuhren, auch, und wenn die Bewunderung verblasste, war ich sofort auf der Suche nach neuer Bewunderung. Es waren sehr selbstunsichere Ladys zwischen 20 und 25, die einen Typen nach Aussehen und Erfolg beurteilten. Also tat ich, was ich konnte, um gut auszusehen und mit Erfolg zu prahlen, den ich nicht hatte. Merkte ich, dass eines der Mädchen anders war oder dass eine Beziehung entstehen könnte, schlief ich noch nicht einmal mit ihr. Ich zeigte mich ein paar Mal mit ihr in der Öffentlichkeit und verschwand dann.

2000 wechselte ich meinen Job und wurde Führungskraft bei einem großen Logistikunternehmen, womit ich wieder mit Erfolg prahlen konnte.

Bei teuren Friseuren Haare blondieren, Markenklamotten kaufen, immer im Trend sein und Ewigkeiten vor dem Spiegel stehen bestimmten immer mehr mein Leben.

Die Sucht, von der ich glaubte, sie besiegt zu haben, kam schleichend durch eine Hintertür zurück. Sie packte mich genau dort, wo sie schon einmal von mir Besitz ergriffen hatte, an meinem wundesten Punkt: meiner Selbstunsicherheit. Sie sog sich immer mehr an mich.

Es waren nun weder Alkohol noch Drogen, die mir scheinbar meine Minderwertigkeit nahmen. Jetzt waren es Erfolg, Frauen und Bewunderung. Meine Lügen waren die gleichen geblieben, zwar auf eine andere Art, aber mit demselben Ziel.

Wenn meiner nach außen getragenen Größe keine Bewunderung entgegengebracht wurde, ließ sie mich, so wie früher, wenn ich nüchtern war, ganz klein und unsicher werden. Kritik an meiner Person hatte die größten Selbstzweifel zur Folge. Gingen mir Anerkennung, Erfolg und Beachtung aus, setzte ich alles daran, um neue zu bekommen, so wie früher, wenn mir der Stoff ausging.

Die Persönlichkeit aufrechtzuerhalten, die ich vorgab zu sein, wurde immer schwieriger. Manchmal, wenn ich dem ganzen Druck nicht mehr standhalten konnte, kiffte ich wieder. Es war nicht andauernd und auch nicht viel, aber ich tat es mit einem ausgesprochenen Suchtcharakter und es war wieder eine Flucht nach hinten.

Das Gefühl, alleine zu sein, wurde langsam etwas, mit dem ich mich abfand.

Meine Jagd nach Ruhm und Anerkennung entwickelte sich zur Besessenheit. Der Geist, den ich einmal gejagt hatte, jagte schon lange wieder mich. Eine neue Angst kam nun auch noch dazu. Die Angst, älter zu werden und nicht rechtzeitig berühmt geworden zu sein, nagte jetzt von Mal zu Mal mehr an mir. An jedem neuen Geburtstag verfiel ich größter Niedergeschlagenheit.

●

Ich befand mich jetzt sieben Jahre in der Welt des Lichts und war immer noch geblendet. Manchmal glaubte ich, einen Ort zu sehen, der mein neues Zuhause werden könnte. Er sah sehr schön aus; wenn ich aber darauf zulief, verblasste der Ort, bis er ganz verschwunden war. Mir wurde immer bewusster, dass dies nicht die neue Welt sein konnte, in die mich das kleine Licht geführt hatte. Es musste eine große, sandige Wüste sein, die vor der neuen Welt lag. Aber wie sollte ich den Weg dorthin finden? Sollte ich zurück in meine alte Welt, weil es mir von vornherein so bestimmt war? Warum half mir das Licht dieses Mal nicht? Wo war es? Ich fing an, zu überlegen, was ich falsch machte. Mir kam der Gedanke, vielleicht schon die ganze Zeit am falschen Ort zu suchen. Ich suchte nur im Außen, aber das Licht kam ja aus meinem Inneren. Vielleicht wollte das Licht ja, dass ich es finde. Es schien mir die letzte Möglichkeit. Also schloss ich die Augen, grenzte mich vom Außen ab und versuchte, Zugang zu meinem tiefsten Inneren zu finden.

DER WEG NACH HAUSE

Es waren nun über sieben Jahre vergangen, seit ich aus der Entgiftung gekommen war. Die Sucht nach Anerkennung hatte mittlerweile eine Dimension angenommen, genau wie vor meinem Krankenhausaufenthalt die Gier nach Drogen. Es war fast nicht mehr möglich, sie zu befriedigen.

Gleichzeitig fand aber auch eine andere Veränderung statt, die mich sehr verunsicherte. Ich ertappte mich nun häufig selbst beim Lügen oder dabei, jemanden über den Tisch zu ziehen. Ein schlechtes Gewissen begann sich zu entwickeln. Die Verhaltensmuster, die sich über meine 17-jährige Suchtkarriere aufgebaut hatten, schienen langsam ihren Sinn zu verlieren. Das Verhaltensmuster, andere und vor allem mich selbst zu belügen, hatte mir über all die Jahre dazu gedient, Drogen, Alkohol und Geld zu beschaffen, also dazu, die Sucht zu befriedigen und sie gleichzeitig zu verleugnen.

Ich unterhielt mich mit Lexi darüber, die mir den Vorschlag machte, zu einem Psychotherapeuten zu gehen. Als ich dies ablehnte, empfahl sie mir, zumindest mal ein gutes Buch darüber zu lesen.

Bis dahin hatte ich nur die Biographien der *Rolling Stones*, über Jimi Hendrix oder Jim Morrison gelesen, also über Personen, die an Drogen gestorben waren oder zumindest nahe dran gewesen waren.

Mit 36 Jahren betrat ich zum ersten Mal in meinem Leben einen Bücherladen, um ein Buch zu kaufen. Es fiel mir schwer, mich dort zurechtzufinden. Als ich jedoch die Hinweisschilder *Psychologie* und *Lebenshilfe* las, wusste ich, dort könnte ich fündig werden. Aus dem Pulk von Büchern zog ich mir dann irgendeines heraus. Es stand *Narzissmus* drauf. Ich las, dass es sich dabei um Menschen handle, die dächten, etwas Besonderes zu sein und so behandelt werden wollten. In ihrem Inneren seien diese Narzissten aber sehr unsicher und neigten stark zur Sucht.

Einige Eigenschaften kannte ich von mir, andere gar nicht. Die Aspekte, die mich betrafen, lösten allerdings so einen starken Schmerz in mir aus, dass ich dachte, daran zu verzweifeln. In diesem Buch stand auch nicht, was man dagegen tun könne, was die ganze Sache nicht besser machte. Als der Schmerz nachließ, spürte ich aber eine Veränderung. Mir war weder klar, wie noch was da geschah, doch es löste etwas Positives in mir aus. Also kaufte ich mir nach und nach noch mehr Bücher. Eines über Selbstunsicherheit, eines über Minderwertigkeit und es wurden immer mehr.

Eine Sache fiel mir sehr schnell auf: Zum ersten Mal tat ich etwas in Maßen. Ich arbeitete Buch für Buch ruhig durch, machte längere Pausen zwischen den Büchern und dachte viel darüber nach. Obwohl ich total begeistert davon war, überkam mich nie ein übermächtiges Verlangen danach.

So verbrachte ich die nächsten vier Jahre. In diesen vier Jahren entwickelte ich Übungen, führte ein Tagebuch über meine Gefühle und mein Verhalten. Probierte neues Verhalten bewusst in der Öffentlichkeit aus. Ich sagte mir jeden Abend Affirmationen auf:

Ich vertraue mir. Ich bin selbstbewusst und lauter solche Sachen.

Aus fünf Minuten der Affirmation wurden zehn, dann fünfzehn, dann zwanzig. Ich tauschte mich mit Lexi in langen Telefongesprächen aus und blieb immer auf einem gesunden Maß. Es begann, sich eine neue Persönlichkeit zu entwickeln. Ich lernte viel aus Büchern, übernahm aber nie etwas eins zu eins, sondern kreierte mir meine eigenen Methoden. Es sprachen mich immer mehr Menschen auf meine Veränderung an. Ich spürte die Veränderung zwar sehr stark in mir, hätte allerdings nie gedacht, dass sie so stark nach außen dringen würde. Mein Verhalten und Auftreten änderten sich. Aus Lügen wurde immer mehr Ehrlichkeit. Ich lernte, Fehler zuzugeben, und es gelang mir, mich Schritt für Schritt so anzunehmen, wie ich war. Das Verhältnis zu meiner ganzen Familie besserte sich zunehmend. Vor meiner Mutter schämte ich mich immer weniger und wir führten Gespräche, die ich zuvor nicht für möglich gehalten hatte. Das Wichtigste aber war, zu lernen, etwas Besonderes zu sein, indem ich mich so gab, wie ich bin. Ich verstand, etwas Besonderes zu sein, als ich begriff, dass jeder etwas Besonderes ist, dass man nichts Besonderes ist, wenn man sich über jemanden stellt und dass man sich auch nicht unter jemanden stellen muss. Es ist etwas Besonderes, wenn sich Menschen auf gleicher Augenhöhe begegnen.

Es war kein stetiges Hoch, auf dem ich mich befand. Es gab Rückschläge, Zurückfallen in alte Verhaltensmuster sowie Angst und Veränderungsschmerz. Jedem neu erschaffenen Stück Persönlichkeit ging immer irgendeine Form von Leid voraus. Man musste es sich verdienen und erarbeiten. In dieser Leidenszeit fiel es mir schwer, dies nicht mit einem Joint oder irgendeiner Art von Anerkennung und Bewunderung auszugleichen, aber es gelang mir immer besser und wurde belohnt.

In meinem Kopf entstanden immer mehr Fragen. Ich wollte wissen, wie das mit diesen Verhaltensmustern, von denen ich immer so viel las, genau funktionierte, und hatte noch viele andere Fragen. Vieles blieb mir ein Rätsel. Außerdem hatte ich noch zwei Dinge, die mich sehr belasteten und an die ich nicht so richtig herankam: Zum einen ging ich immer noch keine feste Beziehung ein. Meine Affären waren jetzt zwar länger und die Frauen waren selbstsicherer, aber es waren eben doch nur Affären. Ging es in Richtung Beziehung, bekam ich sofort kalte Füße. Zum anderen bekam ich wieder dieses Minderwertigkeitsgefühl, wenn mir Menschen mit höherem Bildungsgrad begegneten. An diese beiden Dinge kam ich einfach nicht richtig ran. Mir war höchstens klar, dass sie den gleichen Auslöser hatten. Dieser Weg war wohl zu Ende, aber ich hatte endlich einmal das Gefühl, den richtigen gegangen zu sein. Dennoch: Es wurde Zeit, nach einem neuen zu suchen.

In der darauffolgenden Zeit besuchte ich öfter Vorträge

und Seminare mit eher psychologischem Charakter. Einige Fragen wurden mir dort zum Teil beantwortet, es entstanden aber wiederum neue. Vieles blieb unbeantwortet, bis ich irgendwann einmal schnallte, dass es auf die meisten meiner Fragen gar keine Antworten gab. Das Wissen über die menschliche Psyche bestand zum größten Teil aus Theorien. Manche Menschen vertraten eine Theorie, andere vertraten eine grundlegend gegensätzliche, bei der absolut gleichen Thematik.

Eines Tages fasste ich dann den Entschluss, einen 30-monatigen Studiengang im Bereich der Psychotherapie zu belegen. Zum selben Zeitpunkt begann ich bei einem Diplompsychologen eine Verhaltenstherapie.

Die neue Ausbildung entpuppte sich sehr schnell als mein größter Prüfstein. Die meisten der Teilnehmer hatten einen Hochschulabschluss oder zumindest Abitur. Ich war umgeben von den Menschen, die mich immer am meisten verunsichert hatten. Georg, mein Studienleiter, hatte ein sehr feines Gespür für meine Unsicherheit. Er führte mich Stück für Stück in diese Gruppe ein, bis ich mich als Teil dieser Gemeinschaft fühlte und nicht mehr als Außenseiter.

Er gab mir auch den Mut, ein mehrstündiges Referat über meine Suchtkarriere zu halten. Es kam so gut bei den Schülern an, dass Georg mich in seinen anderen Kursen referieren ließ. Dadurch wurde mir klar, durch meinen Leidensweg ein beachtliches Wissen über das Leben erlangt zu haben.

Ich hatte auch einen Hochschulabschluss, der über 34 Semester ging. Meine Hauptfächer waren *Abhängigkeit*, *Fallen und Aufstehen*, *Tod*, *Krankheit* und viele weitere Nebenfächer. Meine Universität war die *Straße* gewesen.

Diese Zeit war wohl die lehrreichste nach meiner Drogenkarriere. Ich lernte, dass Minderwertigkeit und Selbstunsicherheit Gefühle sind, mit denen wohl jeder Mensch auf die Welt kommt, und jeder Mensch versucht, sie irgendwie auszugleichen. Allerdings sind Macht, Berühmtheit oder Drogen nicht die richtigen Mittel, diese Gefühle zu kompensieren.

Meine Therapie bei dem Verhaltenstherapeuten schloss ich im Oktober 2008 ab. Kurze Zeit darauf erlangte ich nach einer zweiteiligen Überprüfung die Zulassung zur berufsmäßigen Ausübung der Heilkunde auf dem Gebiet der Psychotherapie.

●

Die Reise in mein Inneres dauerte sehr lange. Es ging so tief, dass man das Ende noch nicht einmal annähernd sehen konnte. Mir begegneten dort Dinge, die für lange Zeit verborgen waren. Dinge, die ich ignorierte, verleugnete oder einfach vergessen hatte.

Aber genau diese Dinge waren es, die mir solches Leid zugefügt hatten, und nun hatte ich endlich die Möglichkeit, sie zu ändern. Man konnte sie ändern. Sie ändern, indem man sie ansah, sie so akzeptierte, wie sie waren, und sie als Teil von sich annahm. Danach durfte man sie berühren und sie so zurechtrücken, dass sie kein Leid mehr zufügen konnten.

Das Ansehen alleine tat schon weh, aber das Berühren löste sehr große Schmerzen aus. Waren sie aber dann in die richtige Position gerückt, erfuhr man unglaubliche Heilung.

Diese Arbeit war sehr anstrengend, also beschloss ich, die Augen wieder zu öffnen. Das erste, was ich erblickte, war eine sehr schöne Blume, die vor meinen Füßen gewachsen war. Zuerst traute ich mich nicht, sie zu berühren, weil ich Angst hatte, sie würde wieder verschwinden, so wie alles zuvor an diesem Ort.

Der angenehme Duft, den diese Blume verströmte, schien echt zu sein. Ich berührte sie und sie ver-

schwand nicht. Ich fühlte mich nicht mehr alleine, schloss die Augen und reiste noch tiefer.

Dort war es noch schwieriger und schmerzhafter, die Dinge zu verändern. Jedoch, als ich die Augen wieder öffnete, waren noch mehr Blumen gewachsen.

Der Sand der Wüste hatte einen Grünschimmer bekommen, so als würde ganz zaghaft eine Wiese entstehen wollen. Ich schloss die Augen, setzte meine Reise fort, suchte, veränderte, öffnete die Augen und die Wüste hatte sich in ein saftiges Grün verwandelt.

So vergingen die Jahre. Es entstanden Flüsse und Seen, Bäume und Felder, es fanden sich Tiere ein, um diese Welt mit Leben zu bereichern. Nach und nach besuchten mich Menschen, denen es in meiner neuen Welt zu gefallen schien. Ich erntete die Felder und sammelte die Früchte der Bäume ein und jeder, der mich besuchte, konnte einen Teil davon abhaben.

Nach den langen Reisen in mein Inneres oder nach der Ernte meiner Felder, wenn ich in meinem Haus war, um mich auszuruhen und Zeit zum Nachdenken hatte, wurde mir immer bewusster, was ich mein ganzes Leben falsch gemacht hatte. Ich hatte ständig innere Befriedigung, Anerkennung und Heilung im Außen gesucht und mit diesem Denken sogar einen Pakt mit der Sucht geschlossen. Die Möglichkeit, innere Heilung und Veränderung bei sich selbst zu erfahren, dort, wo alles herkommt und entsteht, war mir nie in den Sinn gekommen.

Es ist genau umgekehrt: Durch die Selbsterfahrung bewirkt man eine Veränderung im Außen.

Dieser Trugschluss hätte mich fast mein Leben gekostet.

Ich schloss die Augen…

Epilog

Dieses Buch soll nicht dazu dienen, einen bestimmten Weg aus der Abhängigkeit zu beschreiben. Ich hatte einfach nur unbeschreibliches Glück, davongekommen zu sein. Es gibt keine Medizin, keine Therapie, kein Patentrezept, um ein drogenfreies Leben zu garantieren. Ich habe schon zu viele Süchtige sterben sehen, um etwas anderes behaupten zu können. Dieses Buch soll vielmehr Mut machen, dass der Ausstieg überhaupt zu schaffen ist.

Ein weiterer Grund, meine Geschichte niederzuschreiben, war der, Außenstehenden und Angehörigen von Abhängigen, die oft mit Hilflosigkeit und Unverständnis reagieren, den Teufelskreis der Sucht ein Stück weit näherzubringen.

Viele Angehörige von Süchtigen, ob es Eltern, Partner oder Freunde sind, unterstützen oft die Abhängigkeit des Betroffenen und halten so die Sucht am Leben. Für diese Menschen gibt es sogar sehr viele Selbsthilfegruppen. Man nennt sie Co-Abhängige. Dies kann aus mehreren Gründen geschehen.

Manche Angehörige wollen einfach nur helfen. In ihrer Verzweiflung und den ständig neuen Versprechungen des Süchtigen, es sei das allerletzte Mal, geben sie ihm immer wieder Geld, entschuldigen ihn bei der Arbeit oder lassen ihn weiter in der Wohnung wohnen, obwohl sie schon über hundert Mal angekündigt haben, sie würden ihn rausschmeißen. Diese Menschen glauben, unter dem Aspekt der Liebe zu handeln. Im Endeffekt erhalten sie dadurch aber etwas am Leben, das den Tod mit sich bringt.

Andere Co-Abhängige handeln eher unter dem Motiv, etwas unter Kontrolle haben zu müssen. Sie unterstützen den Süchtigen, weil sie genau wissen: Er wird sie dadurch nicht verlassen. So beherrschen sie sein Leben. Kein Abhängiger würde sich jemals selbst den Geldhahn zudrehen. Diese Partnerschaften zerbrechen nach einer Suchtkarriere sehr schnell. Spätestens dann, wenn der Betroffene anfängt, eigenständig zu handeln, und sein Leben wieder selbst kontrolliert.

Süchtige wissen ganz genau, wie sie ihr soziales Umfeld zu ihren Gunsten beeinflussen können. Nicht umsonst dauert eine Suchtkarriere über Jahre bis Jahrzehnte. Einen Süchtigen alleine kann es nicht geben. Er ist der Mittelpunkt in einem Netzwerk, das er sich mit dem geeigneten Umfeld aufgebaut hat. Ist dieses Netzwerk einmal zerstört, ist auch der Sucht der Nährboden entzogen.

Dies mag in der Theorie relativ einfach klingen. In der Praxis sieht es allerdings anders aus. Die Tricks, mit denen ein Abhängiger arbeitet, sind für einen Außenstehenden kaum nachzuvollziehen.

Die Welt der Sucht ist eine eigene. Man kann sie nur vollkommen verstehen, wenn man sie gelebt hat. Für einen Außenstehenden ist diese Welt nicht zu erfassen. Man kann versuchen, sie zu erforschen und zu verstehen, aber es wird einem nie gelingen, sie in ihrem vollen Umfang zu begreifen.

In dieser Welt gibt es eine eigene Sprache, ein anderes Verhalten, anderes Denken und anderes Fühlen. Dort herrschen andere Regeln und Gesetze, die nichts mit dieser Gesellschaft gemein haben. Dort ist die Lüge die Wahrheit. Kein Süchtiger gesteht sich seine Sucht ein. Er schaut nur auf die Tage, an denen er wenig oder gar nicht konsumiert hat. Die Tage, an denen er zugedröhnt war, werden kleingeredet oder einfach ignoriert. Das Gute wird groß gemacht und das Schlechte klein gehalten. Dies wird zu seiner Wahrheit und deswegen glaubt er, alles im Griff zu haben. Wenn jemand diese Lüge ein paar Jahre gelebt hat, ist er so überzeugt davon, dass er die Kritik von Außenstehenden über seinen Konsum nicht verstehen will. Er erfindet für sich und den anderen gegenüber neue Lügen und Ausreden, um seine Wahrheit aufrechtzuerhalten.

Selbst die Währung ist eine andere. Bekommt ein Süchtiger einen Geldschein in die Hand, rechnet er ihn direkt in Gramm, Milligramm oder Liter um.

Es gibt hier keinerlei Freundschaft, oder die Freundschaft besteht nur so lange, wie dir dein Freund nützlich ist. Deine Freunde linken dich ab, bestehlen dich oder verpfeifen dich bei den Bullen, um ihren eigenen Arsch zu retten. Die Worte *Loyalität* und *Vertrauen* haben dort keinerlei Bedeutung.

Der Tod besucht diese Welt in kürzesten Abständen. Man könnte sogar sagen, er wohnt dort, und deswegen gewöhnt man sich ziemlich schnell an ihn. Sind erst einmal zwei oder drei Bekannte gestorben, wird der Tod zu etwas ganz Normalem, weil man spätestens dann weiß, es werden noch mehr folgen. Das eigene Sterben wird dadurch auch immer nahe sein und man lernt sehr schnell, sich an dieses Gefühl zu gewöhnen. Deswegen ist unter Süchtigen der Tod ein normales Gesprächsthema, wenn es ausnahmsweise einmal nicht um das Mittel geht, weshalb man stirbt. Die Leute unterhalten sich über das Sterben genauso wie andere Menschen über ihre Arbeit. Dies ist auch der Grund, weswegen sich ein Süchtiger von einem Außenstehenden von dieser Thematik überhaupt nicht abschrecken lassen kann. Ein Abhängiger bekommt erst Angst vor dem Tod, wenn dieser ihn direkt berührt. Dann ist es allerdings meist schon zu spät.

Es ist sehr einfach, in diese Welt zu gelangen. Man bekommt schnell Zutritt, die Türen stehen weit offen. Der Weg zurück ist allerdings bedeutend mühsamer. Die Tür, durch die man gekommen ist, ist nie gleichzeitig wieder der Ausgang. Man muss einen neuen Ausweg suchen. Je länger man sich in dieser Welt aufhält, je früher man sie betreten hat, umso schwieriger gestaltet sich dieses Unterfangen.

Der Weg in die Sucht ist immer der gleiche. Jeder hat zwar seine individuelle Geschichte, aber wenn die Sucht anfängt dein Leben zu verändern, tut sie das immer auf die gleiche Weise. Das Verhalten, die Lügen anderen gegenüber, die Selbstlüge, die Wesensänderung, der unaufhaltsame Abstieg, die Selbstzerstörung und all die anderen leidvollen Dinge entwickeln sich immer nach dem gleichen Schema.

Das Fatale ist, dass jeder Süchtige schon von Anfang an denkt, er habe alles unter Kontrolle. Aber wie kann man etwas unter Kontrolle haben, das einem die Kontrolle nimmt? Jedes Rauschmittel raubt die Kontrolle über die Sinne. Wie will man etwas unter Kontrolle haben, das einem die Sinne raubt?

Um diese scheinbar logische Aussage machen zu können, brauchte ich Jahre, und ich bin nicht der einzige, dem dieses Umdenken geglückt ist. Mir begegneten über die Jahre viele Menschen, denen es gelungen ist, der Sucht die Stirn zu bieten. Jeder auf seinem eigenen Weg.

Es gibt Selbsthilfegruppen, die in jeder Stadt zu finden sind. Es gibt unzählige Suchttherapeuten, Suchtberater und Sozialarbeiter. Es gibt bestimmt genauso viele Therapieformen, wie es Suchtstoffe gibt. Aber all diese Menschen und Methoden können nur helfen, indem sie begleiten, stützen oder neue Möglichkeiten aufzeigen. Gehen muss jeder alleine. Zaubern, so wie es die Sucht vorgibt zu tun, kann niemand. Niemand hat den Schlüssel zur Freiheit, diesen Schlüssel besitzt man nur selbst. Dieser Schlüssel heißt „freier Wille".

Selbst wenn die Sucht schon alles in ihren Besitz gebracht hat, wenn man nichts mehr sein Eigen nennen kann, wird immer noch ein Fünkchen freier Wille existieren, und aus jedem Fünkchen, auch wenn es noch so klein ist, kann ein neues Feuer entstehen.

Damals dachte ich:

An dem Tag, an dem ich aufhöre, bin ich geheilt.

Dem war nicht so.

Man ist nicht geheilt ab dem Moment, an dem man abstinent lebt! Dort beginnt die Reise erst. Meine Reise wurde hart und beschwerlich und wieder erfuhr ich Schmerz und Leid. Erst als ich an die Wurzel allen Übels ging, an das, was mich überhaupt in die Abhängigkeit getrieben hatte, das Minderwertigkeitsgefühl und meine Größenideen, erst als ich annahm und bearbeitete, sah ich das Ziel meiner neuen Reise. Dort begann die Heilung und das Feuer konnte sich neu entfachen.

Erst als ich erkannte, dass es ein Privileg und keine Schande ist, alles neu zu erlernen, wurde meine Reise zu einer positiven Erfahrung und zu einem aufregenden Abenteuer.

Viele Menschen sagen, sie würden gerne noch mal ganz von vorne anfangen und es dann mit ihrem heutigen Wissen ganz anders machen. Wer macht das schon? Ein Abhängiger hat die beste Möglichkeit! Er kann sich befreien und wieder bei null anfangen, sein Leben neu kreieren.

Viele Leute von damals sah ich nie wieder, wie zum Beispiel Alfred.

Edi wurde wenige Jahre, nachdem ich clean war, von einem Saufkumpan im Streit erstochen.

Rudi starb an einer Überdosis Heroin.

Marco, der mir mein erstes Bier schmackhaft machte, starb mit etwas über 40 an Leberzirrhose.

Dr. Malers Praxis gab es etwa zwei Jahre, nachdem ich aus der Entgiftung kam, nicht mehr.

Zoe nahm, nachdem sie sich von mir getrennt hatte, nie wieder Drogen. Sie absolvierte ein Kunststudium und arbeitet heute als freie Künstlerin. Mit ihr habe ich noch regelmäßig Kontakt und uns verbindet eine tiefe Freundschaft.

Einige Leute, die nicht ganz so hart drauf waren, treffe ich ab und zu noch. Die meisten haben jetzt Familie und trinken höchstens mal einen über den Durst, wenn irgendwo ein Fest ist, so wie sie es schon früher taten. Es sind die Leute, von denen man früher sehr oft das Wort *Nein* gehört hatte, besonders wenn es um harten Stoff ging.

Gegen die Sucht kämpfe ich immer noch. Allerdings an einer anderen Front. Ich stehe vor Gruppen und erzähle meine Geschichte. Es sind Studenten, Schüler und Eltern. Mittlerweile bin ich auch sehr häufig in Unternehmen und halte Vorträge und Schulungen zur Suchtprävention. Die Zuhörer sind oft sehr betroffen. Betroffen, weil sie noch nie so eine Geschichte gehört haben. Betroffen, weil sie selbst Kinder haben. Betroffen, weil sie Familienangehörige, Freunde oder Bekannte haben, die dem Ruf der Sucht gefolgt sind.

Bei meinen Erzählungen treffe ich selten auf Menschen, die sich in den Klauen der Sucht befinden. Diese Menschen wollen und können solche Geschichten nicht hören. Sie haben ihre eigene Wahrheit. Ihre Wahrheit, irgendwo auf einer Stufe der Treppe, die in die Dunkelheit führt.

●

Ich machte mit zwölf Jahren eine Bekanntschaft. Sie führte mich zu einer Treppe, die ich siebzehn Jahre lang hinabstieg. Das Ende war ein dunkles Kellerverlies, das sich als Eingang zum Tod erwies. Ein kleines Licht zeigte mir einen Fluchtweg.

*Ich ging diesen Weg und es wurde der schmerzvollste, den ich jemals beschritten hatte. Am Ende dieses Weges öffnete ich eine Tür, auf der **Freiheit** stand. Hinter dieser Tür war das Reich des Lichts. Es war eine unendlich große Wüste, durch die ich sieben Jahre geblendet umherirrte. Nach dieser Zeit fing ich an, mir meine eigene Welt zu erschaffen. Es sollte wiederum Jahre dauern, bis ich mich in ihr heimisch fühlte.*

Nach diesen langen Reisen gelangte ich zu der Einsicht, dass ich mich die ganze Zeit am selben Ort befunden hatte. Ob es die Treppe in die Dunkelheit war, der Keller, der Ausweg, die Wüste oder meine neue Welt. Alles spielte sich am selben Ort ab. Es gab keine verschiedenen Welten.

Ich gelangte zu der Einsicht, dass wir alle in eine Welt geboren werden, in der wir unsere eigenen Welten erschaffen können. Ob diese Welten gut oder schlecht sind, liegt einzig und allein an uns selbst. Vielleicht ist dies ja der Sinn des Lebens. Vielleicht ist der Sinn des Lebens ja der, aus seinem Schicksal und den Möglichkeiten, die sich daraus ergeben, das Beste zu machen.

Manchmal kehre ich dorthin zurück, wo diese Einsicht herangewachsen ist. Zur Treppe, dem Keller oder der Wüste. In meinen Erzählungen, beim Schreiben, wenn ich mich zu meiner Sucht bekenne, wenn mir Süchtige begegnen oder manchmal in meinen Träumen. Ich werde immer wieder in diese Zeit zurückkehren, solange ich lebe. Immer wieder, weil sie ein Teil von mir ist und immer ein Teil von mir bleiben wird.

ENDE

FSC

www.fsc.org

MIX

Papier aus ver-
antwortungsvollen
Quellen
Paper from
responsible sources

FSC® C105338